Jack Vance
De Roguskhoi

DE ROGUSKHOI

JACK VANCE

VERZAMELD WERK **44**

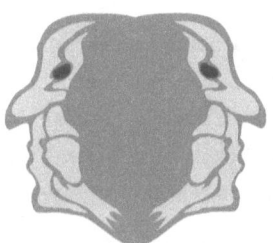

DURDANE

BOEK 2

Jack Vance

Uitgegeven door Spatterlight, Amstelveen 2018
Oorspronkelijk verschenen als *The Brave Free Men*, in *Fantasy & Science Fiction*,
Vols. 43:1 en 43:2, 1972
Deze vertaling verscheen eerder bij Meulenhoff, Amsterdam 1976

ISBN 978-1-61947-274-7

www.spatterlight.nl

JACK VANCE

DE ROGUSKHOI

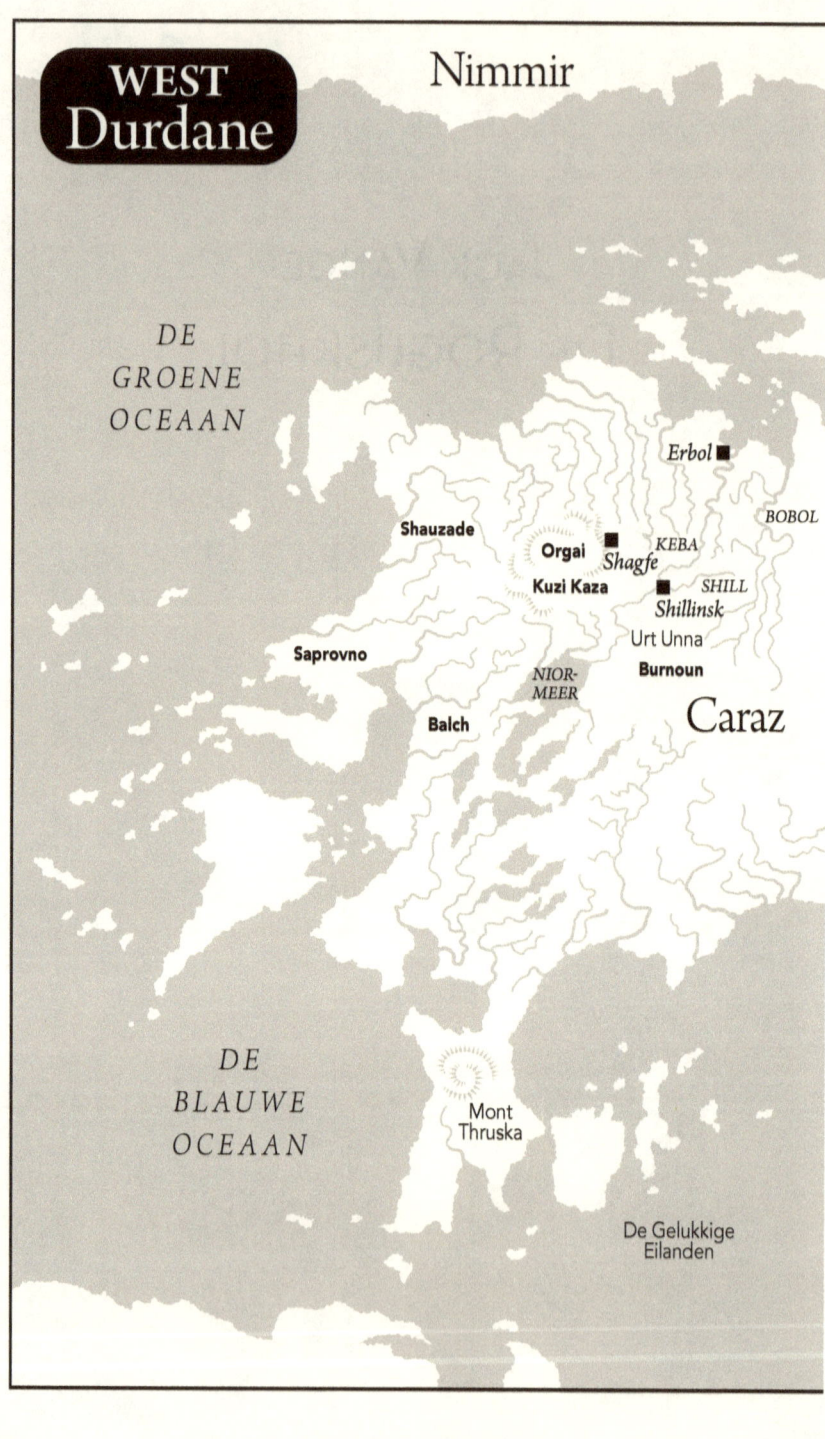

WEST
Durdane

Nimmir

DE
GROENE
OCEAAN

Erbol ■

BOBOL

Shauzade

Orgai ■
Shagfe

KEBA

Kuzi Kaza

Shillinsk ■

SHILL

Urt Unna

Saprovno

NIOR-
MEER

Burnoun

Caraz

Balch

DE
BLAUWE
OCEAAN

Mont
Thruska

De Gelukkige
Eilanden

OOST
Durdane

Mirv

Kaap
Comranus

DE
GROENE
OCEAAN

GEVER

Shant

HIETZE
USAK

Garwiy
De Hwan

Beljamar

Kaoime
Chemaoue

Palasedra

DE
PURPEREN
OCEAAN

DE
BLAUWE
OCEAAN

Ashgarod

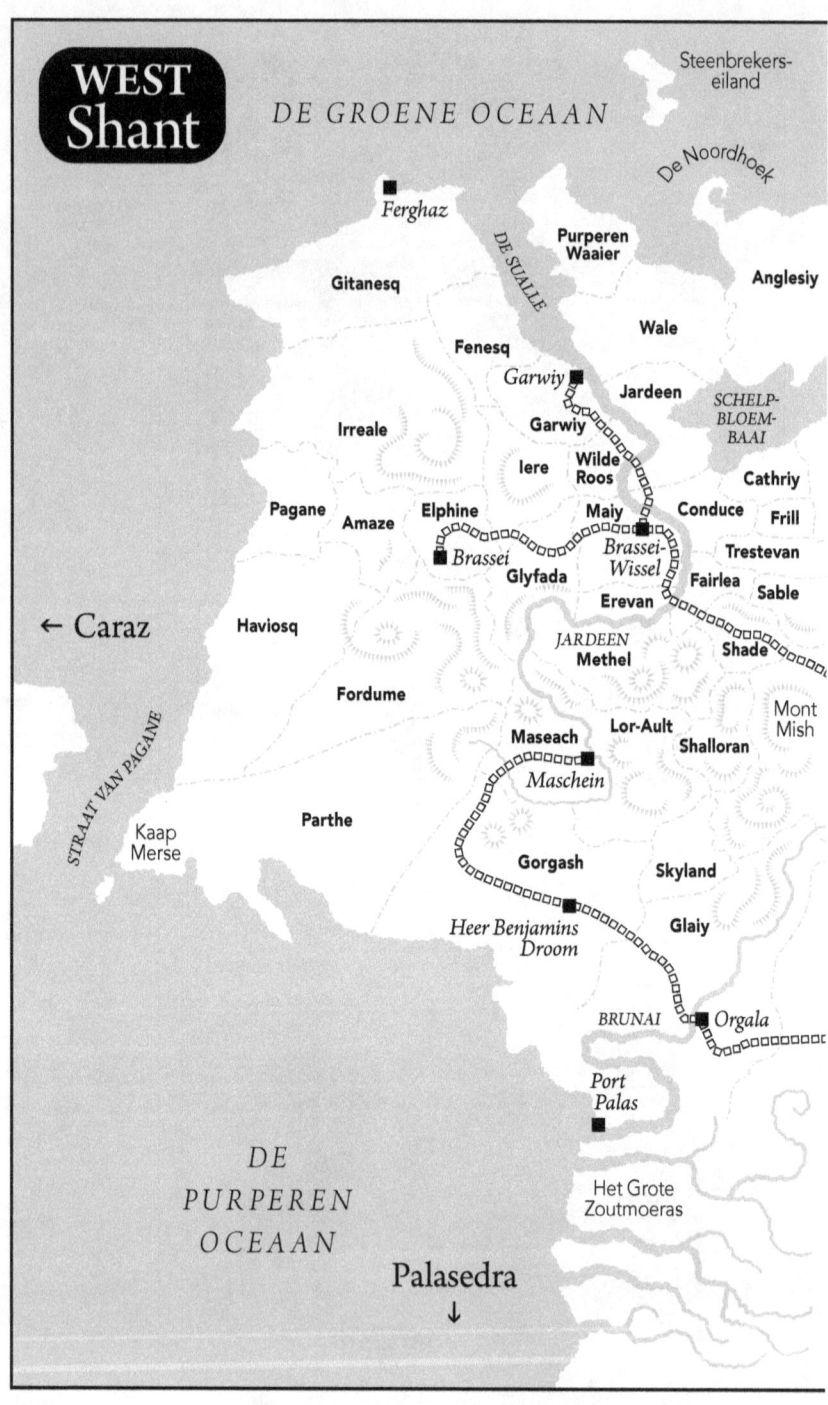

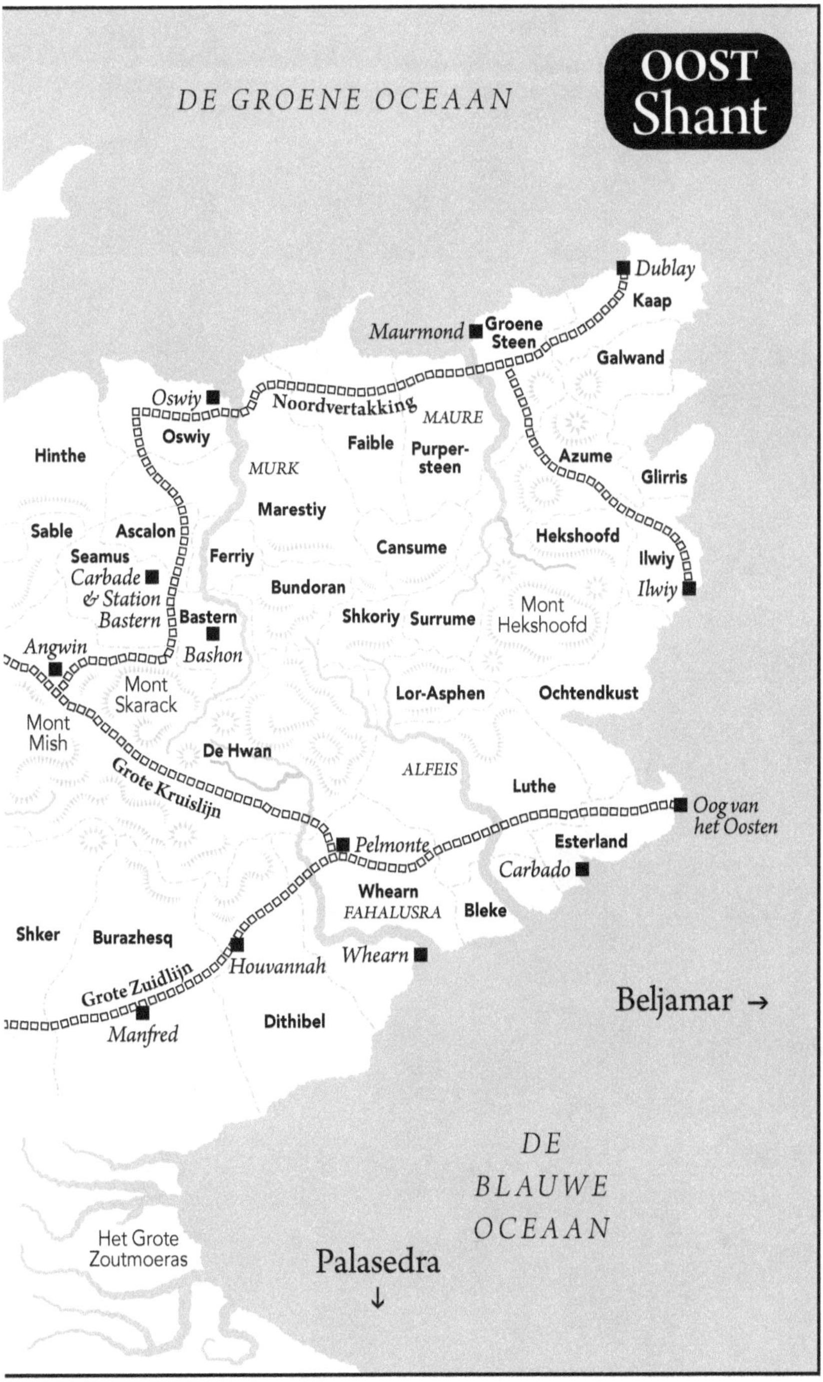

DE GROENE OCEAAN

Dublay
Kaap

Maurmond **Groene Steen**
Galwand

Oswiy **Oswiy**
Noordvertakking *MAURE*

Hinthe
MURK
Faible **Purper-steen**

Azume
Glirris

Marestiy

Sable **Ascalon**
Cansume
Hekshoofd
Ilwiy

Seamus **Ferriy**
Carbade *Ilwiy*

& Station
Bundoran
Mont Hekshoofd

Bastern **Bastern**
Shkoriy **Surrume**

Angwin *Bashon*

Mont Skarack
Lor-Asphen
Ochtendkust

Mont Mish

De Hwan
ALFEIS

Grote Kruislijn
Luthe
Oog van het Oosten

Pelmonte
Esterland

Whearn
Bleke
Carbado

Shker **Burazhesq**
FAHALUSRA

Grote Zuidlijn *Houvannah*
Whearn

Manfred
Dithibel

Beljamar →

Het Grote Zoutmoeras
Palasedra
↓

DE BLAUWE OCEAAN

Hoofdstuk I

In een kamer onder de hanenbalken van Fontenay's Herberg bewoog Etzwane zich op zijn divan. Hij had maar weinig geslapen. Enkele ogenblikken later stond hij op en liep naar het raam, waar de sterren waren verbleekt in het licht van de violette dageraad. Op de verre hellingen van de Ushkadel was alleen hier en daar het groene licht van een straatlantaarn te zien; de paleizen van de Estheten waren donker.

In een van de paleizen, dacht Etzwane, had de Man zonder Gezicht niet beter geslapen dan hijzelf.

Hij draaide zich om en liep naar de wasbak. Een kooldampspiegel reflecteerde een gezicht dat hem anders dan anders voorkwam, maar dat kon komen door het grijze licht van de ochtend en het wat schimmige beeld dat dit soort spiegels altijd gaf. Hij boog zich wat verder voorover. Deze onwerkelijke, wat dreigend uitziende gestalte zou toch weleens Gastel Etzwane kunnen zijn: het gezicht sardonisch, de mondhoeken naar beneden, de wangen hol, de huid van een ongezonde grijs-gele kleur, de ogen donkere gaten, nog benadrukt door twee schitterende lichtplekjes. Hier staat nu Gastel Etzwane, dacht hij, eerst een Zuivere Knaap bij de Chilieten, daarna een Roze-Zwart-Azuur-Donkergroene, en nu een man met enorme macht. Tegen zijn evenbeeld zei hij: "Vandaag wordt het een dag vol belangrijke gebeurtenissen; Gastel Etzwane moet zich niet laten doden." Maar het beeld in de spiegel gaf geen geruststellend antwoord.

Hij kleedde zich aan en ging de straat op. In een stalletje aan de oever van de rivier at hij gedroogde vis en brood en dacht na over wat hem te doen stond.

In theorie was zijn taak eenvoudig. Hij moest naar Paleis Sershan gaan, en daar Sajarano, de Anome van Shant, dwingen zijn wil te doen. Als Sajarano zich verzette, hoefde Etzwane alleen op een knop te drukken om zijn hoofd te laten ontploffen, want Sajarano droeg een halsband, en Etzwane niet. Het was allemaal rechttoe rechtaan en heel simpel — behalve als Sajarano erachter gekomen was hoe volkomen alleen hij stond, dat hij niet één vriend of medestander had. In dat laatste geval werd Etzwane's positie precair.

Toen hij zijn ontbijt op had was er niets wat hem nog van zijn taak afhield, en hij liep de Galiasavenue af. Sajarano zou desperaat zoeken naar een manier om onder deze voor hem onverdraaglijke situatie uit te komen. Etzwane vroeg zich af wat hij in Sajarano's plaats zou hebben gedaan. Vluchten? Hij bleef abrupt staan. Dat was een mogelijkheid waaraan hij niet gedacht had. Uit zijn tas haalde hij de straalzender tevoorschijn die ooit Sajarano's belangrijkste middel was geweest om gehoorzaamheid aan zijn bevelen af te dwingen. Etzwane drukte de kleuren van Sajarano's halsband in. De gele knop zou nu — als dat nodig bleek — het dexax in de halsband doen ontploffen en zo Sajarano's hoofd afnemen. Etzwane drukte op de rode zoekknop. Het kastje zoemde, nu eens sterker, dan weer zwakker, afhankelijk van de kant waar het heen wees. Het luidst klonk de zoemtoon als hij het op Paleis Sershan richtte. Etzwane liep verder, nadenkender dan tevoren. Sajarano was niet op de vlucht geslagen. Misschien had hij wel een actievere tactiek bedacht.

De Galiasavenue kwam uit op het Marmioneplein, waar een fontein melkwit water zich over kunstig vervaardigde voorwerpen van purperkleurig glas stortte. Ertegenover kon men via de Trap van Koronakhe, gebouwd door koning Caspar Pandamon, de terrassen van de Ushkadel bereiken. Bij de Middenweg sloeg Etzwane af naar het oosten. De enorme prismavorm van Paleis Xhiallinen verhief zich hoog boven hem. Daar woonde Jurjin, de Genadebrengster van de Man zonder Gezicht. Eén van tien, vijftien andere dingen die hem bevreemdden: waarom had Sajarano een zo mooie jonge vrouw tot zijn plaatsvervangster benoemd? In dit geval zou het mysterie weleens meer schijn dan werkelijkheid kunnen zijn, dacht Etzwane. Net als alle andere mannen kon ook de Anome liefdespijn voelen. Misschien had

Jurjin van Xhiallinen koel gereageerd op de avances van Sajarano, die niet knap, niet vlot en niet bijzonder elegant was. Misschien had ze zich wel verbaasd, toen de Man zonder Gezicht haar gelastte hem te dienen en haar ook beval geen minnaars te nemen. Later zou de Man zonder Gezicht haar misschien wel hebben bevolen om vriendelijk te zijn voor Sajarano. Toen hij bij Paleis Sershan kwam, mooier noch lelijker dan de paleizen eromheen, stond hij stil om alles nog eens goed te overdenken. Het volgende halfuur zou bepalend zijn voor de toekomst van Shant; elke minuut was gewichtiger dan alle dagen tezamen in het leven van een gewone man. Hij keek de façade van Paleis Sershan af. Kristallen zuilen, helderder en doorzichtiger dan lucht zelf, braken de stralen van de drie zonnen. Verderop lagen de violet met groene koepels waar zestig generaties van het huis Sershan hadden geleefd, feest hadden gevierd en gestorven waren.

Etzwane liep langzaam de loggia over, kwam bij de zuilengalerij, en hield daar stil. Zes deuren van drie centimeter dik glas, elke deur vijf meter hoog, versperden hem de weg. Achter de deuren was niets te zien, geen licht, geen teken van leven. Etzwane aarzelde, niet helemaal zeker wat hem nu te doen stond. Eerst begon hij zich wat belachelijk te voelen, toen werd hij boos. Hij klopte op het glas. Zijn knokkels maakten maar weinig geluid, en hij begon er met zijn vuist op te slaan. Binnen zag hij iets bewegen, en een ogenblik later kwam er iemand om de zijkant van het paleis lopen. Het was Sajarano zelf.

"Dit zijn ceremoniële deuren," zei hij kalm. "We doen ze maar heel zelden open. Zou u me willen volgen?"

Somber en zwijgend liep Etzwane achter hem aan naar een zijingang. Sajarano maakte een gebaar dat hij naar binnen kon gaan. Etzwane bleef staan en keek onderzoekend naar Sajarano's gezicht. Deze reageerde met een flauwe glimlach, alsof hij zich amuseerde over de waakzaamheid van de ander. Met zijn hand op de gele knop liep Etzwane naar binnen.

"Ik verwachtte u al," zei Sajarano. "Hebt u al ontbijt gehad? Misschien wilt u wel een kopje thee. Zullen we naar de ochtendkamer gaan?"

Hij ging Etzwane voor naar een zonnig vertrek met een vloer van groen met witte jaden tegeltjes. De muur links was geheel overdekt met een grote groene klimplant, de muur rechts was van puur wit albast.

Sajarano gebaarde Etzwane te gaan zitten in een rotanstoel naast een rotantafel, pakte toen een paar stukken brood en dergelijke uit een kast en schonk twee zilverhouten koppen vol met thee.

Voorzichtig ging Etzwane zitten. Sajarano nam tegenover hem plaats met zijn rug naar de tot het plafond reikende ramen. Somber en berekenend keek Etzwane hem aan, en weer glimlachte Sajarano flauw. Hij was fysiek een niet bijzonder indrukwekkend man, en zijn gelaatstrekken waren niet erg geprononceerd. Onder een hoog breed voorhoofd leken zijn neus en mond bijna onvolgroeid, en zijn kin was kort en stomp. De Anome die de mensen van Shant voor de geest hadden was wel heel iets anders dan deze zachtaardige, redelijke man.

Sajarano nipte aan zijn thee. Het is het beste om zelf het initiatief te nemen, dacht Etzwane. Zorgvuldig emotionele uitschieters vermijdend zei hij: "Ik vertegenwoordig dat deel van het volk dat zich ernstige zorgen maakt over de Roguskhoi. Wij zijn ervan overtuigd dat als er nu geen vastberaden maatregelen worden genomen, er over vijf jaar geen Shant meer zal bestaan — alleen een grote horde Roguskhoi. Als Anome is het uw plicht om deze wezens uit te roeien, een plicht die berust op het vertrouwen dat het volk van Shant in u stelt."

Sajarano knikte ongeëmotioneerd en nipte weer van zijn thee. Etzwane raakte zijn kop niet aan. "Deze overwegingen," ging hij verder, "hebben mijn vrienden en mijzelf gedwongen tot het uiterste te gaan. Dit is u bekend."

Weer knikte Sajarano: een vriendelijke, geruststellende knik. "Die vrienden van u, wie zijn dat?"

"Mensen die geschokt zijn door wat de Roguskhoi gedaan hebben."

"Zo. En uw positie in de groep: bent u hun leider?"

"Ik?" Etzwane lachte ongelovig. "Zeker niet." Sajarano fronste zijn voorhoofd. "Is het een aannemelijke veronderstelling dat de anderen van uw groep mij persoonlijk bekend zijn?"

"Dat is iets dat werkelijk niets te maken heeft met waar we nu over spreken," zei Etzwane.

"Misschien niet, maar ik wil graag weten met wie ik te maken heb."

"U hebt met niemand te maken. U hoeft alleen maar een leger onder de wapenen te roepen en de Roguskhoi terug te drijven naar Palasedra."

"U laat het allemaal zo eenvoudig klinken," zei Sajarano. "Nog een vraag: Jurjin van Xhiallinen had het over een zekere Ifness die opmerkelijke kundigheden bleek te bezitten. Ik moet bekennen dat ik nieuwsgierig ben naar deze Ifness."

"Ifness is inderdaad een opmerkelijk man," zei Etzwane. "Maar wat bent u van plan te gaan doen tegen de Roguskhoi?"

Sajarano at een stuk fruit. "Ik heb de zaak zorgvuldig bestudeerd, en dit is mijn conclusie. De Anome is alleen wat hij is doordat hij de levens van alle mensen in Shant in zijn hand houdt, maar zelf boven dit soort controle staat. Zo luidt de definitie van het ambt van Anome. Deze definitie is niet langer op mij van toepassing: ik heb een halsband om. Ik kan geen verantwoordelijkheid dragen voor daden of handelwijzen die niet de mijne zijn. Om kort te gaan: ik ben niet van plan om iets te doen."

"Helemaal niets? En uw normale taken dan?"

"Die laat ik geheel over aan u en uw groep. U draagt de macht, u moet ook de lasten dragen die die macht met zich meebrengt." Sajarano lachte toen hij Etzwane's gezicht zag betrekken. "Waarom zou ik me koortsachtig in gaan spannen voor een beleid waarvan ik zeer betwijfel of het wel verstandig is. Wat zou dat een onzin zijn!"

"Begrijp ik goed dat u zegt dat u zich niet langer als Anome beschouwt?"

"Dat is juist. De Anome moet anoniem zijn werk doen. Dat kan ik niet meer. U, Jurjin van Xhiallinen, anderen uit uw groep, zij allen weten wie ik in werkelijkheid ben. Ik kan mijn taak niet langer naar behoren verrichten."

"Wie moet dan Anome worden?"

Sajarano haalde zijn schouders op. "U, uw vriend Ifness, een ander lid van uw groep. U hebt de macht, u moet nu ook de verantwoordelijkheid dragen."

Etzwane fronste zijn voorhoofd. Dit was een mogelijkheid waar hij niet op gerekend had. Koppigheid, bedreigingen, minachting, woede: ja. Zonder verzet afstand doen van de functie: nee. Het ging allemaal te gemakkelijk. Etzwane werd achterdochtig. Sajarano was heel wat subtieler dan hij. Voorzichtig vroeg hij: "Wilt u met ons meewerken?"

"Ik zal uw bevelen gehoorzamen, zeker."

"Uitstekend. Op de eerste plaats moet voor het hele land de noodtoestand worden afgekondigd. Eerst zullen we zeggen van welke kant het gevaar dreigt, daarna zullen we duidelijk maken dat Shant zijn uiterste krachten zal moeten inspannen."

Sajarano klakte beleefd met zijn tong. "Dat is allemaal niet zo moeilijk. Maar bedenk wel dat de bevolking van Shant meer dan dertig miljoen zielen telt. In een land waar zo veel mensen wonen de noodtoestand afkondigen, is geen zaak die u luchthartig kunt opnemen."

"Dat ben ik met u eens, u zult van mij het tegendeel niet horen. In de tweede plaats moeten de vrouwen uit alle gebieden die aan de Wilde Landen grenzen worden geëvacueerd."

Sajarano keek hem met een beleefd-bevreemde blik in zijn ogen aan. "Geëvacueerd waarheen?"

"Naar de kantons langs de kust."

Sajarano kneep zijn dunne lippen op elkaar. "Dat zal niet zo gemakkelijk gaan. Waar moeten ze dan slapen? En gaan hun kinderen mee? En hun huis, hun gebruikelijke werk? Minstens twintig of dertig kantons zullen onder deze maatregel vallen. Dat is een groot aantal vrouwen."

"Daarom moeten ze juist geëvacueerd worden," zei Etzwane. "Als zo veel vrouwen zwanger worden gemaakt door de Roguskhoi betekent dat dat we binnenkort te maken zullen krijgen met een enorme horde van deze monsters."

Sajarano haalde zijn schouders op. "En de andere moeilijkheden die ik opsomde? Die zijn reëel genoeg."

"Administratieve details," zei Etzwane.

"En wie moet daar dan voor zorgen? Ik? U? Uw groep?" Sajarano's stem was wat neerbuigend geworden. "U moet niet uit het oog verliezen wat er in de praktijk mogelijk is."

Het begint duidelijk te worden wat hij wil, dacht Etzwane. Hij zal zich niet verzetten, maar helpen zal hij ook niet, en hij zal al het mogelijke doen om besluiteloosheid te bevorderen.

"Ten derde," zei Etzwane, "moet de Anome een bevel uitvaardigen dat voorziet in het oprichten van een nationale militie."

Beleefd wachtte hij op Sajarano's bezwaren. De ander stelde hem niet teleur. "De rol van de vitter, de defaitist, ligt mij niet erg, maar toch moet ik erop wijzen dat het één ding is om besluiten uit te vaardigen, maar heel iets anders om ervoor te zorgen dat ze ook worden uitgevoerd. Ik betwijfel of u wel ten volle beseft hoe complex Shant in elkaar zit. Er zijn tweeënzestig kantons, die niets anders gemeen hebben dan hun taal."

"Om maar niet te spreken van muziek en kleurenkennis.* En verder haten alle mensen in Shant, u dan blijkbaar uitgezonderd, de Roguskhoi, en zijn er bang voor. De kantons zijn meer een eenheid dan u wel denkt."

Sajarano bewoog ontstemd zijn pink. "Laat mij u uitleggen hoe groot de moeilijkheden zijn, misschien begrijpt u dan waarom ik heb afgezien van het creëren van een onverdraaglijke chaos. Tweeënzestig verschillende milities integreren, met elk andere opvattingen van het leven, dat is een gigantisch werk, waarvoor een aantal ervaren personen onontbeerlijk is. Er zijn slechts twee mensen beschikbaar, ikzelf en mijn enige Genadebrenger — een meisje."

"Nu blijkt dat u mijn voorstellen niet verstandig vindt," zei Etzwane, "wat zijn dan uw eigen plannen?"

"Ik heb geleerd," zei Sajarano, "dat niet voor ieder probleem een oplossing nodig is. Een groot aantal op het eerste gezicht urgente dilemma's neemt in belangrijkheid af en verdwijnt ten slotte geheel als men er geen aandacht aan schenkt. Wilt u nog wat thee?"

Etzwane, die nog geen slok thee gedronken had, gebaarde dat hij niets nodig had.

Sajarano leunde achterover in zijn stoel. Peinzend zei hij: "Het leger dat u voorstaat is om nog een reden niet praktisch uitvoerbaar, en deze reden is misschien nog wel het doorslaggevendst. Het zou futiel zijn."

"Waarom zegt u dat?"

"Dat ligt toch voor de hand? Wanneer er een probleem moet worden opgelost, wanneer er iets vervelends gebeuren moet, wordt een beroep gedaan op de Man zonder Gezicht. Wanneer de mensen klagen over de Roguskhoi — hebt u ze horen klagen? — dan zeggen ze altijd dat de Man zonder Gezicht moet ingrijpen! Alsof de Anome alleen maar een verordening hoeft uit te vaardigen om alle moeilijkheden uit de weg te ruimen! Hij heeft tweeduizend jaar lang gezorgd dat Shant vrede kende, maar het is de vrede die een vader oplegt aan zijn kinderen."

---

* *Ael'skian*: nauwkeuriger te definiëren als de symboliek van kleuren en kleurcombinaties, die in Shant een uiterst belangrijke plaats innam, en zelfs een heel nieuwe dimensie aan de waarneming toevoegde.

Etzwane gaf niet onmiddellijk antwoord. Sajarano keek hem met een vreemd-intense blik aan. Zijn blik gleed naar Etzwane's kopje thee. Een losse gedachte dreef Etzwane's hoofd binnen, maar hij weigerde er geloof aan te hechten: Sajarano zou zeker geen poging doen om hem te vergiftigen.

"Uw argumenten zijn interessant," zei Etzwane, "maar ze leiden alleen tot lijdzaam gedrag. Mijn groep eist dat duidelijke maatregelen worden genomen. In de eerste plaats dus het afkondigen van de nood-toestand, in de tweede plaats moeten vrouwen worden geëvacueerd uit de gebieden die aan de Hwan grenzen, in de derde plaats moet elk kanton een militie mobiliseren en oefenen, en in de vierde plaats moet u mij benoemen tot uw Eerste Adjudant, met evenveel gezag als u zelf hebt. Als u klaar bent met uw ontbijt, dan zullen we deze vier dingen nu meteen afkondigen."

"En als ik weiger?"

Etzwane haalde het metalen kastje tevoorschijn.

Sajarano knabbelde op een wafel. "Uw argumenten zijn heel over-tuigend." Hij nam weer een slokje van zijn thee en wees op Etzwane's kopje. "Hebt u niets van uw thee gedronken? Ik verbouw deze soort op mijn eigen plantage."

Etzwane duwde zijn kopje naar Sajarano's kant van de tafel. "Drink ervan."

Sajarano's wenkbrauwen gingen omhoog. "Maar ik heb zelf een kopje!"

"Drink ervan," zei Etzwane rauw, "of ik zie mij gedwongen om aan te nemen dat u hebt geprobeerd mij te vergiftigen."

"Zou ik zoiets banaals proberen?" zei Sajarano schel.

"Als u ervan uitging dat ik zo'n poging als té banaal zou beschou-wen, dan wordt hij subtiel. U kunt me weerleggen door de thee op te drinken."

"Ik weiger overstag te gaan voor bullebakkerij!" snauwde Sajarano. Hij tikte met zijn vinger op de tafel. Vanuit zijn ooghoek zag Etzwane het donkergroen van de klimplant bewegen, ving toen een glimp op van iets schitterends en schoot met een ruk naar achteren. Uit zijn mouw haalde hij de breedimpulsbuis die hij Sajarano had afgepakt en richtte hem op de klimop. Sajarano slaakte een verschrikkelijke gil.

Etzwane drukte op de knop en achter de klimop klonk een ontploffing. Sajarano sprong over de tafel heen om Etzwane te lijf te gaan.
"Moordenaar, moordenaar! O, wat afschuwelijk, moord, het bloed van
mijn geliefde!"

Etzwane sloeg Sajarano met zijn vuist en hij viel op het tapijt en
bleef daar kermend liggen. Van onder de klimop begon een langzaam
groter wordende plas bloed de jaden vloer te bedekken.

Etzwane hield met moeite zijn maag in bedwang. Zijn geest kron-
kelde, wankelde. Hij gaf Sajarano een trap, en deze keek op, met zijn
ogen geel en zijn mond nat. "Sta op!" riep Etzwane hees. "Als Jurjin
dood is dan is dat uw eigen schuld. Dan hebt u haar vermoord! En u
hebt ook mijn moeder vermoord: als u lang geleden de Roguskhoi had
tegengehouden, zouden er nu niet zo veel moeilijkheden zijn!" Weer
gaf hij Sajarano een schop. "Sta op! Of ik neem u uw hoofd ook nog af!"

Sajarano snikte even en kwam toen overeind.

"Dus u zei tegen Jurjin dat ze achter de klimop moest gaan staan en
me moest doden als u daartoe het sein gaf," zei Etzwane verbeten.

"Nee, nee! Ze had een ampulpistool, om u het bewustzijn te laten
verliezen."

"U bent krankzinnig! Gelooft u werkelijk dat ik u uw hoofd niet
afgenomen zou hebben? En de thee — vergiftigd?"

"Een slaapmiddel."

"Wat hebt u eraan als ik buiten bewustzijn raak? Geef antwoord!"

Sajarano schudde alleen maar zijn hoofd. Zijn kalmte was hij nu
volledig kwijt, hij sloeg zich tegen zijn voorhoofd als wilde hij zijn
gedachten in bedwang houden.

Etzwane greep hem bij zijn schouder beet en schudde hem heen en
weer. "Wat hebt u eraan? Mijn vrienden zouden u doden!"

"Ik handel zoals het diepst van mijn ziel mij ingeeft," mompelde
Sajarano.

"Van nu af aan ben ik het diepst van uw ziel! Ga met mij mee naar
uw werkvertrek. Ik moet leren hoe ik moet communiceren met de
Discriminatoren en de regeringen van de verschillende kantons."

Met zijn ronde schouders ingezakt ging Sajarano hem voor en via
zijn studeerkamer kwamen ze bij een gesloten deur. Hij raakte code-
sleutels aan om de deur open te laten gaan, en ze klommen langs een

wenteltrap naar boven tot ze bij een vertrek kwamen van waar ze heel Garwiy konden overzien.

Op een bank langs de muur stond een aantal glazen kisten. Sajarano maakte een vaag gebaar. "Dit is radioapparatuur. Er gaat een smalle bundel naar een relaisstation bovenop de Ushkadel. De straal is niet te traceren. Ik druk op deze knop om boodschappen door te geven aan de Dienst voor Proclamaties, deze knop verbindt dit vertrek met de Opperdiscriminator, deze met de Zaal der Kantons, deze met de Dienst voor Petities. Mijn stem wordt onherkenbaar gemaakt door een filter."

"En als ik wat zei?" zei Etzwane. "Zou iemand het verschil merken?"

Sajarano's gezicht vertrok even. Zijn ogen stonden dof van de pijn. "Niemand zou het merken. Bent u van plan om Anome te worden?"

"Daar voel ik niets voor," zei Etzwane.

"De huidige situatie komt daar wel op neer. Ik weiger verder nog enige verantwoordelijkheid op me te nemen."

"Hoe beantwoordt u de petities?"

"Dat was Garstangs werk. Ik controleerde het bord regelmatig om te zien wat hij besloten had. Af en toe was het nodig om mij te raadplegen, maar vaak kwam dat niet voor."

"Als u de radio gebruikt, wat doet u dan meestal? Wat zegt u?"

"Heel eenvoudig. Ik zeg: 'De Anome gelast u dit te doen.' Meer niet."

"Uitstekend. Roep nu de Dienst voor Proclamaties op, en alle andere diensten ook. Dit moet u zeggen:

'De wandaden van de Roguskhoi hebben de Anome tot het volgende besluit gebracht: In heel Shant geldt vanaf heden de noodtoestand. Het land moet alle krachten tegen deze wezens mobiliseren en ze vernietigen.'"

Sajarano schudde het hoofd. "Dat kan ik niet zeggen. U zult het zelf moeten doen." Hij scheen volkomen van de wijs. Zijn handen gingen krampachtig open en dicht, zijn ogen schoten heen en weer, en zijn huid had een ongezonde gelige kleur gekregen.

"Waarom kunt u het niet zeggen?" vroeg Etzwane.

"Omdat het tegen mijn diepste natuur ingaat. Ik wil geen partij zijn aan uw waaghalzerij. Chaos zal het gevolg zijn!"

"Als we de Roguskhoi niet uitroeien betekent dat dat er binnen afzienbare tijd geen Shant meer is," zei Etzwane, "en dat is nog erger. Laat mij zien hoe ik de radio moet gebruiken."

Sajarano's mond beefde, en een ogenblik lang dacht Etzwane dat hij zou weigeren. Toen zei hij: "Druk op die knop. Draai dan aan die groene knop daar tot het groene lampje oplicht. Druk dan op de knop van de instantie waarmee u verbinding wenst. Haal deze schakelaar over om de monitor een teken te geven. Als het purperkleurige lampje gaat flikkeren moet u spreken."

Etzwane liep naar de bank en Sajarano deed een paar stappen naar achteren. Etzwane deed alsof hij de apparatuur bestudeerde. Sajarano schoot op de deur af, rende er doorheen en gooide hem dicht. Etzwane wierp zich tussen deur en deurpost en er volgde een wilde worsteling. Etzwane was jong en sterk, Sajarano duwde met hysterische kracht. De twee hoofden, een aan elke kant van de deur, waren maar een paar centimeter van elkaar. Sajarano's ogen puilden uit, zijn mond hing open. Zijn voeten gleden uit en de deur zwaaide terug.

Beleefd zei Etzwane: "Wie woont er hier nog meer, behalve uzelf?"

"Alleen mijn personeel," mompelde Sajarano.

"De radio kan wachten," zei Etzwane. "Eerst moet ik zorgen dat ik van u geen last meer heb."

Sajarano stond er met neerhangende schouders bij. Etzwane zei: "Kom mee. Laat deze deuren openstaan. Ik wil dat u uw personeel meedeelt dat ik en mijn vrienden hier onze intrek zullen nemen."

Sajarano zuchtte gelaten. "Wat bent u met mij van plan?"

"Als u meewerkt, behoort uw leven uzelf toe."

"Ik zal mijn best doen," zei Sajarano met de stem van een oude man. "Ik moet het proberen, ik moet het proberen. Ik zal Aganthe, mijn majordomus laten komen. Hoeveel mensen komen hier wonen? Ik leid een afgezonderd bestaan."

"Daar zal ik nog met hen over moeten spreken."

HOOFDSTUK II

SAJARANO LAG VERDOOFD OP ZIJN BED. Etzwane stond in de vestibule. Wat moest hij doen met het lijk? Hij wist het niet. Het leek niet verstandig om het personeel te gebieden het weg te halen. Laat maar liggen waar het lag tot hij de dingen op poten had gezet. De mooie Jurjin! Wat een verspilling van schoonheid en levenslust! Hij kon geen woede tegen Sajarano meer opbrengen, elke emotie van dien aard leek nu futiel. Het was duidelijk dat de man volkomen krankzinnig was.

En nu de proclamatie. Etzwane liep terug naar de radiokamer, waar hij een bericht op papier zette waarvan hij vond dat het beknopt en krachtig klonk. Toen drukte hij op knoppen en haalde schakelaars over in de volgorde die Sajarano hem had verteld. Eerst bracht hij de verbinding tot stand met de Dienst voor Proclamaties.

Het purperen lampje flitste.

Etzwane zei: "De Anome gelast verspreiding in heel Shant van de volgende proclamatie:

"Naar aanleiding van de gevaarlijke aanwezigheid van de Roguskhoi in ons midden kondigt de Anome met onmiddellijke ingang de staat van beleg af.

"Een aantal jaren heeft de Anome getracht deze indringers met vriendelijke, overredende woorden tegemoet te treden. Dit is mislukt, en nu moeten wij de volledige kracht van onze natie inzetten om de Roguskhoi uit te roeien of terug te dringen naar Palasedra.

"De Roguskhoi geven blijk van een onnatuurlijke lust, waarvan reeds een groot aantal vrouwen het slachtoffer is geworden. Om het aantal incidenten van deze aard in de toekomst zo gering mogelijk te maken, beveelt de Anome dat alle vrouwen uit de kantons grenzend aan de Wilde Landen deze kantons moeten verlaten. Zij moeten zich naar kantons aan de zeekust begeven, en de autoriteiten daar dienen te zorgen voor veilig en behoorlijk onderdak.

"Tegelijkertijd dienen de autoriteiten in elk kanton te zorgen voor het oprichten van een militie van wakkere mannen, die minstens een man op de honderd inwoners sterk moet zijn. Binnenkort zullen nadere orders hierover worden uitgevaardigd. De autoriteiten van elk kanton moeten echter onmiddellijk beginnen met het rekruteren. De Anome zal geen begrip kunnen opbrengen voor vertragingen.

"De Anome zal nadere proclamaties uitvaardigen als de situatie daartoe aanleiding geeft. Mijn Eerste Adjudant is Gastel Etzwane. Hij zal een en ander coördineren en spreekt met mijn stem. Hij dient in alle opzichten te worden gehoorzaamd."

Etzwane bracht de verbinding tot stand met de Opperdiscriminator van Garwiy en las zijn proclamatie voor de tweede keer voor. "Gastel Etzwane dient te worden gehoorzaamd alsof hij de Anome zelf is. Is dat duidelijk?"

"We zullen Gastel Etzwane in alle opzichten onze medewerking verlenen," zei de stem van de Opperdiscriminator. "Het zij mij vergund te zeggen, Excellentie, dat deze nieuwe politiek in heel Shant instemming zal ontmoeten. Wij zijn verheugd dat u hebt besloten tegen de Roguskhoi op te treden!"

"Ik ben het niet die optreedt," zei Etzwane, "maar het volk van Shant. Ik geef alleen leiding aan hun inspanning. De Anome alleen kan niets doen."

"Dit is natuurlijk juist," kwam het antwoord. "Hebt u nog nadere instructies?"

"Ja. Ik wil dat de meest bekwame technici van Garwiy morgen rond noen aanwezig zijn in de kantoren van de Corporatie, zodat ik me kan laten adviseren over wapens en de productie van wapens."

"Daar zal ik zorg voor dragen."

"Dit is alles voor het ogenblik."

Etzwane verkende Paleis Sershan. Het personeel keek hem zijdelings aan, en mompelde verwonderd. Nooit had Etzwane zich zulke weelde kunnen voorstellen. Hij vond een rijkdom die duizenden jaren lang voortdurend was vergroot: glazen zuilen, met zilveren symbolen ingelegd, kamers in lichtblauw via welke hij uitkwam op vertrekken in oudroze, hele muren met vitran-landschappen,* meubilair en porselein uit het verre verleden, prachtige kleden uit Maseach en Cansume, en een serie gouden maskers, met groot levensgevaar gestolen uit de binnenlanden van Caraz.

Een paleis als dit hier kon hij ook krijgen als hij dat wilde, peinsde hij. Wat absurd dat Gastel Etzwane, vluchtig verwekt door Dystar de druithine bij Eathre van de Rododendronweg, nu eigenlijk — waarom zou hij het ook niet toegeven? — Anome van heel Shant was!

Etzwane haalde somber zijn schouders op. In zijn jeugd had hij geweten wat spaarzaamheid was; elke florijn die hij opzij kon leggen betekende een vijftienhonderdste deel van zijn moeders vrijheid. Nu lag de hele rijkdom van Shant aan zijn voeten. En het zei hem niets. En wat moest hij nu met het lijk in de ochtendkamer?

In de bibliotheek ging hij in een stoel zitten om eens na te denken...Sajarano maakte niet de indruk dat hij een schurk was, maar veeleer een figuur die door het noodlot was gebroken. Waarom had hij zich niet openhartiger uitgedrukt? Waarom zouden ze niet hebben kunnen samenwerken? Etzwane dacht na over de vervelende toestand die nu ontstaan was: Sajarano kon niet voortdurend verdoofd blijven, maar aan de andere kant kon hij hem ook niet vertrouwen, alleen als hij dood was.

Etzwane trok een grimas. Hij wou dat Ifness er was, die scheen nooit om iets verlegen te zitten. Maar nu Ifness er niet was, waren bondgenoten van allerlei slag welkom.

---

* *Vitran*: een manier van uitbeelden die alleen in Garwiy voorkomt. De kunstenaar en zijn leerjongen gebruiken minuscule staafjes gekleurd glas, een halve centimeter lang en een millimeter dik. De staafjes worden in de lengte op een achtergrond van matglas gelijmd. Als het kunstwerk klaar is wordt het van achteren belicht en toont dan een landschap, een portret of abstract patroon dat meer dan enige andere wijze van weergeven een eigen leven heeft. De vitran-techniek combineert straling, kleurenrijkdom en flexibiliteit aan een rijke detaillering en fantastische dieptewerking. Zelfs een klein kunstwerk vraagt een enorme hoeveelheid werk en tijd, want per vierkante meter worden niet minder dan ruim een half miljoen afzonderlijke staafjes gebruikt.

Er was altijd Frolitz en zijn troep: de Roze-Zwart-Azuur-Donker-groenen. Een belachelijk idee dat Etzwane meteen weer verwierp. Wie nog meer? Twee namen kwamen in hem op: Dystar, zijn vader, en Jerd Finnerack.

Eigenlijk wist hij van geen van de twee veel af. Dystar wist niet eens dat hij bestond. Toch had Etzwane hem horen spelen en had wat gehoord over zijn karakter. En wat Finnerack betreft, Etzwane herinnerde zich alleen een stevig gebouwde jongeman met een vastbesloten bruin gezicht en door de zon gebleekt blond haar. Finnerack was aardig geweest voor het wanhopige kind dat Gastel Etzwane toen was geweest; hij had hem zelfs aangemoedigd om te proberen te ontsnappen van Angwin-Wissel, een eiland in de lucht. Wat was er geworden van Jerd Finnerack?

Etzwane liep terug naar de radiokamer. Hij riep het kantoor van de Opperdiscriminator op en verzocht hem bij de administratie van het ballonspoor navraag te doen naar Jerd Finnerack.

Etzwane keek even in Sajarano's kamer. De Anome lag languit op zijn bed, verdoofd door de tinctuur die Etzwane hem had toegediend. Etzwane fronste zijn voorhoofd en liep het vertrek weer uit. Hij ontbood een lakei naar de grote salon en stuurde hem naar Fontenay's Herberg. Daar moest hij Frolitz opsporen en hem naar Paleis Sershan brengen.

Na enige tijd arriveerde Frolitz, tegelijk kribbig en wat onzeker. Toen hij Etzwane zag, bleef hij stokstijf staan en zijn hoofd ging verbaasd omhoog.

"Kom binnen, kom binnen," zei Etzwane. Hij gebaarde de lakei om te verdwijnen en ging Frolitz voor, de grote salon in. "Gaat u zitten. Wilt u wat thee?"

"Graag," zei Frolitz. "Maar wanneer ga je me nu eens vertellen hoe je hier terecht bent gekomen?"

"Door een vreemde samenloop van omstandigheden," zei Etzwane. "Zoals u weet, heb ik kortgeleden een petitie van vijfhonderd florijnen ingediend bij de Anome."

"Dat weet ik, ja. Wat een stommiteit!"

"Niet helemaal. De Anome was toen al mijn standpunt toegedaan, en hij heeft me daarom verzocht mijn medewerking te verlenen aan wat een grote veldtocht tegen de Roguskhoi gaat worden."

Frolitz gaapte hem stomverbaasd aan. "Jij? Gastel Etzwane de musicus? Wat is dit voor dolzinnig gepraat?"

"Het is geen dolzinnig gepraat. Iemand moet dit soort dingen op zich nemen. Ik heb daarin toegestemd, en verder heb ik gezegd dat u wel bereid zou zijn om ook mee te werken."

Frolitz' mond viel nog verder open. Toen kwam er een sardonische glans in zijn ogen. "O, natuurlijk! Dat is precies wat nodig is om de Roguskhoi in blinde paniek op de vlucht te laten slaan: de oude Frolitz en zijn wilde troep! Dat had ik zelf kunnen bedenken."

"De toestand is zeker ongewoon," zei Etzwane. "Maar u hoeft alleen maar te geloven wat uw ogen en oren u vertellen."

Frolitz stemde daar toch nog wat onzeker mee in. "Het lijkt wel of we als Estheten in een buitengewoon luxe paleis zitten. Wat gebeurt er nu?"

"Dat heb ik u al in het begin verteld. Wij moeten de Anome bijstaan."

Met hernieuwde achterdocht keek Frolitz Etzwane aan. "Eén ding moet bovenal duidelijk zijn: een strijder ben ik niet. Ik ben te oud om nog een zwaard te voeren."

"Geen van ons tweeën zal hoeven te vechten," zei Etzwane. "Wat wij moeten doen is een beetje clandestien en buitengewoon winstgevend, dat spreekt vanzelf."

"In welk opzicht, en in welke mate?"

"Dit is Paleis Sershan," zei Etzwane. "Wij gaan hier wonen: u, ik, en de rest van de troep. Wij zullen worden verzorgd en gehuisvest als Estheten. Wat wij moeten doen is eenvoudig, maar voor ik u meer vertel, wil ik weten wat u van deze opdracht vindt."

Frolitz krabde zich op het hoofd en harkte door zijn dunne grijze haar. "Je had het over winst. Dat klinkt als de oude Gastel Etzwane, die elke florijn aan zijn borst koesterde als was het een stervende heilige. De rest doet me allemaal sterk aan hallucinaties denken."

"We bevinden ons op het ogenblik in Paleis Sershan. Hallucinaties? Nee. Het voorstel komt onverwachts, maar zoals u weet, gebeuren er wel meer vreemde dingen."

"Dat is waar! Een musicus leidt een leven vol verrassingen. Ik heb bepaald geen bezwaar om hier in Paleis Sershan mijn intrek te nemen voor zolang de Sershans toestaan. Dit is toch toevallig niet jouw idee van een goede grap, om de oude Frolitz te zien wegvoeren naar Steenbrekerseiland, hardnekkig volhoudend dat hij onschuldig is?"

"Zeker niet, dat zweer ik. En de troep?"

"Zouden die zoiets hun neus voorbij laten gaan? Wat zouden we moeten doen, als we ervan uitgaan dat de hele zaak geen bedriegerij is?"

"Het is een wat vreemde zaak," zei Etzwane. "De Anome wil dat Sajarano van Sershan nauwgezet wordt geobserveerd. Botweg gezegd, Sajarano heeft huisarrest. Dat moeten wij doen."

Frolitz bromde. "Nu word ik gekweld door een tweede angst: als de Anome de musici van Shant gaat gebruiken als cipiers, besluit hij straks misschien wel zijn overbodig geworden cipiers instrumenten in handen te geven."

"Zo ver zal het niet komen," zei Etzwane. "De Anome heeft mij opgedragen voor een aantal betrouwbare lieden te zorgen, en ik dacht het eerst aan de troep. Zoals ik al zei, we zullen goed betaald worden. Ik kan er ook voor zorgen dat iedereen in de troep nieuwe instrumenten krijgt: de beste waldhoorns die er te krijgen zijn, zwartberken khitans met bronzen scharnieren, zilveren tepijnen, wat u maar nodig hebt of graag zou willen, en zonder op de kosten te letten."

Weer viel Frolitz' mond open van verbazing. "Kun je daar allemaal voor zorgen?"

"Inderdaad."

"Als dat werkelijk zo is, dan kun je op de hulp van de troep rekenen. We hebben lange tijd al de behoefte gevoeld om het ons eens wat gemakkelijker te maken."

De vertrekken van Sajarano lagen hoog in een toren van parelglas, aan de achterkant van het paleis. Etzwane trof hem aan op een groen satijnen bank, spelend met een stel prachtige ivoren puzzels. Sajarano zag er afgetobd uit; zijn huid had de kleur en het aanzien van oud papier. Hij begroette Etzwane gereserveerd, maar weigerde hem aan te kijken.

"Wij zijn tot handelen overgegaan," zei Etzwane. "De volledige macht van Shant heeft zich verbonden tot de strijd tegen de Roguskhoi."

"Ik hoop dat u de problemen even gemakkelijk zult kunnen oplossen als ze in de wereld roepen," zei Sajarano kortaf.

Etzwane ging op een witte houten stoel tegenover hem zitten. "Bent u niet van gedachten veranderd?"

"Als die het resultaat zijn van een jarenlang nauwgezet bestuderen van de feiten? Natuurlijk niet."

"Dan hoop ik dat u erin toestemt u te onthouden van handelingen die aan onze inspanningen schade kunnen toebrengen?"

"Alle macht ligt aan u," zei Sajarano. "Ik moet u gehoorzamen."

"Dat hebt u tevoren ook al eens gezegd," merkte Etzwane op. "En even later probeerde u me te vergiftigen."

Sajarano haalde zonder veel belangstelling zijn schouders op. "Ik kon alleen maar doen wat de stem in mijn binnenste mij ingaf."

"Hmmf. En wat geeft die stem u nu in?"

"Niets. Mij is een tragische gebeurtenis overkomen, en mijn enige wens is nu nog in afzondering verder te kunnen leven."

"Dat zal geschieden," zei Etzwane. "Een korte tijd, tot een en ander geheel op orde is, zal een groep musici waarmee ik contacten heb ervoor zorgen dat u een afgezonderd leven leidt. Ik heb getracht u zo min mogelijk ongemak te bezorgen. Ik hoop dat u dit niet verkeerd opneemt."

"Als ze maar niet repeteren of onbezonnen vernielingen aanrichten," zei Sajarano.

Etzwane keek door het raam uit over de bossen van de Ushkadel. "Hoe moeten we het lijk uit de ochtendkamer verwijderen?"

Zacht zei Sajarano: "Druk op die knop daar, dan weet Aganthe dat zijn aanwezigheid gewenst is."

Toen de majordomus even later verscheen zei Sajarano: "In de ochtendkamer zult u een lijk aantreffen. Begraaf het, laat het in de Sualle zinken, ontdoe u ervan op elke wijze die u goeddunkt, maar laat het wel discreet gebeuren. Reinig daarna de ochtendkamer."

Aganthe boog en verdween.

Sajarano vroeg: "Wat wenst u nog meer?"

"Ik zal geld van de staat moeten uitgeven. Welke procedure moet ik daarbij volgen?"

Sajarano's lippen verwrongen zich in een bittere glimlach. Hij legde zijn ivoren puzzels weg. "Volg mij."

Ze gingen de trap af naar Sajarano's studeervertrek. Daar bleef hij even peinzend staan. Etzwane vroeg zich af of hij weer een verrassing in petto had en stak opvallend zijn hand in zijn zak. Sajarano haalde heel licht zijn schouders op, alsof hij de gedachte aan wat hij wellicht van plan was geweest liet varen. Uit een kastje haalde hij een stapeltje cheques. Behoedzaam liep Etzwane naar hem toe met zijn vinger op de gele knop. Maar Sajarano's verzet, als hij dat van plan was geweest, werd doodgeboren. "Uw beleid is veel te boud voor mij," mompelde hij. "Misschien hebt u wel gelijk, misschien heb ik mijn hoofd wel in het zand gestoken. Soms voelt het alsof ik een droom heb geleefd, en geen gewoon leven."

Dof legde hij Etzwane uit hoe hij de cheques moest gebruiken.

"Laten er geen misverstanden tussen ons bestaan," zei Etzwane tegen Sajarano. "U mag niet het paleis verlaten, de radio gebruiken, uw dienaren ergens op uit sturen of vrienden ontvangen. Wij zijn niet van plan u overlast te veroorzaken als u van uw kant niets doet dat onze achterdocht opwekt."

Daarna riep hij Frolitz en stelde hem voor. Vlot en hartelijk zei Frolitz: "Dit is werk waarmee ik niet zeer vertrouwd ben. Maar ik ben ervan overtuigd dat de contacten tussen ons rustig zullen verlopen."

"Van mijn kant zal dat zeker het geval zijn," zei Sajarano bitter. "Wat wenst u verder nog van mij?"

"Voor het ogenblik niets."

Sajarano ging terug naar zijn vertrekken in de parelgrijze toren. Spottend zei Frolitz: "Je taak schijnt meer te omvatten dan alleen het gevangen houden van Sajarano."

"Zeker," zei Etzwane. "Als u soms nieuwsgierig bent..."

"Nee, nee, ik hoef niets te horen," riep Frolitz. "Hoe minder ik weet hoe groter mijn onschuld is!"

"Zoals u wenst." Etzwane liet Frolitz de trap zien die naar de radiokamer voerde. "Denk er goed aan! Sajarano mag onder geen beding in dit deel van het huis komen!"

"Dat is nogal een boude maatregel, gezien het feit dat hij de eigenaar is van het paleis."

"Toch moet het zo. Iemand moet hier op wacht staan, dag en nacht."

"Lastig als we willen repeteren," mopperde Frolitz.

"Dan repeteert u maar hier voor de trap." Hij drukte op een knop, en even later verscheen Aganthe.

"Wij zullen enige tijd uw gewone leven moeten verstoren," zei Etzwane. "Om eerlijk te zijn heeft de Anome Sajarano een lichte vorm van huisarrest opgelegd. Meester Frolitz en de leden van zijn troep zullen voor een en ander zorgdragen. Zij stellen hoge prijs op uw volledige medewerking."

Aganthe boog. "Ik ben verantwoording schuldig aan zijne Excellentie Sajarano. Zijne Excellentie heeft mij geïnstrueerd uw bevelen uit te voeren, en dat zal ik doen."

"Uitstekend. Ik gelast u geen gevolg te geven aan bevelen van hem wanneer ze tegen onze officiële plichten ingaan. Is dat duidelijk?"

"Ja, Excellentie."

"Als Sajarano u een dergelijk bevel geeft moet u dit melden aan mij of aan Meester Frolitz. Ik kan hier niet genoeg de nadruk op leggen. In de ochtendkamer hebt u het resultaat van onjuist gedrag gezien."

"Ik begrijp het volkomen, Excellentie." Aganthe ging heen.

"Van nu af aan moet u de zaak hier onder controle houden," zei Etzwane tegen Frolitz. "Wees op uw hoede! Sajarano is een bijzonder vindingrijk man."

"Beschouw jij me wat dat betreft dan niet als zijn gelijke?" zei Frolitz. "Weet je nog, toen we de laatste keer de *Kheriteri Melanchine* speelden? Wie transponeerde onmiddellijk naar de zevende toon toen Lurnous ons allemaal in verlegenheid bracht? Is dat soms geen vindingrijkheid? Wie heeft Barndart de balladezanger in de latrine opgesloten toen hij met alle geweld wilde gaan zingen? Wat zeg je daarvan?"

"Ik heb het volste vertrouwen in u," antwoordde Etzwane.

Frolitz vertrok om de troep in kennis te stellen van hun nieuwe taken. Etzwane liep terug naar Sajarano's studeervertrek en schreef daar een cheque uit ten laste van de openbare financiën ter grootte van twintigduizend florijnen, genoeg, vermoedde hij, om in de eerstvolgende dagen gewone en buitengewone uitgaven te kunnen doen.

In de Bank van Shant werd het bedrag zonder vragen of formaliteiten uitbetaald. Nooit had Etzwane kunnen vermoeden dat hij nog eens over zo'n groot bedrag zou kunnen beschikken!

De functie van geld lag in het gebruik ervan: Etzwane begaf zich naar een winkel en zocht daar een aantal kledingstukken uit waarvan hij vond dat ze pasten bij zijn nieuwe rol: een fraai gesneden jasje van purper en groen velours, een donkergroene broek, een zwartfluwelen cape met een lichtgroene voering, de mooiste laarzen die hij krijgen kon. Hij keek eens goed naar zichzelf in de enorme kooldampspiegel van de winkel, en vergeleek deze elegante jonge patriciër met de Gastel Etzwane van weleer, die alleen florijnen uitgaf als het hard nodig was.

De Esthetische Corporatie was gehuisvest in het Hooggerechts-gebouw, een enorme constructie van paars, groen en blauw glas vlak achter het Corporatieplein. De eerste twee verdiepingen dateerden nog uit het midden van de Pandamondynastie. De volgende vier ver-diepingen, de zes torens en elf koepels waren tien jaar voor de Vierde Palasedraanse Oorlog afgebouwd en hadden door een wonder het grote bombardement overleefd.

Etzwane begaf zich naar het kantoor van Aun Sharah, de Opperdiscriminator van Garwiy, op de tweede verdieping van het Hooggerechtsgebouw. "Wilt u mij aankondigen," zei hij tegen de klerk. "Ik ben Gastel Etzwane."

Aun Sharah kwam zelf zijn kantoor uit om hem te begroeten. Het was een knappe man met een dikke zilveren haardos die vlak langs zijn schedel lag, een fraaie arendsneus, en een brede mond waar een halve glimlach om speelde. Hij droeg een bijzonder eenvoudige donkergrijze tuniek, met als enig versiersel twee kleine schouderknoppen van zil-verhout. Zijn kleding was zo gedistingeerd dat Etzwane zich afvroeg of wat hij zelf droeg daarnaast niet wat al te weelderig zou lijken.

De Opperdiscriminator keek Etzwane rustig en nieuwsgierig aan. "Wilt u mij maar volgen naar mijn kantoor alstublieft?"

Ze liepen naar een groot kantoor met een hoog plafond dat uit-zag over het Corporatieplein. Evenals Aun Sharah's kleding was ook de inrichting van zijn werkvertrek eenvoudig en elegant. Aun Sharah gebaarde hem op een stoel plaats te nemen en ging zelf op een sofa tegen een muur zitten. Etzwane benijdde hem zijn kalmte. Zijn aan-dacht leek geheel gericht op Etzwane, en hij vertoonde geen spoor van nervositeit. Etzwane wilde wel dat hij dat van zichzelf ook kon zeggen.

"U bent bekend met de nieuwe stand van zaken," zei Etzwane. "De

Anome heeft alle krachten van Shant verbonden tot de strijd tegen de Roguskhoi."

"Wel wat laat," mompelde Aun Sharah.

Etzwane vond die opmerking wat vrijpostig. "Hoe het ook zij, we moeten ons nu gaan bewapenen. De Anome heeft me daartoe benoemd tot zijn Eerste Adjudant. Ik spreek met zijn stem."

Aun Sharah leunde wat achterover op zijn bank. "Is dat niet vreemd? Een paar dagen geleden nog werd een zekere Gastel Etzwane door de Discriminatoren gezocht. Ik neem aan dat hij en u een en dezelfde persoon zijn."

Etzwane keek de Opperdiscriminator koel aan, en vergewiste zich ervan dat de ander dat merkte. "De Anome zocht me en hij heeft me gevonden. Ik heb hem van een aantal zaken in kennis gesteld, en hij heeft daarop gereageerd op de wijze die u bekend is."

"Heel verstandig! Dat is mijn mening tenminste," zei Aun Sharah. "Wat waren die 'zaken', als ik vragen mag?"

"De mathematische zekerheid dat een catastrofe voor de deur staat tenzij we onmiddellijk de wapens opnemen. Hebt u die bijeenkomst van technici geregeld?"

"Daar wordt voor gezorgd. Hoeveel mensen wilde u raadplegen?"

Scherp keek Etzwane naar de Opperdiscriminator, die minzaam en ontspannen terugkeek. Hij veinsde stomme verbazing. "Heeft de Anome dan geen gerichte opdracht uitgevaardigd?"

"Ik meen te weten dat hij het aantal van de bijeen te roepen technici niet specificeerde."

"In dat geval moet u de meest ervaren en gerespecteerde vaklieden bijeenbrengen. Uit hun midden kunnen we een voorzitter kiezen, of een directeur die hun inspanningen moet coördineren. Ik wil dat u er ook bij bent. Ons eerste doel is het organiseren van een korps bekwame mannen die de besluiten van de Anome moeten uitvoeren."

Langzaam, bedachtzaam knikte Aun Sharah. "Hoever bent u in dit opzicht al gevorderd?"

Etzwane begon zijn ontspannen blik wat al te schrander te vinden. Hij zei: "Niet zo ver. Er wordt nog steeds overlegd over een aantal namen. Wat de bewuste Jerd Finnerack betreft, wat zijn uw bevindingen in deze?"

Aun Sharah haalde een stuk papier tevoorschijn. Hij las: " 'Jerd Finnerack: onder contract in dienst bij het ballonspoor. Geboren in het dorp Ispero in het oostelijk gedeelte van de Ochtendkust. Zijn vader, een bessenverbouwer, gebruikte hem als waarborg voor een lening, en toen hij zijn verplichtingen niet na kon komen werd op het kind beslag gelegd. Finnerack heeft zich een recalcitrant werker betoond. Bij zekere gelegenheid heeft hij op misdadige wijze een ballon losgegooid van het wisselwiel in Angwin-Wissel, wat de ballonspoorweg dwong aanzienlijke bedragen aan schadevergoeding uit te keren. Deze kosten zijn toegevoegd aan het bedrag van zijn contract. Hij is nu werkzaam in Kamp Drie in Kanton Glaiy. Dit is een verblijf voor weerspannige werkers. De somma van zijn contract bedraagt nu iets meer dan tweeduizend florijnen.' " Hij overhandigde het stuk papier aan Etzwane. "Wat, als ik zo vrij mag zijn, geeft u deze belangstelling voor Jerd Finnerack in?"

Formeler dan ooit zei Etzwane: "Ik begrijp uw belangstelling, het is niet meer dan natuurlijk dat u die hebt. De Anome staat echter op volledige discretie. Verder heeft de Anome alle vrouwen in de bedreigde gebieden opgedragen zich naar kantons aan de zee te begeven. Onplezierige incidenten moeten daarbij worden vermeden. In elk kanton moeten tenminste zes monitors worden benoemd om klachten aan te horen en bijzonderheden te noteren. Later zal naar alle klachten een onderzoek worden ingesteld. Ik wil dat u een aantal mensen benoemt die dit werk aankunnen en ervoor zorgt dat ze zo snel mogelijk op hun post zijn."

"Dat is een uiterst belangrijke maatregel," stemde Aun Sharah in. "Ik zal een aantal mensen uit mijn eigen korps opdracht geven om deze groepen te organiseren."

"Ik laat deze zaak geheel aan u over."

Etzwane ging heen. Het was alles bij elkaar goed gegaan. Achter Aun Sharah's kalme gezicht ging ongetwijfeld een woelige menigte theorieën schuil. Misschien zou dat hem tot daden brengen die niet door de beugel konden, misschien ook niet. Meer dan ooit voelde Etzwane dat hij een bondgenoot nodig had die hij volkomen vertrouwen kon. Zijn positie, alleen, was nu heel precair.

Via een omweg liep hij terug naar Paleis Sershan. Een tijdlang dacht hij dat hij door iemand werd gevolgd, maar toen hij onder de Granaatappelpoort doorliep en in de dieprode gloed achter een van de zuilen bleef staan wachten, kwam er niemand achter hem aan, en toen hij zijn weg vervolgde, meende hij achter zich niemand te zien.

HOOFDSTUK III

PRECIES OP HET NOENUUR betrad Etzwane de grote vergaderzaal van het Hooggerechtsgebouw. Zonder naar links of rechts te kijken liep hij naar het podium voor sprekers, legde zijn handen op de massief zilveren lijst en keek de oplettende gezichten voor hem aan.

"Heren, de Anome heeft een boodschap voor u die ik volgens zijn instructies aan u zal voorlezen." Hij haalde een vel perkament tevoorschijn. "Dit zijn de woorden van de Anome:

> *De Anome groet de technische aristocratie van Garwiy! Ik vraag u om hulp en advies over maatregelen tegen de Roguskhoi. Lang heb ik de hoop gekoesterd dat ik deze wezens op geweldloze wijze zou kunnen verdrijven, maar mijn pogingen zijn zonder resultaat gebleven, en wij dienen nu te strijden.*
>
> *Ik heb het vormen van een leger gelast, maar dit is slechts het halve werk. Ook doeltreffende wapens zijn nodig.*
>
> *Het probleem ligt als volgt: de Roguskhoikrijger is groot van postuur, woest, en onbevreesd. Zijn voornaamste wapens zijn een metalen knots en een kromzwaard. Dit laatste wapen wordt zowel voor houwen als werpen gebruikt, en is bruikbaar tot op een afstand van veertig meter of misschien zelfs meer. In een man-tegen-man gevecht is een gewone man hulpeloos. Onze soldaten moeten daarom worden uitgerust met wapens die te gebruiken zijn op een afstand van honderd meter, en liefst nog verder.*
>
> *Dit probleem leg ik u voor. Ik gelast u onmiddellijk met al uw krachten aan dit werk te beginnen. Alle hulpbronnen van Shant staan tot uw beschikking.*

Het is uiteraard noodzakelijk dat uw inspanningen goed worden georganiseerd. Ik wil dat u nu uit uw midden een voorzitter kiest die toezicht zal houden op uw werk.

Tot Eerste Adjudant heb ik de persoon benoemd die deze boodschap voorleest, Gastel Etzwane. Hij spreekt met mijn stem. U dient hem rapport uit te brengen en zijn aanwijzingen op te volgen.

Ik wijs er nogmaals op hoe dringend de zaak is. Onze militie is zich aan het verzamelen, en zal binnenkort wapens nodig hebben.

Etzwane legde het perkament neer en keek de rijen gezichten voor hem aan. "Zijn er nog vragen?"

Een stevig gebouwde, wat blozende man kwam zwaar overeind. "Wat de Anome wil is niet geheel duidelijk. Wat voor wapens wil hij dat we maken?"

"Wapens om de Roguskhoi te doden en terug te drijven zonder dat de gebruikers van die wapens daar al te veel risico bij lopen," zei Etzwane.

"Alles goed en wel," bromde de man, "maar wij weten niet wat precies de bedoeling is. De Anome zou moeten zorgen voor een aantal eisen waaraan de wapens moeten voldoen, of in ieder geval voor werktekeningen! Moeten wij dan in het donker rondtasten?"

"De Anome is geen technicus," zei Etzwane. "Dat bent u wel! U allen moet zelf uw eisen vaststellen en uw eigen werktekeningen maken! Als u energiewapens kunt produceren zou dat ideaal zijn. Als dat niet gaat moet u doen wat mogelijk en haalbaar is. In heel Shant komt het leger nu tezamen, en de soldaten hebben in de oorlog die komt wapens nodig. De Anome kan niet uit het niets wapens laten verschijnen. Ze moeten worden ontworpen en vervaardigd door u, de technici!"

De man met het blozende gezicht keek onzeker om zich heen en ging toen zitten. Op de achterste rij zag Etzwane Aun Sharah. Hij had een peinzende glimlach op zijn gezicht.

Een lange man met brandende zwarte ogen in een wasbleek gezicht stond op. "Uw opmerkingen raken de kern van de zaak, en we zullen ons best doen. Maar bedenk wel dat wij technici zijn, en geen uitvinders. Wij brengen verfijningen aan in processen, wij creëren geen nieuwe ontwerpen."

"Als u niet in staat bent om dit te doen moet u iemand zoeken die het wel kan," zei Etzwane. "Ik laat deze verantwoordelijkheid aan u. Creëer of sterf."

Weer een ander zei: "Een zaak die van invloed is op ons denken is de grootte van het leger. Die bepaalt het aantal wapens dat benodigd is. Elegantie zou dan heel goed ondergeschikt kunnen zijn aan een snelle productie en doeltreffendheid."

"Dat is juist," zei Etzwane. "Het leger zal tussen de twintigduizend en de honderdduizend man sterk worden, het precieze aantal soldaten zal afhangen van het verloop van de oorlog, of dat moeizaam is of vlot. Daar zou ik aan toe willen voegen dat wapens het hardst nodig zijn, maar we hebben ook verbindingsapparatuur nodig, zodat de bevelhebbers van de verschillende eenheden hun tactiek kunnen coördineren. De door u te kiezen voorzitter dient een groep te benoemen die dit soort apparatuur moet ontwikkelen."

Etzwane wachtte of er nog meer vragen kwamen, maar in de zaal hing een sombere, twijfelende stilte. Hij zei: "Ik laat u nu alleen met uw werk. Kies een voorzitter, een man van wie u weet dat hij kundig is, en besluitvaardig, en zo nodig in staat tot hard optreden. Hij zal werkgroepen instellen als hij dat nodig acht. Vragen of aanbevelingen kunt u aan mij kwijt via de Opperdiscriminator, Aun Sharah."

Zonder verder nog iets te zeggen boog Etzwane en liep door dezelfde deur naar buiten als waardoor hij de zaal betreden had.

In het paviljoen voor het Hooggerechtsgebouw kwam Aun Sharah Etzwane achteropgelopen. "De zaak begint op gang te komen," zei hij. "Ik hoop dat het efficiënt gaat. Deze lieden hebben geen enkele ervaring met werk waarin ze iets moeten creëren en, als ik dat mag zeggen, de Man zonder Gezicht maakte in dit geval een besluiteloze indruk."

"Hoe bedoelt u?" zei Etzwane kalm.

"Als hij niet besluiteloos geweest was, had hij de dossiers en classificaties van iedereen opgevraagd. Dan zou hij een voorzitter hebben benoemd en duidelijk omschreven bevelen hebben gegeven. Nu zijn de technici verbaasd en onzeker, en ze beschikken niet over een betrouwbare leidraad."

Etzwane haalde zonder veel belangstelling zijn schouders op. "De Anome moet een groot aantal dingen in het oog houden. Het is absoluut noodzakelijk dat hij deze last met anderen kan delen."

"Natuurlijk, mits deze mensen bekwaam zijn, en richtlijnen krijgen waaraan ze zich dienen te houden."

"Ze moeten zelf hun eigen richtlijnen bedenken."

"Dat is een interessante gedachtegang," gaf Aun Sharah toe. "Ik hoop dat het ook werkt."

"Het moet werken, als we het tenminste willen overleven. De Anome kan de Roguskhoi niet met zijn blote handen gaan bevechten. Ik neem aan dat u mijn achtergrond bent nagegaan."

Zonder enig blijk van verlegenheid gaf Aun Sharah het toe. "U bent, of u was, musicus bij de in hoog aanzien staande troep van Meester Frolitz."

"Ik ben musicus. Ik ken andere musici op een manier waarop u ze niet kent, ook al zou u honderd dossiers aanleggen."

Aun Sharah wreef over zijn kin. "Ja?"

"Stelt u zich eens voor dat de Anome een troep wil samenstellen die bestaat uit de beste musici van Shant. U zou ongetwijfeld zorgen voor een stapel dossiers, en hij zou er een aantal uitkiezen. Zouden deze musici goed spelen, zouden ze elkaar aanvullen? Ik vermoed van niet. Waar ik op doel, is het volgende: niemand van buiten kan op doeltreffende wijze een groep experts organiseren. Dat zullen zij zelf moeten doen. Daar is de Anome op het ogenblik van overtuigd."

"Ik zal de vorderingen van de groep met belangstelling bezien," zei Aun Sharah. "Wat voor wapens verwacht u van hen?"

Etzwane keek Aun Sharah kil aan. "Wat weet ik nu van wapens af? Ik weet niet wat te verwachten, en de Anome evenmin."

"Dat spreekt vanzelf. Maar goed, ik moet nu terug naar mijn vertrekken om mijn personeel te reorganiseren." En Aun Sharah ging zijns weegs.

Etzwane stak het Corporatieplein over en liep de Rozentuin in. Aan een wat afgezonderd tafeltje dronk hij een kopje thee en dacht na over wat hij tot op heden had bereikt. Belangrijke dingen, dacht hij; grote krachten waren in beweging gezet. Vrouwen waren op weg naar relatief veilige streken in de kantons rond de zee. In het gunstigste geval zouden er geen Roguskhoiwelpen meer geboren worden, in het ongunstigste geval zouden de Roguskhoi een groter gebied gaan afstropen. De beslissing om een militie in te stellen was genomen, en de technici was gelast wapens te produceren. Sajarano werd bewaakt door Frolitz. Aun Sharah, een onbekende grootheid, moest voorzichtig worden aangepakt.

Voor het ogenblik had hij alles gedaan wat in zijn macht lag. Iemand had op de stoel naast de zijne een exemplaar van *Aernid Koromatik** laten liggen. Etzwane raapte het op en bekeek de gekleurde patronen. Lichtblauwe en groene letters wezen op mededelingen over maatschappelijke gebeurtenissen met accenten in rozerood en oudroze. Etzwane negeerde ze. Hij las wel de lavendelkleurige proclamaties van de Anome. In diverse tinten indigo en groen† werden de meningen van bekende personen weergegeven. Alle aangehaalde bewoners van Garwiy gaven blijk van instemming. "Eindelijk zet de Anome zijn enorme macht in tegen de wilde horden," verklaarde de Estheet Santangelo van Ferathilen, in ultramarijnkleurige letters. "Het volk van Shant kan zich nu weer ontspannen."

Etzwane's mondhoeken gingen naar beneden, hij schudde het journaal. Onderaan de pagina omkaderde een brede bruine balk een in okergeel gesteld en onrustbarend, gruwelijk bericht. De Roguskhoi waren met een bende van meer dan vijfhonderd sterk het Farwandal in Kanton Lor-Asphen binnengevallen, hadden een groot aantal mannen gedood en ook een menigte vrouwen gevangengenomen. "Ze hebben een kamp gebouwd, het ziet er niet naar uit dat ze binnen afzienbare tijd van plan zijn naar de Hwan terug te trekken. Beschouwen ze het dal soms als veroverd gebied?

---

* Letterlijk 'Kleurrijk Omhulsel'. Deze naam duidde erop dat aan alle mogelijke soorten nieuws aandacht werd geschonken.

† De gebruikte nuance van blauw of groen gaf aan hoe groot het prestige was van de persoon wiens woorden werden aangehaald. Reputatie, ijdelheid, spotzucht, populariteit, hoogdravendheid, dat alles werd weergegeven in de diepte, nuance en bijtinten van de gebruikte kleuren — een heel subtiele symboliek.

De vrouwen van Lor-Asphen worden op het ogenblik geëvacueerd naar de Kantons Ochtendkust en Esterland, en wel zo snel mogelijk. Het is spijtig dat de Anome nog niet genoeg kracht tot zijn beschikking heeft om terug te slaan. Wij hopen dat er niet meer van deze gruwelijke gebeurtenissen plaatsvinden."

Etzwane legde het journaal weg, maar bedacht zich toen en stopte het in de zak van zijn cape. Een tijdje zat hij naar de mensen aan de tafels naast de zijne te kijken. Ze praatten rad, ze waren charmant, hun gevoelens waren subtiel. Opeens zag Etzwane een technicus de thee-tuin binnenkomen. Het was de man met het blozende gezicht die bij de bijeenkomst in het Hooggerechtsgebouw het eerst was opgestaan om vragen te stellen. Over zijn zwart met witte kleding droeg hij een groene mantel. Hij voegde zich bij een groepje vrienden aan een tafel naast die waar Etzwane aan zat: twee mannen en twee vrouwen in weelderige gewaden van blauw, groen, purper, en wit. Ze bogen zich voorover toen de technicus opgewonden begon te spreken. Etzwane luisterde. "…Waanzinnig, waanzinnig! Dit is ons werk helemaal niet. Wat weten wij van dit soort dingen af? De Anome verwacht wonderen. Hij wil bakstenen zien zonder dat wij zand en klei krijgen! Laat hem zelf zorgen voor die wapens. Is hij niet de grootste macht in Shant?"

Een van zijn metgezellen zei een paar woorden, waar de technicus ongeduldig op reageerde. "Het is allemaal onzin! Ik ben van plan een protestpetitie in te dienen. De Anome zal toch zeker inzien wat redelijk is en wat niet."

Verstijfd van ongeloof luisterde Etzwane naar wat de ander zei. Na een paar ogenblikken veranderde dat in blinde woede. Nog pas kort geleden had hij er bij deze man op aangedrongen zich belangeloos in te spannen voor de gemeenschap. De dikke stommeling! En nu al ver-breidde hij defaitistische gedachten! Etzwane haalde de pulszender uit zijn zak, drukte de knoppen van de kleurcode van de man in. De gele knop drukte hij niet in, maar hij liep wel naar het tafeltje van de ander en staarde woedend naar diens plotseling verbleekte gezicht. "Ik heb gehoord wat u zei," zei Etzwane. "Weet u hoe groot de afstand was tussen u en de dood? Een kwart centimeter, een lichte druk op een knop."

"Mijn woorden waren impulsief, niet meer dan dat," riep de man haastig en verwijtend. "Moet u dan alles wat ik zeg zonder meer geloven, en niet eerst nagaan wat ik ermee bedoel?"

"Wat moet ik dan? Zo bedoel ík mijn woorden. Zeg uw vrienden vaarwel, u bent opeens ingelijfd bij de militie van Garwiy. Ik hoop dat u even goed kunt vechten als praten."

"De militie! Onmogelijk! Mijn werk…"

"Onmogelijk?" Etzwane noteerde uitgebreid de kleurencode van de technicus. "Ik zal een en ander meedelen aan de Anome. U moest maar beginnen met het op orde brengen van uw zaken."

Geschokt, zijn gezicht spierwit, liet de man zich in zijn stoel vallen.

Etzwane ging in een diligence naar Paleis Sershan. Hij trof Sajarano in de daktuin, spelend met een prisma. Etzwane bleef er even naar staan kijken. Sajarano liet gekleurde vlekken licht over een witte balk glijden. Zijn kleine mond was samengeknepen, en zijn ogen vermeden zorgvuldig Etzwane aan te kijken.

Wat was er gaande onder dat dichtersvoorhoofd? Wat voor impulsen stuurden die kleine handen, die vroeger zo snel en machtig waren? Etzwane was al in een wat grimmige stemming en kon geen verdraagzaamheid meer opbrengen voor het raadsel Sajarano. Hij haalde het journaal tevoorschijn en legde het voor de ander neer. Die legde het prisma weg. Na een paar minuten keek hij Etzwane aan. "Gebeurtenissen volgen elkaar in snel tempo op. Er wordt geschiedenis geschreven."

Etzwane wees naar het bruin met gele bericht. "Wat zegt u hierop?"

"Een tragedie."

"Geeft u nu toe dat de Roguskhoi onze vijanden zijn?"

"Het valt niet te ontkennen."

"Hoe zou u deze zaak aanpakken als u weer over uw oude macht kon beschikken?"

Sajarano deed zijn mond open, en keek toen naar zijn prisma. "Elke handelwijze leidt naar een gebied met duistere mist."

Sajarano zou heel goed kunnen lijden aan een geestesziekte, dacht Etzwane. Dit was zelfs bijna zeker het geval. "Hoe bent u Anome geworden?" vroeg hij.

"Mijn vader was voor mij Anome, en toen hij oud werd, droeg hij het ambt aan mij over." Sajarano keek naar de hemel en glimlachte bij de droevige herinnering. "In dit geval was de overdracht een eenvoudige zaak, maar dat is niet altijd het geval."

"Wie zou er na u Anome geworden zijn?"

Sajarano's glimlach verdween, en hij fronste nadenkend zijn voorhoofd. "Eerst dacht ik aan Arnold van Cham, die ik een goede kandidaat achtte op grond van zijn afkomst, verstand en integriteit. Maar ik heb mij bedacht. De Anome moet verstandig zijn, maar ook hard kunnen optreden, er is geen ruimte voor gewetensbezwaren." Sajarano's vingers trokken even krampachtig. "Wat heb ik een verschrikkelijke dingen gedaan! In Haviosq is het een misdaad om de heilige vogels op te schrikken. In Fordume moet de jadebewerkersleerling sterven als zijn meesterstuk barst. Arnold van Cham is een redelijk man en zou aan dergelijke groteske wetten geen gehoorzaamheid hebben kunnen afdwingen. Ik heb toen gedacht aan een flexibeler man: Aun Sharah, de Opperdiscriminator. Hij is koel, intelligent en in staat afstand te nemen. Ik zag af van Aun Sharah om redenen van stijl, en bepaalde mijn keus op Garstang. Maar die is nu dood, en het hele onderwerp is irrelevant."

Etzwane dacht een ogenblik na. "Wist Aun Sharah dat hij een van de kandidaten was?"

Sajarano haalde zijn schouders op en nam het prisma weer ter hand. "Aun Sharah is een intelligent man met veel inzicht. Het is niet gemakkelijk om het uitoefenen van macht verborgen te houden voor iemand in een zo hoge positie als hij bekleedt."

Etzwane begaf zich naar de radiokamer. Hij verstelde het filter om zijn stem anders te laten klinken dan bij zijn eerste berichten en riep toen Aun Sharah op. "Dit is Gastel Etzwane. Ik heb met de Anome gesproken. Hij heeft gelast dat u en ik als gevolmachtigden alle gebieden van Shant bezoeken. Aan u zijn toegewezen de kantons ten oosten van de Jardeen en ten noorden van de Wilde Landen, met inbegrip van Shkoriy, Lor-Asphen, Hekshoofd, en Ochtendkust. Ik moet de kantons ten westen en ten zuiden voor mijn rekening nemen. Onze taak is het stimuleren en, waar nodig, afdwingen van het mobiliseren en trainen van de diverse milities. Hebt u nog vragen?"

Even was het stil. "U hebt het woord 'afdwingen' gebruikt. Hoe moeten wij dit doen?"

"We dienen bij recalcitrant gedrag de bijzonderheden daarvan te noteren; de Anome zal straffen opleggen. De omstandigheden liggen overal anders. Ik kan u geen gedetailleerde aanwijzingen geven, u moet naar eigen inzicht handelen."

Aun Sharah's stem klonk wat somber. "Wanneer moet ik vertrekken?"

"Morgen. U zou wellicht het eerst naar Wale, Purperen Waaier, Anglesiy, Jardeen en Conduce kunnen gaan en dan in Brassei-Wissel een ballon nemen naar de verder oostelijk gelegen kantons. Ik ga eerst naar Wilde Roos, Maiy, Erevan en Shade, en daar neem ik een ballon naar Esterland. We mogen om onze kosten te dekken cheques uit-schrijven op de Bank van Shant, en wat onze eigen uitgaven betreft, hoeven we niet zuinig te zijn."

"Goed," zei Aun Sharah zonder veel geestdrift. "We moeten doen wat ons wordt gevraagd."

HOOFDSTUK IV

DE BALLON *IRIDIXN*, gevorderd door Etzwane, hing zwaaiend boven het laadperron: een uit drie stukken bestaande plaat van wilgentenen, koorden en het glanzende dunne vlies van de ballon zelf. De windstuurman was Casallo, een jonge man vol aanstellerige en nuffige trekjes, die zijn precieze werk met een verveeld soort weerzin deed. Etzwane klom de gondel in, en Casallo, die al in zijn stuurstoel zat, vroeg: "Wat zijn uw orders, heer?"

"Eerst naar Jamilo, Vervei, Heilige Heuvel in Erevan, Lanteen in Shade, en daarna dwars over Shant naar Esterland."

"Zoals u wilt, heer." Casallo wist nog net een geeuw tegen te houden. Achter zijn oor droeg hij een takje arasma, duidelijk een souvenir van zijn uitspattingen van afgelopen nacht. Wantrouwig keek Etzwane toe hoe Casallo de lieren controleerde, de gaskleppen uitprobeerde, toen naar de ballastvoorraad keek en ten slotte de semafoor liet zakken. "Daar gaan we."

De werkploeg van het station sleepte de glijschoen door de sleuf en de ballon kreeg wat meer bewegingsvrijheid. Casallo deed iets wat hij tot dan toe nagelaten had: hij verstelde de hoek van de ballon met de wind zó dat de ballon in de gunstigste stand kwam te hangen. De kabels werden losgemaakt uit de klem op de glijschoen, de haak werd losgekoppeld, de ballon gleed weg. Met een opgewekt gezoem schoot de glijschoen door de gleuf. Casallo stelde de kabels bij met een gezicht of hij zojuist iets nieuws uitvond en de ballon begon duidelijk merkbaar sneller voort te glijden. Toen ze de Jardeenspleet achter zich gelaten hadden begon de Ushkadel, meer naar het westen, een donkere vlek te worden, en na verloop van tijd zeilden ze Wilde Roos binnen waar te

midden van beboste heuvels, dalen, vijvers en rustige weiden de land-
goederen lagen van de Estheten van Garwiy.

Toen de ballon de marktstad Jamilo naderde, loefde de stuurman
op en hing zijn oranje semafoor buiten. De werkploeg remde de glijschoen af en zette hem op een zijspoor. Ze haakten de kabels in de ring
van de glijschoen, trokken die naar het station en brachten zo de ballon
naar de grond.

Etzwane ging naar de Volksvergadering van het kanton, maar toen
hij daar kwam bleek het gebouw stil en verlaten te zijn. De proclamatie
van de Anome was aan een muur bevestigd, maar geen enkele autoriteit
had zich de moeite gegeven er nota van te nemen.

Woedend liep hij naar het kantoor van de schrijver, waar hij een
verklaring voor dit lakse gedrag eiste. De schrijver kwam moeizaam
zijn kantoor uitgehobbeld en knipperde niet-begrijpend met zijn
ogen terwijl Etzwane zijn gedrag bekritiseerde. "Waarom hebt u de
raadslieden niet bijeengeroepen?" snauwde Etzwane. "Bent u dan zo
onwetend dat u niet kunt begrijpen hoe dringend die boodschap was?
U bent ontslagen! Verdwijn uit dit kantoor en wees blij als de Anome
u uw hoofd niet afneemt!"

"Gedurende de gehele tijd dat ik dit ambt bekleed, zijn de zaken
immer zonder enige haast verlopen," zei de schrijver bibberend. "Hoe
had ik moeten weten dat nu net deze zaak bliksemsnel afgehandeld
diende te worden?"

"Dan weet u het nu! Hoe worden in noodgevallen de raadslieden
bijeengeroepen?"

"Ik weet het niet; dat hebben we hier nog nooit meegemaakt."

"Is Jamilo een ploeg mannen voor het bestrijden van vuren rijk?"

"Zeker. De gong hangt daar."

"Ga dan op die gong slaan!"

Maiy werd bewoond door handelslieden, een rijzig slag mensen met
een donkere huid en donker haar, kalm en vriendelijk in de omgang.
Ze woonden in achthoekige huizen met hoge daken die uit acht vakken
bestonden; midden op het dak stond een schoorsteen, meestal langer
dan die op het huis ervoor, want de hoogte van de schoorsteen was
in Maiy bepalend voor het prestige van de bewoner van het huis. Het

administratieve centrum van het kanton, Vervei, was niet zozeer een stad als wel een agglomeratie van kleine fabriekjes die speelgoed produceerden, en houten schalen, bladen, kandelaars, deuren en meubels. De fabrieken bleken op volle kracht te werken, en de Eerste Negociant van Maiy gaf toe dat hij niets gedaan had om gevolg te geven aan de proclamatie van de Anome. "Het valt ons heel moeilijk om snel iets te doen," zei hij met een ontwapenende glimlach. "We zijn gebonden aan contracten, en dit beperkt onze vrijheid, u moet weten dat dit onze drukste tijd is. De Anome in zijn wijsheid en met alle macht die hij heeft kan de Roguskhoi toch zeker wel aan zonder dat hij ons leven hier overhoophaalt!"

Op een manier die de ander wel moest opmerken noteerde Etzwane de kleurcode van zijn halsband. "Als ook maar een van uw fabrieken zijn producten te koop aanbiedt voor u een goede militie hebt gevormd en aan het oefenen bent, dan raakt u uw hoofd kwijt. De oorlog tegen de Roguskhoi is belangrijker dan al het andere! Is dat nu duidelijk?"

Op het gezicht van de Eerste Negociant kwam een ernstige uitdrukking. "Het valt moeilijk te begrijpen hoe…"

"U hebt precies tien seconden om te beginnen de bevelen van de Anome te gehoorzamen. Kunt u dit begrijpen?"

De Negociant raakte zijn halsband aan. "Ik begrijp het volkomen."

In Erevan was de toestand verward. Aan de zuidoostelijke horizon rezen de eerste toppen van de Hwan op, en een uitloper van de Schelpbloembaai liep bijna even ver naar het noorden. "Moeten we onze vrouwen naar het noorden sturen? Of moeten we voorbereidselen treffen voor het huisvesten van vrouwen uit de bergen? De Vogels zeggen het een, de Vruchten* het ander. De Vogels willen dat er een militie wordt gevormd van jonge mannen, omdat oude mannen beter zijn in de pluimveebedrijven, de Vruchten willen dat alleen oude mannen worden opgeroepen, want de jonge mannen zijn nodig bij de fruitoogst. Alleen de Anome kan onze problemen oplossen!"

"Neem jonge Vogels en oude Vruchten," zei Etzwane, "maar handel

---

* Vogels en Vruchten: de twee tegenovergestelde groeperingen in Erevan, de pluimveehouders en de fruitkwekers.

vastbesloten! Als de Anome dit uitstel ter ore kwam, zou hij de hoofden van zowel Vogels als Vruchten afnemen."

In Shade, aan de voet van de hoog oprijzende bergen van de Hwan, waren de Roguskhoi een vertrouwd gevaar. Een groot aantal keren waren in de hoger gelegen dalen kleine troepen gezien. Niemand durfde daar nu nog heen te gaan. Drie kleine nederzettingen waren overvallen. Het bleek niet nodig de mensen op het hart te drukken om iets te doen: een groot aantal vrouwen was naar het noorden gestuurd, en een aantal groepen van de nieuwe militie was al georganiseerd.

Samen met de Eerste Hertog van Shade keek Etzwane naar twee pelotons die aan het oefenen waren met korte en lange stokken om zwaarden en speren te imiteren. De twee pelotons, ieder aan een andere kant van de Lanteen-arena, vertoonden opmerkelijke verschillen in kledij, enthousiasme en kunde. De eerste groep ging gekleed in indigo en moerbeirood, met groene leren laarzen. Ze sprongen vooruit en weer achteruit, stootten toe, maakten schijnbewegingen, liepen trots op en neer en schreeuwden elkaar grappen toe onder het oefenen. De tweede groep was gekleed in werkkleding en sandalen en oefende zonder enthousiasme. Wanneer ze iets zeiden, gebeurde dat alleen in een nors gemompel. Etzwane informeerde naar de reden van het verschil.

"Onze politiek staat nog niet geheel vast," zei de Eerste Hertog. "Een aantal opgeroepenen heeft in plaats van zelf te komen mannen onder contract gestuurd, en dezen geven niet blijk van veel enthousiasme. Ik ben er niet zeker van of dit systeem haalbaar zal blijken te zijn, misschien zouden mensen die zelf niet in staat zijn om te exerceren twee mannen moeten sturen in plaats van een. Misschien moeten we wel helemaal een eind maken aan deze methode. Maar voor alle alternatieven is wel wat te zeggen."

Etzwane zei: "De verdediging van Shant is een eer die alleen vrije mannen gegund wordt. Door zich bij de militie aan te sluiten kwijt de man onder contract zich automatisch van zijn schulden. Wilt u dit aan de groep daar meedelen? Daarna zullen we nog eens kijken of ze niet wat meer enthousiasme opbrengen."

✳

Het ballonspoor ging nu de Wilde Landen in, en de *Iridixn* zeilde voort aan het uiteinde van de kabels om zo beter op de wind te staan. In Angwin sleepte een kabel zonder eind de *Iridixn* over de kloof naar Angwin-Wissel, het eiland in de hemel waar Etzwane lang geleden van was ontsnapt met hulp van Jerd Finnerack.

De *Iridixn* ging verder naar het zuiden, door de meest woeste stukken van de Wilde Landen. Casallo tuurde door een kijker naar het landschap. Hij wees naar een dal tussen twee hoge bergen. "U bent toch geïnteresseerd in de Roguskhoi? Kijk, daar! Een hele stam!"

Etzwane zette de kijker aan zijn ogen en zag een groot aantal niet bewegende donkere plekken, misschien wel vierhonderd, achter een palissade van doornstruiken. Onder meer dan tien geweldige ketels zag hij rook omhoog kringelen die door de wind werd meegevoerd. Etzwane keek ingespannen naar wat er binnen de palissade te zien was. De onduidelijke hopen oude lappen die hij zag, waren in elkaar gedoken vrouwen, misschien wel honderd. Aan de andere kant van de palissade, in een ruwe schuur, waren er misschien nog meer. Etzwane bekeek ook andere delen van het kamp. Elke Roguskhoi zat alleen op de grond gehurkt en bemoeide zich niet met de anderen. Een paar waren hun schamele kleding aan het repareren, wreven vet op hun huid, of gooiden verse houtblokken op de vuren onder de ketels. Ze gedroegen zich niet vijandig tegen de ballon, of de glijschoen die nog geen vierhonderd meter van hen af snorrend door de groef gleed. Etzwane zag dat ze niet eens opkeken. De *Iridixn* maakte een bocht om een rotspunt, en het dal werd aan het gezicht onttrokken.

Etzwane legde de kijker terug op zijn plaats. "Waar halen ze hun zwaarden vandaan? En die ketels zijn van metaal. Al had je fortuin, je zou ze nog niet kunnen kopen."

Casallo lachte. "Metalen ketels, en ze koken er gras, bladeren, zwarte wormen, dode ahulfs en ook levende in, wat ze maar door hun keel kunnen krijgen. Ik heb ze bezig gezien in mijn kijker."

"Geven ze ook blijk van belangstelling voor de ballons? Ze zouden moeilijkheden kunnen veroorzaken als ze aan de gleuf gingen prutsen."

"Dat hebben ze nog nooit gedaan," zei Casallo. "Een heleboel dingen schijnen ze niet eens te merken. Als ze niet eten of met vrouwen bezig zijn, zitten ze gewoon stil. Denken ze eigenlijk wel? Ik weet het niet. Ik heb pas nog een man uit de bergen gesproken die langs twintig van de monsters heen is gelopen terwijl ze rustig in de schaduw zaten. 'Sliepen ze dan?' zei ik. Maar hij zei van niet, dat ze blijkbaar geen drang voelden om hem te vermoorden. En dat is waar: ze vallen nooit een man aan, behalve wanneer hij probeert hen bij een vrouw vandaan te houden, of wanneer ze honger hebben. Dan gaat hij de kookpot in, bij wat ze nog meer aan eetbaars hebben weten te vinden."

"Als we een bom bij ons hadden gehad, hadden we vijfhonderd Roguskhoi kunnen doden," zei Etzwane.

"Geen goed idee," zei Casallo, die de hebbelijkheid had om alles te bekritiseren wat Etzwane zei. "Als er bommen uit ballons zouden komen, dan zouden ze de gleuf wél vernielen."

"Niet als we vrij zwevende ballons zouden gebruiken."

"Maar wat dan? In een ballon kun je alleen dingen bombarderen die zich recht onder je bevinden, en het zal niet te vaak gebeuren dat je over een kampement van de Roguskhoi drijft. Als we nu machines hadden om de ballons voort te bewegen, ja, dat zou iets heel anders zijn, maar uit wilgentenen en glas zijn geen machines te bouwen, zelfs al zou iemand zich de vaardigheden van de Ouden weten te herinneren."

"Een zwever kan vliegen, terwijl een ballon steeds afhankelijk is van de windrichting," zei Etzwane.

"Maar aan de andere kant," zei Casallo wat uit de hoogte, "moet een zwever op een zeker ogenblik landen, terwijl een ballon naar een veilige plek kan drijven."

"Ons werk is het doden van Roguskhoi," snauwde Etzwane geïrriteerd, "niet veilig op en neer drijven."

Casallo lachte alleen maar en liep naar zijn cabine om daar op de khitan te spelen, iets waar hij erg trots op was.

Ze waren nu in het hart van de Wilde Landen gekomen. Overal om hen heen rezen grijze rotswanden op. De gleuf slingerde nu eens hierheen, dan weer daarheen, wisselde horizontale stukken af met verticale. Op een horizontaal stuk moest de stuurman voortdurend hard werken aan zijn lieren, op een verticaal stuk schokte de ballon voortdurend op en neer. De gleuf liep zo veel mogelijk dwars op de meest voorkomende windrichting om ballons langs dezelfde route heen en terug te kunnen laten gaan. In de bergen kwam de wind nu eens uit deze en dan weer uit een heel andere richting, en woei af en toe zelfs evenwijdig aan de groef. De stuurman kon dan oploeven en zijn ballon wat naar opzij laten kantelen om zo de krachten die hem terug wilden drukken zo klein mogelijk te houden. Als de wind harder werd, kon hij door middel van een remkoord de zijkanten van de glijschoen tegen de binnenkant van de gleuf drukken. Als het weer nog slechter werd, als de wind gierde en loeide, kon hij de gedachte aan verder gaan opgeven en terugglijden naar het dichtstbijzijnde station, of naar een zijstop.

De *Iridixn* werd door zo'n windstorm getroffen bij Conceil Cirque, een enorm grote ondiepe laagte, vol met sneeuw. Hier ontsprong de Murk. In de vroege ochtend hadden ze een lavendelroze nevel gezien in het zuiden, en hoog aan de oostelijke hemel honderd strepen vederwolkjes waar de drie zonnen doorheen tolden en buitelden, wat verschuivende stukken roze, wit en blauw veroorzaakte. Casallo voorspelde dat er wind zou komen, en het duurde niet lang voor ze werden getroffen door de eerste vlagen. Casallo deed alles wat hij kon: oploeven, tegen de wind in draaien, remmen, en dan in een grote boog rondzwaaien en de rem op het juiste ogenblik losgooien om een paar meter verder te kruipen. Op deze manier hoopte hij een bocht in de groef te bereiken die anderhalve kilometer verder lag. Driehonderd meter voor hun doel sloeg de wind met zo'n kracht toe dat de *Iridixn* begon te kraken en te kreunen. Casallo gooide de rem los, hield de ballon laag bij de wind en ging terug naar het station.

In Conceil-zijlijn haalde de werkploeg de ballon naar beneden en zekerde hem met een net. Casallo en Etzwane brachten de nacht door in het hoofdgebouw van het station, veilig binnen een stenen ommuring met hoektorens. Etzwane hoorde dat de Roguskhoi nu heel vaak van hun aanwezigheid blijk gaven. De troepen waren het afgelopen jaar duidelijk groter geworden, vertelde de ballonmeester. "Vroeger zagen we troepen van twintig of dertig stuks, maar nu komen ze opzetten in benden van twee- of zelfs driehonderd, en soms omsingelen ze de muur. Ze hebben ons nog maar één keer aangevallen, dat was toen een groep Whearnse nonnen niet tegen de wind op kon en terug moest. Er was geen Roguskhoi te zien, en toen waren er opeens driehonderd, en ze probeerden over de muur te komen. We stonden klaar om ze een warme ontvangst te bereiden: de grond voor de muur is bezaaid met landmijnen. We hebben er minstens tweehonderd te pakken gekregen, wel twintig of dertig met elke mijn die ontplofte. De dag daarop stopten we de nonnen in een ballon en daarna hebben we nooit geen last meer gehad. Komt u eens mee, dan zal ik u iets laten zien."

In een hoek van de muur was van ijzerhouten staven een kooi gebouwd. Twee kleine roodbronzen wezens keken door de spleten. "Die hebben we afgelopen week gevangen. Ze waren in ons vuilnis bezig geweest, dus we hingen een net op, met een lokaas. Drie wisten het net kapot te scheuren en te ontsnappen, deze twee hebben we kunnen vangen. Ze zijn al zo sterk als een volwassen mens."

Etzwane keek ingespannen naar de twee welpen, die met een nietszeggende blik in hun ogen terugkeken. Waren het mensen? Halfmensen? Nieuwe, onbekende wezens? De vragen waren al vaak gesteld zonder dat er ooit een bevredigend antwoord op gegeven was. Het beendergestel van de Roguskhoi had veel weg van dat van de mens, alleen waren de voeten, polsen en ribben wat eenvoudiger gebouwd. "Zijn ze zachtaardig?" vroeg hij aan de ballonmeester.

"Integendeel. Als u uw vinger in de kooi steekt bijten ze hem er waarschijnlijk af."

"Spreken ze, of maken ze enigerlei geluid?"

"'s Nachts jammeren en kreunen ze, maar afgezien daarvan zijn ze stil. Het lijken me weinig meer dan dieren. Volgens mij kunnen ze beter gedood worden voor ze kwaad aanrichten."

"Nee, bewaak ze op een veilige plaats, de Anome wil dat ze worden bestudeerd. Misschien kunnen we er wel achter komen hoe we ze in de hand kunnen houden."

Twijfelend keek de ballonmeester naar de twee welpen. "Alles is natuurlijk mogelijk."

"Zodra ik terug ben in Garwiy zal ik u verzoeken ze daarheen te sturen. Natuurlijk zullen uw inspanningen niet onbeloond blijven."

"Dat is heel vriendelijk van u. Ik hoop dat ik ze hier weet te houden. Ze worden elke dag groter."

"Behandel ze vriendelijk en probeer ze een paar woorden te leren."

"Ik zal mijn best doen."

✳

De *Iridixn* gleed de Wilde Landen uit en door de prachtige bossen van Kanton Whearn. Een tijdlang ging de wind helemaal liggen. Etzwane bracht de tijd door met kijken naar de vogels door de kijker: golvende luchtanemonen, bleekgroene flitsers, zwartlavendelkleurige draakvogels... Laat in de middag kwam de wind plotseling onstuimig opzetten en de *Iridixn* suisde langs de gleuf naar de wisselstad Pelmonte.

In Pelmonte werd water van de Fahalusra over kunstmatige goten geleid om zes enorme houtzagerijen aan te drijven. Blokken hout die uit de bossen de Fahalusra af kwamen drijven werden schoongemaakt, van zijtakken ontdaan en tot planken verwerkt door zagen van gesinterd ijzerweb. In droogschuren werd het hout in klemmen gezet en gedroogd, en dan geschaafd en geïmpregneerd met olie, beits en speciale conserveermiddelen. Daarna werd het op schuiten geladen of verzaagd voor verre fabrieken. Etzwane had twee keer een bezoek gebracht aan Pelmonte toen hij nog bij de Roze-Zwart-Azuur-Donkergroenen was, en hij herinnerde zich nog heel goed de geur van rauw sap, hars, vernis en rook waarmee de lucht bezwangerd was. De Hoofdmeester van het kanton verwelkomde Etzwane hartelijk.

In het noordelijk gedeelte van Whearn kende men de Roguskhoi al geruime tijd. Jarenlang hadden de houthakkers op wacht gestaan langs de Fahalusra. Ze hadden tientallen kleine aanvallen afgeslagen, waarbij ze gebruik maakten van kruisbogen en pieken, wapens die in het bos beter te gebruiken waren dan de werpzwaarden van de Roguskhoi.

Enige tijd geleden waren de Roguskhoi 's nachts gaan aanvallen, en in grotere troepen, en de Whears waren teruggedreven naar hun eigen oever van de Fahalusra, iets dat hen zeer verontrustte. Nergens had Etzwane nog zo veel ijver aangetroffen. De vrouwen waren naar het zuiden gestuurd, en de militie oefende elke dag. "Breng de volgende boodschap over aan de Anome!" zei de Hoofdmeester. "Zeg hem dat hij wapens moet sturen! Onze pieken en kruisbogen zijn in het open veld niets waard, we hebben energiepijlen, flitsende lichten, doodhoorns en andere gruwelijke zaken nodig. Als de Anome, machtig en wijs als hij is, voor onze wapens kan zorgen, dan zullen wij ze gebruiken!"

Etzwane kon bijna niet op woorden voor een antwoord komen. De

Anome, voor zover het ambt enige betekenis had, was hijzelf: een man zonder grote macht, zonder een geniaal verstand. Wat moest hij zeggen tegen deze moedige mensen? Hij moest ze niet misleiden, ze verdienden het de waarheid te horen. Hij zei: "Er zijn geen wapens. In Garwiy zijn de beste technici van Shant hard aan het werk. Wapens moeten ontworpen worden, dan beproefd en ten slotte vervaardigd. De Anome kan alleen maar doen wat hij kan."

De Hoofdmeester, een rijzige man met een hard gezicht, riep: "Waarom gaat alles zo langzaam? Hij weet al vele jaren dat de Roguskhoi een bedreiging vormen. Waarom staat hij dan nu niet klaar met de middelen om ons te beschermen?"

"Jarenlang heeft de Anome gehoopt op vrede," zei Etzwane. "Hij heeft onderhandeld, heeft geprobeerd ze te laten blijven waar ze waren. Natuurlijk zijn de Roguskhoi niet gevoelig voor overredende woorden."

"Ook dit is geen subtiele of spitsvondige conclusie, dat kon iedereen van het eerste begin al zien. En nu moeten we vechten terwijl we geen wapens daarvoor hebben. De Anome, wat voor redenen hij ook gehad heeft — slapheid, besluiteloosheid, angst — heeft ons verraden. Dit zeg ik, en u mag mijn woorden overbrengen. De Anome mag mij mijn hoofd afnemen, maar dit is de eerlijke waarheid!"

Etzwane knikte kort. "Uw openhartigheid strekt u tot eer. Uw woorden zijn zeer juist. Ik zal u een geheim vertellen. De Anome die zo vurig naar vrede verlangde, is geen Anome meer. Een ander heeft die last op zijn schouders genomen en moet nu alles tegelijk doen."

"Wat u zegt, verheugt mij meer dan ik zeggen kan," riep de Hoofdmeester. "Maar wat moeten we in de tussentijd dan? Wij hebben mannen en vakbekwaamheid, en onze woede geeft ons kracht. We kunnen onszelf niet vergooien, we willen alles doen wat we kunnen. Wat wilt u dat wij doen?"

"Als u met uw kruisbogen Roguskhoi kunt doden, bouw dan zwaardere kruisbogen met een groter bereik," zei Etzwane. Hij dacht aan het kamp van de Roguskhoi, hoog in de Hwan. "Bouw zwevers, die een, twee en zes mannen kunnen dragen, begin piloten te oefenen. Vraag aan Hekshoofd en Azume om de beste zwevers die ze hebben. Haal ze uit elkaar en maak nieuwe met de oude stukken als voorbeeld. Laat stof en draad uit Hinthe, Marestiy en Purpersteen komen, vraag ze het beste te sturen wat ze hebben, uit naam van de Anome. Haal het beste koord en touw uit Cathriy en Frill. In Ferriy moeten de ijzerwerkers nieuwe tanks opzetten, meer mensen opleiden, ook al betekent dat dat hun geheimen dan verloren gaan. Maak gebruik van de hulpmiddelen van heel Shant, uit naam van de Anome!"

Van Pelmonte suisden ze voor de wind naar Luthe. Een passagiersschip sleepte de *Iridixn* langs de Alfeis mee naar Bleke, tegen de wind uit zee in. Op de terugweg naar Luthe snelde de *Iridixn* voor een curach uit, een langgerekte boot van latten bespannen met huiden, die de Alfeis even precies volgde als een glijschoen de loop van de gleuf. Van Luthe naar Oog van het Oosten in Esterland, waar Etzwane per boot naar Ochtendkust en Ilwiy ging. Eigenlijk lag dat laatste kanton in het gebied dat hij Aun Sharah toegewezen had, maar hij wilde zelf kijken hoe het er daar bij stond om zo iets te hebben om Aun Sharah's zorgvuldigheid en nauwkeurigheid aan af te meten.

Na zijn bezoek aan Ilwiy ging Etzwane terug naar Oog van het Oosten, weer met een schip. Het ballonspoor moest zo snel mogelijk van Oog van het Oosten worden doorgetrokken naar Ilwiy! En zo waren er nog wel een paar plekken. De al lang ontworpen verbinding tussen Brassei in Elphine en Maschein in Maseach, bijvoorbeeld. Het ging niet om een grote afstand, driehonderd kilometer ongeveer, maar in beide gevallen moest een reiziger die erop stond om zich met een ballon van de ene naar de andere plek te begeven, bijna vijfentwintighonderd kilometer afleggen. En er zou ook wel een vertakking kunnen worden aangelegd van Brassei naar het westen, eerst naar Pagane, en dan via Irreale naar Ferghaz in het uiterste noorden van Gitanesq, dan naar het zuidoosten, en ten slotte via Fenesq naar Garwiy. De geïsoleerde kantons Haviosq, Fordume en Parthe hadden nu nog weinig behoefte aan ballons, maar in de toekomst?

Van Oog van het Oosten ging de *Iridixn* terug naar Pelmonte en werd daar overgezet op de Grote Zuidlijn, dwars door de wilde kantons die grensden aan het Zoutmoeras. In elk kanton trof Etzwane een andere situatie, een andere opvatting aan. In Dithibel weigerden de vrouwen die daar alle winkels dreven uit de bergen weg te trekken, in de stellige zekerheid dat de mannen hun zaken zouden leegplunderen. In de stad Houvannah riep Etzwane, hees van woede: "Maar moedigt u de Roguskhoi dan aan om u te verkrachten? Gaat uw blik niet verder dan morgen?"

"Een verkrachting heeft geen langlopende gevolgen, het verlies van onze goederen wel," zei de Matriarch. "Maar u kunt gerust zijn: tegen allebei hebben wij krachtige afweermiddelen." Maar ze weigerde nader op die afweermiddelen in te gaan, en wilde alleen nog kwijt dat "boosaardigen deze dag zullen berouwen. De dieven zullen bijvoorbeeld opeens geen vingers meer hebben!"

In Burazhesq vond Etzwane een vredelievende sekte, de Aglustiden, die alleen kledingstukken droegen die van hun eigen haar waren gemaakt. Alleen dit vonden zij natuurlijk, organisch, en onschadelijk voor elk ander levend organisme. De Aglustiden verheerlijkten de kracht van het leven in al zijn verschijningsvormen en weigerden dierlijke producten te eten. Ook groentezaden of pitten en noten aten ze niet, en fruit alleen als het vruchtzaad geplant werd en zo een kans op leven kreeg. De Aglustiden betoogden dat de Roguskhoi vruchtbaarder waren dan de mens en dat daarom aan hen de voorkeur moest worden gegeven. Ze riepen op tot passief verzet tegen de 'oorlog van de Anome'. "Als de Anome oorlog wil, laat de Anome dan zelf vechten," was hun motto, en in hun kleding van gevlochten haar liepen ze door de straten van Manfred, zingend en jammerend.

Etzwane wist niet goed wat hij met hen aanmoest. Zich naar de omstandigheden schikken lag niet in zijn aard, maar wat moest hij dan? Om zo'n grote groep haveloze stumpers het hoofd af te nemen was een onverdraaglijke gedachte, maar waarom zouden zij de gelegenheid moeten krijgen om zich uit te leven in recalcitrant gedrag, terwijl betere mensen dan zij bloedden voor het algemeen belang?

Ten slotte haalde hij vol afkeer zijn schouders op en begaf zich naar Shker, waar hij een toestand aantrof die weer heel verschilde van wat hij tot dan toe had meegemaakt, al deed een en ander hem wel denken aan Burazhesq. De Shker waren duivelsvereerders, die een pantheon van demonen aanbaden die ze *golse* noemden. Zij hingen een ingewikkelde, sombere kosmologie aan, waarvan de mandaten berustten op een syllogisme dat als volgt luidde:

Het boze heerst in Durdane.

De *golse* zijn duidelijk machtiger dan hun tegenstanders die het goede willen.

Het is dus een eenvoudige logische gedachte om de *golse* gunstig te stemmen en te aanbidden.

De Roguskhoi werden beschouwd als incarnaties van de *golse*, en dus als wezens die dienden te worden vereerd. Toen Etzwane in de stad Banily arriveerde vernam hij dat naar de bevelen van de Anome niet geluisterd was, laat staan dat gedaan was wat hij had gelast. Somber, gelaten zei de Vay van Shker: "De Anome zou ons heel goed ons hoofd kunnen afnemen, maar wij kunnen ons niet aan zijn zijde scharen en wezens gaan bevechten die zo verheven zijn in het kwaad. Onze vrouwen gaan bereidwillig naar hun kampen, we bieden hun voedsel en wijn om hun honger en dorst te lessen, wij verzetten ons niet tegen deze luisterrijke verschrikking."

"Hier moet een eind aan komen," riep Etzwane.

"Nimmer! Het is de wet waarop ons leven berust! Moeten we dan onze toekomst in de waagschaal stellen, alleen om gevolg te geven aan uw onredelijke grillen?"

Eens te meer schudde Etzwane verbijsterd het hoofd. Hij ging verder naar Kanton Glaiy, een onherbergzaam gebied, bewoond door niet bijzonder ontwikkelde mensen. Glaiy leverde hem geen problemen op: de streken die aan de Hwan grensden waren niet bewoond, met uitzondering van een paar feodale clans die niets wisten van de bevelen van de Anome. Ze wisten zich redelijk te handhaven tegen de Roguskhoi en lokten afzonderlijke monsters vaak in een hinderlaag om het kostbare metaal dat was verwerkt in de knuppel en het zwaard in handen te krijgen.

In de voornaamste stad, Orgala, berispte Etzwane de drie Hoge Rechters voor het niet organiseren van een militie, maar de Rechters lachten en zeiden: "Wanneer u een troep gezonde mannen nodig hebt, hebben wij ze binnen twee uur klaarstaan. Tot u ons wapens en duidelijke bevelen kunt geven zien wij niet in waarom we onszelf overlast zouden bezorgen. Er komt misschien wel weer een eind aan de noodtoestand."

Etzwane kon de logica achter deze opmerkingen niet weerleggen.

"Goed dan," zei hij, "zorg ervoor dat als het zover is, u in staat bent te doen wat u zojuist hebt beloofd. Waar is Kamp Drie, het werkkamp van het ballonspoor?"

De Rechters keken hem nieuwsgierig aan. "Wat bent u daar van plan?"

"Ik heb bepaalde bevelen van de Anome bij me."

De Rechters keken elkaar aan en haalden hun schouders op. "Kamp Drie is vijfendertig kilometer naar het zuiden, de Zoutmoerasweg af. Bent u van plan die ballon van u te gebruiken?"

"Natuurlijk; waarom zou ik gaan lopen?"

"Dat hoeft u niet. Maar u zult een span lopers moeten huren, want er gaat geen spoor heen."

Een uur later gingen Etzwane en Casallo in de *Iridixn* op weg naar het zuiden. De kabels van de ballon waren bevestigd aan de uiteinden van een lange balk die als tegenwicht diende voor het zweefvermogen van de ballon. Eén eind van de balk was bevestigd aan het tuig van de lopers, het andere eind rustte op twee wielen. Tussen de wielen zat een stoel voor de chauffeur. De lopers gingen in een snelle draf op weg, terwijl Casallo de ballon zo bijstelde dat er zo min mogelijk spanning op de kabels kwam te staan. De rit was heel iets anders dan wanneer de ballon door de wind werd voortbewogen. De regelmatige draf van de lopers deelde zich via de kabels mee aan de ballon.

De ongebruikelijke beweging en een groeiende spanning — of voelde hij zich misschien schuldig? Als hij zich meer had ingespannen, was hij misschien wel eerder hier geweest — maakten dat Etzwane in een norse, zure stemming kwam. De luchthartige Casallo had alleen maar zijn verveling te verdrijven en haalde daarom zijn khitan tevoorschijn. Overtuigd van zijn eigen muzikaliteit en Etzwane's jaloerse bewondering deed hij zijn best op een mazurka uit het klassieke repertoire waarvan Etzwane tien verschillende variaties kende. Casallo speelde de melodie houterig, en kreeg bijna alle noten goed, maar in een van de modulaties sloeg hij steeds een verkeerd akkoord aan, en na enige tijd ging Etzwane zich daar zo aan ergeren dat hij riep: "Nee, nee, nee! Als u met alle geweld op dat instrument wilt slaan...Maar gebruik dan tenminste de goede akkoorden!"

Casallo trok geamuseerd zijn wenkbrauwen op. "Mijn waarde, u luistert naar de Zonnebloemgloed, de melodie wordt traditioneel zo weergegeven en niet anders; ik ben bang dat u geen oor hebt voor muziek."

"De melodie is rudimentair herkenbaar, al heb ik hem heel wat keren horen spelen zoals het hoorde."

Minzaam reikte Casallo hem de khitan aan. "Weest u dan zo vriendelijk mij te laten zien hoe het wel moet, ik zou u daar zeer dankbaar voor zijn."

Etzwane rukte het instrument uit zijn hand, stemde de duimsnaar* die vlijmscherp was gespannen, en speelde het fragment op de manier zoals het hoorde, met wellicht wat te veel glans. Toen begon hij aan een tweede modulatie en speelde een inversie van de melodie in een andere toonaard, daarna moduleerde hij opnieuw en speelde een opgewekte staccato improvisatie op het oorspronkelijke thema, min of meer ingegeven door hoe hij zich voelde. Toen sloeg hij met beide handen een coda aan met een tegenritme op de rateldoos en overhandigde daarna de khitan aan de bedrukt kijkende Casallo. "Zo gaat de melodie, met hier en daar nog een extra verfraaiing."

Casallo keek eerst naar Etzwane, toen naar de khitan, hing die met een somber gezicht aan een haak en begon zijn lieren te oliën. Etzwane ging voor het raam staan.

De streek waar ze doorheen reden, zag er wild, bijna vijandig uit. Hier en daar stonden wat witte en zwarte regenwoudbomen bij elkaar, als eilanden in een zee van zaaggras. Naarmate ze verder zuidelijk kwamen, kropen de bomen dichter naar elkaar toe en werden het ondoordringbare stukken oerwoud. In het zaaggras waren rotte plekken te zien, en het duurde niet lang voor ze alleen nog maar hoge heuvels blauwwitte vleeszwam zagen. In de verte blonk het water van de Brunai, de weg boog wat af naar het westen over door de elementen aangevreten grijs puimsteen heen dat lang geleden door een vulkaan was uitgebraakt en maakte toen een bocht om een enorm aantal met planten overwoekerde ruïnes heen. Dat was de stad Matrice, tweeduizend jaar geleden belegerd en verwoest door de Palasedranen, en nu bewoond door de enorme blauwzwarte ahulfs van het zuiden

---

* De vijf belangrijkste snaren van de khitan worden aangeduid met de namen van de vingers van de rechterhand. De andere vier snaren hebben namen waarvan de betekenis niet bekend is: Ja, Ka, Si, La.

van Glaiy, die leefden in een half-komische, half-afschuwwekkende travestie van het leven dat mensen daar lang geleden hadden geleid. De puinhopen van Matrice lagen aan de rand van een vlakte met duizend vijvers en moerassen. Daar groeiden de grootste wilgen van heel Shant, tot tien of zelfs vijftien meter hoog. De mannen in Kamp Drie sneden, schilden, droogden en bundelden de tenen en verscheepten ze dan over de Brunai naar Port Palas, waar kustschoeners ze verder vervoerden naar de ballonfabrieken in Purperen Waaier.

Ver voor hen doemde een zwarte vlek op, die door de kijker Kamp Drie bleek te zijn. Binnen een zeven meter hoge palissade zag Etzwane een open plek in het midden, een serie werkplaatsen, en een lang slaap-gebouw van twee verdiepingen hoog. Links van de palissade stond een aantal huisjes en administratiegebouwtjes.

Bij een tweesprong sloegen de lopers de weg in naar het kamp. Voor de kantoorgebouwen hielden ze halt. Een groep mannen kwam op de ballon af, ze praatten even met de chauffeur en trokken toen de ballon-kabels op katrollen die vastzaten aan betonnen palen in de grond. De lopers liepen naar voren en brachten de *Iridixn zo* tot op de grond.

Etzwane stapte de gondel uit en een wereld van klamme hitte in. Boven hem tolden Ezletta, Sasetta en Zael door strepen kleur. De lucht boven het woeste land trilde, en het was onmogelijk om met zekerheid te zeggen wat een van de vele poelen of plassen was, en wat een van de al even talrijke luchtspiegelingen.

Langzaam kwamen drie mannen op de ballon toegelopen. Eén was lang en stevig gebouwd, met bittere grijze ogen. De tweede was klein en vierkant, met een geweldig grote kin en kaak. De derde was wat jonger, slank en lenig als een hagedis, met niet helemaal bij de situatie passende zwarte haarringetjes en koolzwarte ogen. Ze gingen op in het landschap: harde mannen zonder gevoel voor humor, gespannen, wantrouwig. Ze hadden breedgerande hoeden van gebleekt zaaggras-koord op hun hoofd en droegen een witte tuniek, een grijze broek, en halfhoge laarzen van chumpaleer.* Aan hun riem hing een kleine

---

* *Chumpa's*: amfibieën die in het Zoutmoeras leven, verwant aan de ahulf, maar groter, onbehaard en wat langzamer. De chumpa's paarden een hysterische koppigheid aan het vernuft en de kwaadaardigheid van de ahulf, en het was onmogelijk ze te temmen.

kruisboog en een koker met gandelhouten pijlen. Alle drie staarden ze kil naar Etzwane, die hun bijna tastbare vijandigheid niet kon begrijpen en een ogenblik lang uit het veld was geslagen. Meer dan ooit was hij zich bewust van zijn jeugd, zijn gebrek aan ervaring, en bovenal zijn precaire positie. Hij moest de leiding nemen. Met vlakke stem zei hij: "Ik ben Gastel Etzwane. Ik ben de Eerste Adjudant van de Anome. Ik spreek met zijn stem."

De eerste man knikte langzaam, maar wat hij daarmee bedoelde was niet geheel duidelijk. Misschien was het alleen maar een bevestiging van zijn wantrouwen jegens Etzwane. "Wat voert u hierheen, naar Kamp Drie? Wij zijn mensen van het ballonspoor, die aan het ballonspoor verantwoording schuldig zijn."

Etzwane had de gewoonte ontwikkeld om als hij voelde dat men vijandig tegenover hem stond, niets te zeggen en het gezicht van de ander te bekijken, een tactiek die soms het psychologische ritme van de ander verstoorde, en soms Etzwane tijd gaf om tussen diverse mogelijkheden te kiezen. Ook nu keek hij zwijgend naar het gezicht van de man tegenover hem, en negeerde diens vraag toen volkomen. "Wie bent u?"

"Ik ben de Hoofdbewaker van Kamp Drie, Shirge Hillen."

"Hoeveel mensen werken er in Kamp Drie?"

"Als u ook alle bewakers meetelt tweehonderddrie." Hillen klonk nors, bijna uitdagend. Zijn halsband had een ballonspoorcode; het ballonspoor was zijn leven geweest.

"Hoeveel mannen onder contract?"

"Honderdnegentig."

"Ik wil het kamp inspecteren."

De mondhoeken van Hillen gingen naar beneden. "Dat zou niet verstandig zijn. We hebben hier een aantal zware gevallen: dit is een kamp voor weerspannige werkers. Als u ons van uw komst in kennis had gesteld, zouden we passende voorzorgsmaatregelen getroffen hebben. Ik moet u afraden om op dit ogenblik het kamp te inspecteren. Alles wat u weten wilt, kan ik u in mijn kantoor vertellen. Hierheen, alstublieft."

"Ik moet de bevelen van de Anome opvolgen," zei Etzwane vlak. "Daaruit volgt dat u mijn bevelen op moet volgen of dat u anders uw hoofd kwijtraakt." Hij haalde de pulszender tevoorschijn en drukte een aantal knoppen in. "Om eerlijk te zijn mag ik uw houding niet zo."

Hillen trok even aan de rand van zijn hoed. "Wat wilt u zien?"

"Ik begin wel met het werkterrein." Etzwane keek naar de andere twee mannen. De ene man, de kale, wat kleine, had enorm brede schouders en lange, knoestige armen, die er op de een of andere manier verwrongen of mismaakt uitzagen. Het gezicht van deze man was vreemd stil, verried niets, alsof zijn gedachtewereld op een verheven niveau lag. De andere man, die met de ringetjes in zijn zwarte haar, zag er niet onguur uit, alleen had hij een lange kromme neus die hem een wat gevaarlijk, slinks uiterlijk gaf. Etzwane sprak ze allebei aan: "Waaruit bestaat uw werk?"

Hillen gaf ze niet de kans om antwoord te geven. "Dat zijn mijn assistenten. Ik geef bevelen, en zij voeren ze uit."

Terwijl Etzwane daar zo tegenover de drie mannen stond ondergingen zijn bedoelingen een verandering. Shirge Hillen was blijkbaar gewaarschuwd dat hij in aantocht was. En als dat zo was — door wie, met welk beoogd resultaat, en waarom? Maar eerst een veiligheidsmaatregel. Etzwane draaide zich om en liep naar Casallo die naast de *Iridixn* tegen een paaltje leunde en een blaadje zaaggras bekeek. "Er is hier iets helemaal niet in orde," zei Etzwane. "Ga met de ballon omhoog zo ver uw kabels reiken en kom alleen naar beneden als ik met mijn linkerhand een gebaar maak. Als ik voor zonsondergang niet terug ben moet u de kabels doorsnijden en u verlaten op de wind."

Casallo's zelfverzekerdheid werd door Etzwane's woorden blijkbaar op geen enkele wijze verstoord. Hij verblikte of verbloosde niet, maar zei alleen: "Zeker, natuurlijk, zoals u wenst." Met in zijn ogen een blik van hooghartige afkeer keek hij over Etzwane's schouder, en toen deze zich abrupt omdraaide, zag hij dat Hillens hand niet ver van zijn wapen was, en dat zijn mond krampachtig vertrok... Langzaam deed Etzwane een stap naar achteren tot hij zowel Casallo als Hillen in het oog kon houden Als een plotselinge, vreeswekkende schok kwam opeens het besef dat Casallo hem was toegewezen door mensen in dienst van het ballonspoor. Etzwane kon niemand vertrouwen. Hij was alleen.

Het leek hem maar het beste om zijn achterdocht niet te laten blijken. Per slot van rekening was het heel goed mogelijk dat Casallo niet bij het complot betrokken was. Maar waarom had hij hem dan niet gewaarschuwd toen Hillens hand zo vlak naast zijn pijlpistool hing? Bij wijze van uitleg zei Etzwane kalm: "Wees op uw hoede. Als ze ons allebei vermoorden, geven ze vast een van de werkers de schuld en wie zou kunnen bewijzen dat hij het niet gedaan heeft? Ga de gondel in."

Langzaam gehoorzaamde Casallo. Etzwane keek hem onderzoekend aan, maar kon de blik in Casallo's ogen niet lezen toen deze nog een keer over zijn schouder keek. Etzwane gaf een teken aan de voorman van de mannen die de ballon naar beneden hadden getrokken: "Laat de kabels vieren." Hij wachtte tot de *Iridixn* driehonderd meter hoog hing, toen liep hij terug naar de drie mannen.

Hillen gromde zijn assistenten elk een paar woorden toe en keek toen strak naar Etzwane, die zeven meter bij hem vandaan bleef staan. Tegen de jongste assistent zei Etzwane: "Wilt u zo goed zijn naar uw kantoor te gaan en mij de lijst te brengen van de mannen die hier werken, en ook alle gegevens over hun contracten en schulden."

De jonge man keek vol verwachting naar Hillen, die zei: "Wilt u dit soort dingen aan mij vragen? Alleen ik geef orders aan het personeel van het kamp."

"Ik spreek met de stem van de Anome," zei Etzwane. "Ik geef de bevelen die ik belief te geven, en ik dien te worden gehoorzaamd, anders raken er mensen hun hoofd kwijt."

Als Hillen onder de indruk was van zijn woorden liet hij dat in ieder geval niet blijken. Hij gebaarde naar zijn assistent. "Ga de gegevens halen."

Tegen de kleinste assistent zei Etzwane: "En waaruit bestaan uw taken?"

De man keek Hillen aan, zijn gezicht kalm en uitdrukkingsloos.

"Hij fungeert als lijfwacht als ik mij tussen de werkers begeef," zei Hillen. "We hebben hier in Kamp Drie met wanhopige mannen te maken."

"We hebben hem niet nodig," zei Etzwane. "Ga naar het kantoor en blijf daar wachten tot u wordt geroepen."

Hillen maakte een onverschillig gebaar en de gedrongen man liep naar een administratiegebouw.

Zwijgend bleven Hillen en Etzwane staan wachten tot de jongste assistent terugkeerde met een dikke grijze legger die Etzwane van hem overnam. "U kunt nu wel teruggaan naar uw kantoor en daar wachten; u bent hier niet meer nodig."

De assistent keek vragend naar Hillen, die zijn hoofd schudde en de man gebaarde om naar het kantoor te gaan. Etzwane kneep opeens zijn ogen toe: de twee hadden zich verraden. "Eén ogenblik," zei hij. "Hillen, waarom schudde u uw hoofd?"

Een ogenblik lang verkeerde Hillen in verlegenheid. Toen haalde hij zijn schouders op. "Ik bedoelde er niets bijzonders mee."

Afgemeten zei Etzwane: "Dit is een kritieke fase in uw leven, Hillen. Of u verleent mij uw volledige medewerking en verder niets, of ik leg u een harde straf op. Aan u de keus: wat kiest u?"

Hillen glimlachte op een overduidelijk onoprechte manier. "Als u de vertegenwoordiger van de Anome bent, moet ik u gehoorzamen. Maar kunt u dat bewijzen?"

"Hier," zei Etzwane, terwijl hij hem een purperen protocol over- handigde met het zegel van de Anome eraan. "En hier." Hij liet de pulszender zien. "En vertel mij nu maar waarom u uw hoofd schudde. Waar hebt u hem tegen willen waarschuwen?"

"Tegen brutaliteit," zei Hillen op een zo neutrale toon dat zijn woor- den op zich al een belediging waren.

"Iemand heeft u ervan verwittigd dat ik in aantocht was," zei Etzwane. "Is dit de waarheid of niet?"

Hillen trok weer aan de rand van zijn hoed. "Ik heb geen bericht van dien aard gehad."

Een groepje van vier mannen kwam de hoek van de palissade om met harken, schoppen en leren zakken water. Als een van hen eens een dreigend gebaar maakte met zijn schop, en Hillen zijn pijlpistool gebruikte en per ongeluk Etzwane raakte?

Het viertal slofte zonder dreigende gebaren de open plek over. Niets. Maar misschien bij een andere gelegenheid?

"Uw pijlpistolen zijn niet nodig," zei Etzwane. "Laat ze maar op de grond vallen, alstublieft."

"Zeker niet," gromde Hillen, "ze zijn voortdurend nodig. We leven te midden van wanhopige mannen."

Etzwane haalde de breedimpulsbuis tevoorschijn, een niets en niemand ontziend wapen dat binnen een zeker bereik alle halsbanden liet ontploffen en even gemakkelijk duizend man kon doden als één. "Ik stel mij garant voor uw veiligheid, en ik zal ervoor zorgen dat ook mij niets overkomt. Laat vallen die pijlpistolen!"

Hillen aarzelde nog steeds.

"Ik tel tot vijf," zei Etzwane. "Eén..."

Waardig legde Hillen zijn wapen op de grond; zijn assistent volgde zijn voorbeeld. Etzwane deed een paar stappen naar achteren en sloeg de legger open. Op elke pagina was de naam van een werker genoteerd, de kleurcode van zijn halsband en een korte beschrijving van waar hij vandaan kwam en wat hij gedaan had. Rijen cijfers gaven het wisselende verloop van de contractschuld aan.

Nergens vond Etzwane de naam Jerd Finnerack. Vreemd. "We gaan een bezoek brengen aan de mannen binnen de palissade," zei hij tegen Hillen. En tegen de assistent: "U kunt nu wel teruggaan naar het kantoor."

Ze liepen in het felle licht van de middag naar de palissade. De poorten stonden open: vluchten had weinig aanlokkelijks in dit moerassige land dat vergeven was van chumpa's, blauwzwarte ahulfs en moerasongedierte.

Binnen de palissade was de hitte nog ondraaglijker. Hij hing in trillende golven op de grond en rond de gebouwen. Aan een kant stonden een aantal vaten en rekken, aan de andere kant een grote schuur waar de wilgentenen werden geschild, gladgeschuurd, gesorteerd, gehard en verpakt. Een eindje verder waren de slaapzalen, de keukens en de eetzaal. De lucht rook zuur, een soort ranzige stank, afkomstig, vermoedde Etzwane, van het verwerken van de wilgentenen.

Hij liep naar de schuur en keek naar binnen. Er waren vijftig man aan het werk aan een lange rij tafels. Ze deden hun werk met een eigenaardig soort lusteloze haast en keken Etzwane en Hillen zijdelings aan.

Etzwane keek ook in de keukens. Twintig koks, bezig met diverse taken: groenten schoonmaken, aardewerken potten uitschuren, het karkas van een beest met grijs vlees uitbenen. Ze keken naar Etzwane en Hillen met ogen waarin niets te lezen viel, en dat zei meer dan woedende blikken of spottend gelach.

Langzaam liep Etzwane terug naar het midden van de open plek, en bleef daar staan om na te denken. De sfeer in Kamp Drie was drukkender, meer gespannen dan hij ooit ergens had meegemaakt. Maar wat viel er dan te verwachten? Contracten en de dreiging met een contract garandeerden dat iedere man zijn plicht deed, iedereen erkende dat via dit systeem een bruikbare sociale controle mogelijk was. Maar het viel niet te ontkennen dat onder bijzondere omstandigheden ook zware ontberingen er het gevolg van konden zijn. "Wie zorgt er voor het hakken van de tenen?" vroeg hij Hillen.

"Dat wordt gedaan door ploegen mannen die het moeras intrekken. Als ze genoeg gekapt hebben, komen ze weer terug naar het kamp."

"Hoelang bent u zelf hier al?"

"Veertien jaar."

"Hoe is het verloop onder het personeel?"

"Ze komen en ze gaan."

Etzwane wees naar de legger. "Het schijnt dat maar weinigen aan hun verplichtingen voldoen en vrij man worden. Ermel Gins heeft in vier jaar zijn schuld maar met tweehonderdtien florijnen verminderd. En hij is slechts een voorbeeld, er zijn ook anderen. Hoe is dit mogelijk?"

"De mannen hebben voor onverantwoord grote bedragen verteerd in de kantine. Grotendeels drank."

"Vijfhonderd florijnen?" Etzwane wees naar een post.

"Gins deed iets dat tegen de voorschriften was en werd in een strengbewaakte cel opgesloten. Na een maand besloot hij om een boete te betalen."

"Waar zijn die cellen?"

"In een gebouwtje achter de palissade." Hillens stem klonk nu rauw.

"We zullen dit gebouwtje eens gaan bekijken."

Hillen probeerde uit alle macht zijn stem kalm en redelijk te houden. "Dat is geen goede gedachte. We hebben hier een aantal ernstige disciplinaire problemen. Als iemand van buitenaf zich ermee gaat bemoeien kan een oproer het gevolg zijn."

"Dat is ongetwijfeld waar," zei Etzwane. "Maar als er wantoestanden bestaan komen ze alleen aan het licht als iemand merkt dat ze bestaan."

"Ik ben een man van de praktijk," zei Hillen. "Ik zorg dat de voorschriften van de maatschappij worden nageleefd."

"Misschien zijn die voorschriften dan wel onredelijk," zei Etzwane. "Ik wil dat gebouwtje inspecteren."

Met verstikte stem zei Etzwane: "Zorg ervoor dat deze mannen onmiddellijk in de open lucht komen!"

Hillens gezicht was als uit steen gehouwen. "Wat zijn uw plannen hier in Kamp Drie?"

"Dat hoort u te zijner tijd wel. Haal de mannen uit de hokken."

Hillen gaf een kort bevel aan de bewakers. Etzwane keek toe hoe veertien broodmagere mannen uit het gebouwtje kwamen. Hij vroeg aan Hillen: "Waarom hebt u de naam Jerd Finnerack van de lijst verwijderd?"

Hillen had die vraag blijkbaar verwacht. "Finnerack maakt niet langer deel uit van de werkploeg in Kamp Drie."

"Heeft hij zijn contract afbetaald?"

"Jerd Finnerack is overgebracht naar een gevangenis."

Kalm zei Etzwane: "Waar is hij nu?"

"In het huis van bewaring hier in de buurt."

"En waar mag dat dan wel zijn?"

Hillen gebaarde met zijn hoofd naar het zuiden. "Ginds."

"Hoe ver?"

"Drie kilometer."

"Laat een diligence voorrijden."

De weg naar het huis van bewaring voerde over een sombere vlakte met rottende stapels afval, daar neergegooid na het bewerken van de tenen, en liep daarna tussen een aantal enorme grijze ruigstammen door. Na Kamp Drie, en met het huis van bewaring nog in het verschiet, maakte de prachtige natuur een vreemde, onwerkelijke indruk. Ver boven hen zagen ze massa's groene bladeren, die op die hoogte wel groene wolken leken; de koele ruimte eronder was af en toe net een grot. Een paar dunne zonnestralen wierpen grillige lichtvlekjes op het stof op de weg: lichtblauw, parelwit, roze.

Etzwane verbrak de stilte. "Hebt u Roguskhoi gezien in de buurt van het kamp?"

"Nee."

Het bos werd minder dicht, en ten slotte reden ze door wat espen, bandbladeren en kleine similax heen. De weg kwam uit op soppige zwarte heide, vol vreemde vochtige geuren. Insecten flitsten voorbij, fluitend als pijlen. Etzwane moest zich eerst bedwingen om niet schichtig weg te duiken. Hillen bleef stijf rechtop zitten.

Ze naderden nu een lang betonnen gebouw, bijna zonder ramen. "Het huis van bewaring," zei Hillen.

Etzwane merkte dat de ander wat gespannen naar het gebouwtje tuurde en werd onmiddellijk wantrouwig. "Stop hier."

Hillen keek hem met een brandende blik in zijn toegeknepen ogen aan. Woedend en teleurgesteld keek hij naar het gebouw, toen zakte hij moedeloos naar voren. Snel sprong Etzwane op de grond, er nu vast van overtuigd dat Hillen iets in de zin had gehad. "Stap af," zei hij. "Loop naar de deur en roep de bewakers naar buiten. Laat hen Jerd Finnerack uit zijn cel halen en hem naar mij toe sturen."

Hillen haalde gelaten zijn schouders op, stapte toen uit de diligence en wandelde naar de gevangenis. Een paar meter voor de deur bleef hij staan en riep kort. Een kleine dikke man met onverzorgd haar dat in vette proppen tot op zijn schouders hing kwam naar buiten. Hillen maakte een woedend gebaar en ze keken met zijn tweeën even naar Etzwane. De dikke man stelde op droeve toon een vraag. Hillen gaf kortaf antwoord. De dikke man liep terug naar binnen.

Etzwane wachtte gespannen. In Angwin-Wissel was Finnerack een stevig gebouwde blonde jongen geweest, zachtaardig, en goed van vertrouwen. Uit pure goedhartigheid, of zo had het toen tenminste geleken, had Finnerack er bij Etzwane op aangedrongen om te ontsnappen en hij had hem zelfs aangeboden te helpen. Etzwane's dramatische ontsnapping had hij zeker niet voorzien, en voor het geluk van de ander had hij zwaar moeten boeten. Etzwane besefte nu dat hij zijn eigen vrijheid had gekocht met Finneracks lijden.

Een magere, gebogen man wankelde het huis uit. Zijn leeftijd viel niet vast te stellen. Geelwit haar hing in verwarde lokken langs zijn oren. Hillen wees met zijn duim naar Etzwane. Finnerack draaide zich om en keek hem aan, en over een afstand van vijftig meter voelde Etzwane de gloeiende, blauwwitte blik. Langzaam, moeizaam, alsof zijn benen hem pijn deden, liep Finnerack op hem af. Zeven meter achter hem aan slenterde Hillen met zijn armen losjes over elkaar.

Scherp riep Etzwane: "Hillen! Ga terug naar het gebouw!"

Hillen leek hem niet te horen.

Etzwane richtte de pulszender. "Ga terug!"

Hillen draaide zich om en liep, nog steeds met zijn armen over elkaar, langzaam terug. Finnerack keek van de een naar de ander en liep toen met een verbaasde halve grijns verder naar Etzwane.

Voor Etzwane bleef hij staan en zei: "Wat wilt u van mij?"

Onderzoekend keek Etzwane in het magere bruine gezicht, zocht naar de vriendelijke Finnerack die hij gekend had. Het was duidelijk dat Finnerack hem niet herkende. "Bent u de Jerd Finnerack die op Angwin-Wissel heeft gewerkt?"

"Dat ben ik en daar heb ik gewerkt."

"Hoelang bent u al hier?" Etzwane wees naar het huis van bewaring.

"Vijf dagen."

"Waarom bent u hier gebracht?"

"Om ze de gelegenheid te geven me te vermoorden. Waar anders voor?"

"Maar u bent nog in leven."

"Dat is waar."

"Wie zijn er nog meer binnen?"

"Drie gevangenen en twee bewakers."

"Finnerack, u bent nu vrij man."

"Zo. En wie bent u?"

"Er is een nieuwe Anome in Shant. Ik ben zijn Eerste Adjudant. En de andere gevangenen? Wat hebben zij misdaan?"

"Drie keer een bewaker aangevallen. Ik heb dat maar twee keer gedaan, Hillen kan niet meer tot drie tellen."

Etzwane draaide zich om en keek naar Hillen, die somber tegen de muur van het huis leunde. "Hillen heeft een pijlpistool onder zijn armen, dat vermoed ik tenminste. Wat deden de bewakers voor ik hier kwam?"

"Een uur geleden kregen ze een bericht uit Kamp Drie en gingen met hun wapens schietklaar naast het raam staan. Toen kwam u. Hillen gelastte de bewakers mij te gaan halen. De rest weet u."

Etzwane riep naar Hillen: "Laat de bewakers naar buiten komen."

Hillen zei iets over zijn schouders en twee mannen kwamen het gebouw uitlopen, de eerste dik en de tweede lang en met een gelig gezicht. Van de tweede bewaker waren de oren afgesneden.

Etzwane deed een paar stappen naar voren. "Alle drie, omdraaien en je handen in de lucht."

Hillen staarde hem strak aan, alsof hij Etzwane niet had verstaan. Etzwane liet zich niet van de wijs brengen. Hij wist dat Hillen berekende hoe zijn kansen lagen, maar hoe hij het ook bekeek, erg sterk stond hij niet. Verachtelijk liet Hillen het pijlpistool vallen dat hij ergens vandaan had weten te halen. Hij draaide zich om en stak zijn handen in de lucht. De twee bewakers volgden zijn voorbeeld.

Etzwane kwam wat dichterbij. Hij zei tegen Finnerack: "Controleer eerst de bewakers op wapens, en bevrijd daarna de andere gevangenen."

Finnerack gehoorzaamde. Een paar ogenblikken gingen voorbij, waarin de stilte alleen werd onderbroken door het gezoem van insecten en wat gesmoorde geluiden binnenin het gebouw. Toen kwamen de gevangenen naar buiten: bleke, magere mannen, die nieuwsgierig naar Etzwane keken, knipperend met hun ogen tegen het licht van de zon. "Raap het pijlpistool op," zei Etzwane tegen Finnerack. "Sluit Hillen en de bewakers op in de cellen."

Met ironische kalmte maakte Finnerack een gebaar naar de drie mannen dat ongetwijfeld was gemodelleerd op de gebaren die de drie onder andere omstandigheden zelf hadden gebruikt. Hillen zag het, glimlachte grimmig en liep naar binnen.

Wat zijn gebreken ook mochten zijn, Hillen wist tegenslag te incasseren zonder zijn waardigheid te verliezen. Deze dag was voor hem niet bepaald gunstig verlopen.

Etzwane overlegde met Finnerack en de twee andere ex-gevangenen, en ging toen het stinkende gebouwtje in. Zijn maag draaide zich om toen hij zag hoe vuil de cellen waren waar nu Hillen en zijn handlangers verbeten en troosteloos in elkaar gedoken zaten.

Tegen Hillen zei hij: "Voor ik in Kamp Drie arriveerde droeg ik u geen kwaad hart toe, maar eerst hebt u geprobeerd mij tegen te werken, en daarna wilde u een aanslag op mijn leven laten plegen. U hebt zonder enige twijfel uw instructies uit andere bron gekregen. Wat was dat voor bron?"

Hillen staarde hem alleen maar aan, met ogen als loden kogels. "U hebt een slechte keus gedaan," zei Etzwane. Hij wendde zich af.

De dikke bewaker, zijn gezicht al nat van het zweet, riep klaaglijk: "En wij dan?"

Onbewogen zei Etzwane: "Geen van de drie gevangenen, Finnerack, Jaime en Mermiente, dringt erop aan dat jullie worden vrijgelaten. Alle drie zijn ze van mening dat genade voor recht laten gelden niet juist zou zijn. En wie kan daar beter over oordelen dan zij? Jaime en Mermiente hebben erin toegestemd jullie te bewaken, jullie krijgen dus met hen te maken, niet met mij."

"Ze zullen ons vermoorden. Is dit nu het recht van de Anome?"

"Ik weet niet waar het recht ligt," antwoordde Etzwane. "Misschien ontstaat het in dit geval zelf wel, want aan jullie zal evenveel genade worden betoond als jullie aan anderen hebben betoond."

Finnerack en Etzwane begaven zich naar de diligence, Etzwane slecht op zijn gemak. Hij keek een paar keer om. Inderdaad, waar lag het recht? Was hij verstandig, vastbesloten opgetreden? Of had hij in plaats daarvan iets weekhartigs gedaan, dat op zwakheid wees? Allebei? Geen van tweeën? Hij zou het nooit weten.

"Snel," zei Finnerack. "Tegen zonsondergang komen de chumpa's opzetten uit het moeras."

In het zwakker wordende licht gingen ze op weg naar het noorden. Finnerack keek Etzwane onderzoekend aan. "Ergens heb ik u weleens ontmoet," zei hij. "Waar? Waarom bent u me komen halen?"

Vroeg of laat zou hij een antwoord moeten geven op die vraag. "Lange tijd geleden hebt u mij een dienst bewezen, en ik ben nu eindelijk in staat u die te vergelden. Dat is de eerste reden."

In Finneracks gegroefde bruine gezicht schitterden de ogen als blauw ijs.

"Een nieuwe Anome is aan de macht gekomen," ging Etzwane verder. "Ik ben zijn eerste adjudant. Ik heb vele zorgen, en heb zelf een assistent nodig, een bondgenoot op wie ik mij kan verlaten."

Met een stem waarin ontzag en verbazing doorklonken, alsof Finnerack twijfelde aan Etzwane's gezond verstand of aan dat van hemzelf, zei hij: "En u hebt mij voor deze functie uitgekozen?"

"Dat is juist."

Finnerack lachte wild, geamuseerd, alsof dat antwoord een eind maakte aan zijn twijfels: zowel hij als Etzwane waren gek. "Waarom juist ik? U kent mij nauwelijks."

"Een gril. Herinnert u zich dat u ooit vriendelijk bent geweest tegen een wanhopige kleine jongen in Angwin?"

"Ah!" Het geluid kwam uit de diepste diepten van Finneracks ziel. Zijn geamuseerdheid, zijn verwondering waren verdwenen alsof ze nooit hadden bestaan. Het magere lichaam scheen ineen te zakken.

"Ik ben ontsnapt," zei Etzwane, "en musicus geworden. Een maand geleden is de nieuwe Anome aan de macht gekomen, en hij heeft onmiddellijk opgeroepen tot oorlog tegen de Roguskhoi. Hij verzocht mij dit beleid uit te voeren, en gaf mij daartoe macht. Ik kwam erachter wat er met u gebeurd was, al besefte ik niet hoe hard het bestaan in Kamp Drie is."

Finnerack ging rechtop zitten. "Hebt u er geen vermoeden van wat voor risico u loopt door mij dit te vertellen? Of mijn woede jegens de mensen die mijn leven hebben gemaakt tot wat het is? Weet u wat ze me hebben aangedaan om me schulden te laten betalen die ik nooit heb gemaakt? Weet u dat ik mijzelf beschouw als een beest? Een dier dat door de mensen woest en vals gemaakt is? Weet u hoe dun het vlies is dat mij ervan weerhoudt om u aan stukken te scheuren en dan terug te hollen en met Hillen hetzelfde te doen?"

"Beheers u," zei Etzwane. "Het verleden is het verleden, u leeft, en nu hebben we werk te doen."

"Werk?" snauwde Finnerack met een spottende lach. "Waarom zou ik werken?"

"Om dezelfde reden als ik: om Shant te redden van de Roguskhoi."

Finnerack lachte rauw. "De Roguskhoi hebben mij niets misdaan. Laat ze maar doen wat ze willen."

Etzwane wist daar geen antwoord op. Een tijdlang reed de diligence verder naar het noorden. Ze reden het ruigstammenbos in en het licht van de zonnen, nu duidelijk lavendelkleurig, wierp lange groene schaduwen over de grond.

"Hebt u er nooit over nagedacht hoe u de wereld zou verbeteren als u de macht daartoe had?" zei Etzwane.

"Zeker heb ik dat," zei Finnerack. Zijn stem klonk wat milder dan tevoren. "Ik zou de mensen verdelgen die mijn leven hebben verwoest: mijn vader, Dagbolt, de ellendige knaap die de vrijheid koos en mij daarvoor liet boeten, de hoge heren van het ballonspoor, Hillen. Een heleboel mensen."

"Dat is de stem van uw woede," zei Etzwane. "Het verdelgen van deze mensen is geen wezenlijke daad: het kwaad wordt er niet door uit de wereld geholpen, en ergens anders loeren andere Jerd Finnerack's op uw leven omdat u hen niet geholpen hebt toen u daartoe in staat was."

"Zeer juist," zei Finnerack. "Alle mensen zijn buidels vol met het gemeenste kwaad, mijzelf niet uitgezonderd. Laat ze allemaal maar vermoord worden door de Roguskhoi."

"Het is dwaasheid om toornig te zijn over iets dat in de natuur besloten ligt," protesteerde Etzwane. "De mensen zijn zoals ze zijn, en op Durdane nog meer dan elders. Onze voorvaderen zijn hierheen gegaan om hun eigenaardigheden uit te kunnen leven. Wij leven met een rijke erfenis aan excentriciteit. Viana Paizifume heeft dit goed begrepen en heeft ons halsbanden gegeven om ons te temmen."

Finnerack rukte zo woest aan zijn halsband dat Etzwane wat van hem wegschoof uit angst voor een ontploffing.

"Ik ben niet getemd," zei Finnerack. "Ik ben alleen maar tot slaaf gemaakt."

"Het systeem heeft zo zijn gebreken," stemde Etzwane in. "Maar toch zorgen in heel Shant de kantons ervoor dat de vrede bewaard blijft en de mensen zijn gehoorzaam aan de wetten. Ik hoop dat ik de fouten recht zal kunnen zetten, maar eerst moeten de Roguskhoi worden aangepakt."

Finnerack haalde alleen onverschillig zijn schouders op. Zwijgend reden ze verder, het bos uit en over het zaaggras, dat er stil en somber bijlag in het licht van de ondergaande zonnen.

Nadenkend zei Etzwane: "De situatie waarin ik mij bevind, is wat eigenaardig. De nieuwe Anome is een man met theorieën en idealen. Hij vertrouwt op mij voor het nemen van concrete besluiten. Ik heb hulp nodig. Ik dacht het eerst aan u, u hebt mij lang geleden al eens geholpen, en daarvoor ben ik u dank verschuldigd. Maar uw houding is niet erg bemoedigend, misschien moet ik wel iemand anders proberen te vinden. Ik kan u wel uw vrijheid en ook rijkdom geven, bijna alles wat u maar wilt."

Weer trok Finnerack aan de halsband die losjes om zijn magere bruine hals hing. "U kunt die strop niet weghalen, u kunt me niet werkelijk de vrijheid geven. Rijkdom? Waarom niet? Ik heb het verdiend. Maar het liefst van al wil ik het beheer voeren over Kamp Drie, al was het maar voor een maand."

"Wat zou u doen als dat gebeurde?" vroeg Etzwane, in de hoop te kunnen peilen waar Finneracks geest zich mee bezighield.

"U zou een nieuwe Finnerack zien. Het zou een kalm, rechtvaardig man zijn die iedere handeling nauwgezet op zijn merites zou bekijken. Hillen zal nu binnen een week of daaromtrent sterven, maar zijn schuld is veel groter. Het is steeds zijn handelwijze geweest om de mannen zover te krijgen dat ze brutaal optraden, of opstandig werden of onzorgvuldig werkten, en dan kregen ze altijd drie maanden, zes maanden, of een heel jaar straf. Voor zover bekend heeft niemand ooit zijn contract afgelost met werk in Kamp Drie. Ik zou hem laten leven, in ieder geval de maand dat ik het beheer zou voeren, in een kooi, zodat de mannen die hij heeft misbruikt hem zouden kunnen bekijken en tegen hem spreken. Na die maand zou ik hem aan de chumpa's geven. De assistenten, Hoffman en Kai, kunnen niet lager zinken, zij verdienen de ergste straf die er bestaat." Finneracks stem begon te beven. "Overdag zouden ze de wilgentenen met loog bewerken, 's nachts zouden ze worden opgesloten in het strafgebouw, en zo de rest van hun leven lang. Misschien zouden ze twee, drie maanden blijven leven, wie kan het zeggen?"

"En de bewakers?"

"Er zijn negenentwintig bewakers. Ze zijn allemaal streng. Vijf zijn er eerlijk en hebben de neiging om af en toe clement te zijn. Tien anderen zijn kil en mechanisch. De rest zijn onmensen. Die zouden meteen naar het huis van bewaring gaan en er nooit meer uitkomen. De tien zouden onbepaalde tijd worden opgesloten in het strafgebouw, een maand of drie, en daarna vijf jaar lang moeten werken. De vijf goede bewakers..." Finnerack fronste zijn door de zon gebleekte wenkbrauwen. "Dat is een beetje een probleem. Ze hebben gedaan wat ze konden, maar zonder persoonlijk risico te lopen. Hun schuld is niet precies aan te geven, maar schuldig zijn ze zeker. Ze zullen moeten boeten: een jaar lang werken, en dan ontslag zonder loon."

"En de mannen onder contract?"

Finnerack draaide zich verbaasd om. "Zei u contract? Iedereen heeft wel tien keer ingelost wat hij verschuldigd was. Iedereen verlaat het kamp als vrij man, met een premie van tien keer de som van zijn contract."

"En wie moet dan wilgentenen snijden?"

"Daar geef ik niets om. Laat de magistraten zelf hun wilgen maar komen snijden."

Zwijgend reden ze verder. Etzwane bedacht dat de straffen die Finnerack wilde opleggen niet onevenredig waren als ze werden vergeleken met de omstandigheden waarop ze berustten. Voor hen, zwart afgetekend tegen de paarse zonsondergang, lag de zwarte massa van de palissade van Kamp Drie. De *Iridixn* hing erboven.

Finnerack wees naar een hoop verbrokkelde rotsen naast de weg. "We worden door iemand opgewacht."

Etzwane bracht de diligence tot staan. Een paar ogenblikken dacht hij na. Toen haalde hij de breedimpulsbuis tevoorschijn, richtte hem op de rotsen en drukte op de knop. Twee ontploffingen verscheurden de stilte van de avond.

Etzwane liep naar de rotsen, gevolgd door Finnerack. Ze keken neer op de twee lijken zonder hoofd. Finnerack gromde, diep teleurgesteld. "Hoffman en Kai. Die hebben geluk gehad."

Bij de poort in de palissade bracht Etzwane de diligence opnieuw tot staan. Kamp Drie was een schandaal, en het recht moest zijn beloop hebben. Maar hoe? En wie zou berecht worden? En door wie? En aan de hand van welke wetten? Etzwane raakte in verwarring en bleef op de bok zitten staren naar de poort waar groepjes mannen mompelend bij elkaar stonden.

Finnerack begon onrustig te worden, en hij rilde en siste door zijn tanden. Etzwane dacht aan Finneracks vonnissen die wel hard hadden geklonken, maar door de omstandigheden werden gewettigd. Hij zag nu een principe waaraan, zei hij tegen zichzelf, hij zich al veel eerder had moeten houden, omdat daarin de geest van de rechtspraak van Shant besloten lag.

Voor plaatselijke grieven, plaatselijke maatregelen. Voor misdaden van Kamp Drie, gerechtigheid van Kamp Drie.

HOOFDSTUK V

Etzwane hing hoog in de lucht in de gondel van de *Iridixn*. Gefascineerd staarde hij door de kijker naar de palissade. De poort was gesloten, de bewakers waren opgesloten in een opslagschuur. In het licht van lantaarns aan de wanden en een knetterend vuur dwaalden mannen heen en weer, alsof ze verdwaasd waren. Het beste wat het kamp aan voedsel te bieden had lag op lange tafels, ook alle delicatessen uit de voorraden voor de bewakers. De mannen aten alsof ze aan een banket bezig waren, deden zich te goed aan gedroogde aal en aan de dunne, zure wijn die Hillen hun vroeger tegen een zo hoge prijs had verkocht. Een paar begonnen er druk te doen, en liepen pratend en gebarend heen en weer. Finnerack hield zich wat afzijdig; hij had met mate gegeten en gedronken. Buiten de palissade zag Etzwane wat duistere gedaanten bewegen: ahulfs en chumpa's, aangelokt door de ongebruikelijke activiteit.

Ten slotte konden de mannen niet meer en het vat wijn was leeg. De mannen begonnen op tafel te slaan en te zingen. Finnerack kwam naar voren en riep om stilte en het gezang werd minder en hield ten slotte helemaal op. Finnerack bleef enige tijd aan het woord, en de menigte werd stil, maar het was een norse stilte, en ze trokken rusteloos met hun schouders. Toen sprongen er bijna tegelijk drie mannen op en duwden Finnerack goedgeluimd weg. Finnerack schudde vol afkeer zijn hoofd, maar deed er verder het zwijgen toe.

De drie mannen hieven hun armen op om de anderen tot stilte te manen. Ze spraken met elkaar en luisterden naar suggesties uit de menigte. Twee keer stapte Finnerack naar voren om hartstochtelijk iets te betogen, en allebei de keren werd er eerbiedig naar hem geluisterd.

Etzwane kreeg de indruk dat de meningsverschillen meer over de te volgen tactiek gingen dan over wat er te doen stond.

Het debat laaide hoog op, en nu hamerden wel twaalf mannen met hun vuist op tafel.

Weer kwam Finnerack naar voren en wat hij voorstelde maakte een eind aan de verwarde discussie. Een van de mannen haalde papier en een pen en schreef op wat Finnerack dicteerde, terwijl anderen suggesties deden of verbeteringen voorstelden.

Toen de lijst met beschuldigingen — want dat waren het waarschijnlijk — klaar was, ging Finnerack weer op zijn oude plaats staan en keek met een somber peinzende blik naar wat er gebeurde. De drie mannen namen de leiding van de procedure op zich. Ze benoemden een groep van vijf mannen die naar de voorraadschuur liepen en met een bewaker terugkwamen.

De menigte golfde naar voren, maar de drie mannen spraken de anderen streng toe, en die gingen weer op hun plaats zitten. De bewaker werd op een tafel gezet voor een confrontatie met de mannen die zo kort geleden nog onder zijn gezag hadden gestaan. Eén man kwam uit de menigte naar voren gelopen en somde de beschuldigingen op, dramatisch zijn vinger naar voren stekend bij elke tenlastelegging. Finnerack keek fronsend toe. Weer kwam er een man naar voren met zijn beschuldigingen, en nog een en nog een. De bewaker luisterde met een vertrokken gezicht naar wat ze zeiden. De drie mannen spraken een oordeel uit, en de bewaker werd naar het hek van de palissade gesleept en naar buiten geduwd. Twee blauwzwarte ahulfs draafden op hem af, maar terwijl zij ruzie stonden te maken kwam een grijs gevlekte chumpa log naar voren en sleepte de bewaker het duister in.

Zo werden veertien bewakers uit de voorraadschuur gehaald. Een paar liepen traag en gelaten, een paar keken uitdagend om zich heen, een paar verzetten zich en probeerden zich los te rukken uit de handen van hun escorte, een paar glimlachten hoopvol en opgewekt. Allemaal werden ze op de tafel gezet, in het volle licht van het vuur en zo werd een oordeel geveld. In een geval kwam Finnerack naar voren om te protesteren, waarbij hij naar de *Iridixn* wees. Deze man ontsnapte aan de duisternis buiten de palissade, waar de chumpa's zaten te wachten en wat laatkomers jankend aan kwamen lopen, en werd naar de lange vaten gestuurd waar pas gesneden tenen in een bijtende oplossing stonden, en gedwongen om de schil eraf te pellen.

De overige bewakers werden uit de schuur gehaald en berecht. Na een langdurige discussie waarbij een van de bewakers zichzelf verdedigde, werd hij de poort uitgeduwd. De rest werd aan het werk gezet bij de vaten.

Nu alle bewakers berecht waren, werd nog een vat wijn tevoorschijn gehaald. De mannen dronken en vierden feest en bespotten de bewakers die nu hun werk deden. Een paar mannen werden onvast op hun benen en gingen op hun gemak om het vuur heen zitten. De bewakers pelden de wilgentenen en vervloekten het lot dat hen in Kamp Drie had gebracht.

Etzwane hing de kijker weer aan de haak en kroop in zijn hangmat. De dingen, zei hij hol tegen zichzelf, waren zo goed gegaan als hij redelijkerwijs had kunnen verwachten. Even na middernacht zette hij opnieuw de kijker aan zijn ogen. De mannen zaten om het vuur, knikkebollend of vast in slaap. Een paar stonden toe te kijken hoe de bewakers wilgentenen verwerkten, alsof ze nooit genoeg zouden krijgen van dat schouwspel. Finnerack zat wat ter zijde, ineengedoken op een tafel. Na een paar minuten kroop Etzwane weer in zijn hangmat.

Etzwane besteedde de hele ochtend van de volgende dag aan het vermoeiende karwei van contracten vervallen verklaren en cheques uitschrijven voor min of meer willekeurige bedragen. Het grootste deel van de mannen wilde geen tenen meer snijden; deze mannen gingen in kleine groepjes op weg naar Orgala in het noorden. Ongeveer twintig man stemde erin toe om als opzichter in het kamp te blijven; veel verder gingen hun ambities niet. Jarenlang hadden ze de bewakers hun voorrechten benijd; nu konden ze ervan genieten, zo veel ze wilden.

De *Iridixn* werd naar beneden gehaald en Etzwane stapte de gondel in, gevolgd door Finnerack. Casallo keek de laatste ontsteld aan. Finnerack zag er inderdaad wat haveloos uit. Hij had geen bad genomen en ook geen schone kleren aangetrokken, zijn haar was slordig en veel te lang, en het hemd dat hij aanhad was gescheurd en vuil.

De *Iridixn* steeg weer op en de lopers gingen in draf op weg naar het noorden. Etzwane voelde zich als een man die uit een nachtmerrie wakker wordt. Twee vragen bleven bij hem opkomen: hoeveel van dit soort kampen waren er in Shant? En wie had Shirge Hillen gewaarschuwd dat hij in aantocht was?

In Orgala werd de *Iridixn* weer aan een glijschoen gehaakt en gleed voor een frisse bries naar het noordwesten. Tegen het einde van de volgende dag arriveerden ze in Kanton Gorgash, en de ochtend daarop werden ze naar beneden getakeld in Heer Benjamins Droom, de grootste stad van het kanton. Etzwane had niets aan te merken op de militie van Gorgash, al maakte Finnerack sarcastische opmerkingen over het pompeuze officierskorps, dat bijna even talrijk was als de verveelde, slome soldaten. "Het is een begin," zei Etzwane. "Ze hebben geen ervaring met dit soort dingen. Vergeleken met de mensen van Dithibel, of Burazhesq, of Shker, zijn deze mensen hier intelligent en vlot bezig."

"Misschien hebt u gelijk, maar zullen ze vechten tegen de Roguskhoi?"

"Dat zien we wel als het zover is. Hoe zou u het doen?"

"Ik zou de officieren hun mooie uniformen en pluimhoeden afpakken en ze allemaal in de keuken zetten. De soldaten zou ik in vier compagnieën opdelen en ik zou ze elke dag schermutselingen tegen elkaar laten houden, om ze fel en woest te maken."

Etzwane bedacht dat iets soortgelijks van een opgewekte blonde jongeman de magere bruine rebel had gemaakt die nu naast hem stond. "Misschien gebeurt dat ook wel voor de dreiging is afgewend. Op dit ogenblik ben ik al tevreden dat Gorgash de militie blijkbaar serieus neemt."

Weer lachte Finnerack spottend. "Er zullen er wel wat wegblijven als ze ontdekken tegen wie ze het moeten opnemen."

Etzwane fronste zijn voorhoofd. Hij vond het niet bijster aangenaam om de ander zijn geheime vrees zo openlijk onder woorden te horen brengen. Finnerack was bepaald niet tactvol. En bovendien was het geen frisse ervaring om met hem te moeten reizen. Etzwane keek eens kritisch naar hem. "Hoog tijd dat we eens wat aan uw uiterlijk doen. Op het ogenblik geeft dat gerede grond voor commentaar."

"Ik heb niets nodig," mompelde Finnerack. "Ik ben niet ijdel."

Etzwane wilde niet luisteren. "U bent misschien dan wel niet ijdel, maar u bent een mens, als ieder ander. Bewust of onbewust wordt u beïnvloed door uw uiterlijk. Als u er slordig, onverzorgd en vuil uitziet, zal het niet lang duren voor u aan uw denken dezelfde eisen stelt als aan uw uiterlijk. Uw uiterlijk is van invloed op uw hele leven."

"Nog meer van die psychologische theorieën van u," gromde Finnerack. Etzwane liet zich echter niet meer van de wijs brengen en nam Finnerack mee naar de Baronarcades, waar Finnerack zich met een nors gezicht liet scheren, knippen, baden, manicuren en in nieuwe kleren steken.

Ten slotte keerden ze dan toch terug naar de *Iridixn*. Finnerack was nu een pezige man met harde spieren, een vierkant, diepgegroefd gezicht, een haardos van kleine bronzen krullen, en een scherpe blik, die nooit lang op een punt bleef rusten. Zijn kaken waren stijf op elkaar geklemd: op het eerste gezicht leek hij opgewekt te glimlachen.

In Maschein, in Kanton Maseach, bereikte de *Iridixn* het eindpunt van de Kalme Violette Zonsondergangsroute.* Casallo stond zich een laatste extravagante manœuvre toe door de *Iridixn* in een grote boog rond te laten zwaaien, tegen de wind in, een zwierig gebaar waardoor Etzwane en Finnerack op onzachte wijze in aanraking kwamen met de bodem van de gondel. Een werkploeg trok de *Iridixn* naar het landingsperron. Zonder veel spijt stapte Etzwane uit, gevolgd door de boze Finnerack die Casallo zijn onbesuisde manier van doen niet had vergeven.

Etzwane nam afscheid van Casallo terwijl Finnerack zich nors afzijdig hield. Toen liepen ze getweeën de stad in.

---

* De taal van Shant onderscheidt een aantal soorten zonsondergangen:
  feovhre — een rustige violette zonsondergang, onbewolkt.
  arusch'thain — een violette zonsondergang met horizontale, appelgroene wolken.
  gorusjurhe — een vlammende, flamboyante zonsondergang die de hele hemel bestrijkt.
  shergorszhe — idem, maar met cumuluswolken in het oosten, met het licht van de zon erop, en uitkijkend naar het westen.
  heizhen — hier is de hemel zwaarbewolkt, op een streep blauwe lucht aan de einder na, waarin de zon ondergaat.

Een passagiersprauw die over de vele grachten en zijstromen in Maschein voer, bracht hen naar de Riviereilandherberg, die met zijn terrasjes, tuinen, bomengroepen en pergola's een heel rotseiland in de Jardeen in beslag nam. Bij zijn bezoeken aan Maschein als altijd krap bij kas zittende Roze-Zwart-Azuur-Donkergroene had Etzwane altijd verlangend naar de herberg gestaard, de beste van heel Maschein; nu bestelde hij een suite van vier kamers, uitkomend op een eigen tuin met cyclamen, blauw lover en lurlinthe. De wanden van de vertrekken waren uitgevoerd in fijn generfd hardhout, dat in de twee slaapkamers essengroen was gebeitst, en in de salon een zacht *aelsheur*,* met hier en daar subtiele streken lichtgroen, lavendel, en vaagblauw die associaties opriepen met weiden en watergezichten.

Finnerack keek met omlaag getrokken mondhoeken de vertrekken rond. Hij ging op een stoel zitten met zijn benen over elkaar en staarde uitdrukkingsloos over de langzaam stromende Jardeen. Etzwane glimlachte even tegen zichzelf. Waren de dingen in Kamp Drie zo veel beter geweest?

In de glasheldere vijver in het midden van de tuin nam Etzwane een bad. Daarna trok hij een witte linnen toga aan. Finnerack zat nog steeds in dezelfde houding over de Jardeen te staren. Etzwane negeerde hem; Finnerack zou zich op zijn eigen manier aan moeten passen.

Etzwane bestelde een vaas ijswijn en wat er aan plaatselijke journaals voorradig was. Finnerack wilde wel een beker wijn hebben, maar had geen belangstelling voor het nieuws, dat nogal onheilspellend was. Berichten die om de beurt met zwarte, bruine of mosterdgele letters gedrukt waren, meldden dat in de Kantons Lor-Asphen, Bundoran en Surrume de Roguskhoi in beweging waren, en dat Shkoriy nu geheel in hun handen was. Etzwane las:

Het beleid van de Anome om vrouwen naar de kantons aan de kust te evacueren is ongetwijfeld juist, maar een gevolg is ook dat de Roguskhoi worden opgewekt tot nog gruwelijker strooptochten teneinde hun blijkbaar onverzadelijke lust te bevredigen. Waar is het einde van deze

---

* *Aelsheur*: letterlijk: luchtkleur.

afschuwwekkende gang van zaken? Als de Anome met al zijn macht deze vreselijke horden niet terug weet te drijven naar waar ze vandaan gekomen zijn, dan is Shant binnen vijf jaar een grote massa Roguskhoi. En waar zullen hun aanvallen zich dan op richten? Op Caraz? Daar ziet het wel naar uit, want de Palasedranen zouden niet een dergelijk angstaanjagend wapen tegen de bevolking van Shant inzetten als ze dat wapen niet op de een of andere wijze in de hand kunnen houden.

Een ander artikel, omkaderd met donker scharlakenrood en grijs, beschreef de militie van Maseach zó gedetailleerd dat Etzwane tot de conclusie kwam dat het niet nodig was om ook nog eens zelf te gaan kijken. Met een onbehaaglijke grimas op zijn gezicht las hij de laatste alinea:

> Onze dappere mannen hebben zich verenigd en zijn nu bezig vertrouwd te raken met militaire bijzonderheden, bijna vergeten door de vrede die Shant lange tijd heeft gekend. Gretig en vol hoop wachten zij op de krachtige wapens waaraan de Anome werkt; geïnspireerd door zijn majestueuze leiderschap zullen ze de verderfelijke rode bandieten verslaan en ze huilend als verschroeide ahulfs op de vlucht jagen.

"Dus ze wachten op mijn 'krachtige wapens', mijn 'majestueuze leiderschap'," mompelde Etzwane. Als ze wisten wat hij was, een onzekere musicus, zonder veel vaardigheden, ervaring, of geschiktheid voor het werk dat hij op zich had genomen, zouden ze wel wat minder vertrouwen in de goede afloop hebben. Zijn blik viel op een bericht in een kader van grijs en ultramarijn:

> Afgelopen avond verscheen de druithine Dystar in de Zilveren Samarsanda. Zijn maaltijd was al geruime tijd voor hij die bestelde betaald, en onbekenden drukten de niet van veel belangstelling blijk gevende musicus

allerlei andere geschenken in de handen. Zoals gewoonlijk vergastte hij zijn publiek op verrassende *hurusthra** en verhaalde van plaatsen waar slechts weinige bevoorrechten komen. Dystar speelt vanavond wellicht opnieuw in de Zilveren Samarsanda.

Etzwane las het bericht een tweede keer, en toen nog eens. In de tijd die vlak achter hem lag had hij geen ogenblik gedacht aan muziek. Nu spoelde een golf van verlangen over hem heen: wat had hij met zichzelf gedaan? Zou hij zijn hele leven dit soort steriele dingen om zich heen hebben? Luxe, ijswijn, vierkamersuites met een eigen tuin, wat was dat allemaal waard als hij het vergeleek met het leven dat hij had geleid met Frolitz en de Roze-Zwart-Azuur-Donkergroenen?

Etzwane legde het journaal ter zijde. Vergeleken met Finnerack had hij het makkelijk gehad. Hij draaide zich om en keek naar Finnerack, vroeg zich af wat er omging achter dat gespannen bruine gezicht. "Finnerack!" riep hij. "Heb je het nieuws al gezien?" Hij overhandigde het journaal aan Finnerack die met een niet te raden uitdrukking zijn ogen over de pagina liet gaan. "Wat zijn dat voor krachtige wapens waar de Anome aan werkt?" vroeg hij.

"Voor zover mij bekend zijn ze niet-bestaand."

"Hoe bent u dan van plan Roguskhoi te doden, zonder wapens?"

"De technici zijn aan het werk," zei Etzwane. "Als ze nieuwe wapens produceren, zullen de mannen daarmee worden uitgerust. Als dat niet het geval is zullen ze moeten vechten met pijlpistolen, pijl en boog, dexaxgranaten en bommen, speren en pieken."

"Het heeft lang geduurd voor de Anome tot de strijd besloot."

"Dat weet ik. De vroegere Anome heeft steeds geweigerd om de Roguskhoi te bestrijden, en hij wil ook nu niet zeggen waarom."

Finnerack keek opeens geïnteresseerd. "Is hij dan niet dood?"

"Nee. Hij is afgezet en vervangen door een ander."

"En wie heeft dat huzarenstukje uitgehaald?"

Etzwane zag geen reden om Finnerack niet de waarheid te vertellen. "Hebt u weleens van de Aarde gehoord?"

---

* *Hurusthra*: ruw vertaald: muzikale panorama's en inzichten.

"Ik heb er anderen over horen spreken: de planeet waar het menselijk ras oorspronkelijk vandaan komt."

"Op deze Aarde is een organisatie die bekend staat onder de naam Historisch Instituut, waar men Durdane nog kent. Het toeval bracht mij in contact met een zekere Ifness, een medewerker van dit Historisch Instituut die Durdane bestudeerde. Samen zijn we achter de identiteit van de Man zonder Gezicht gekomen en hebben er bij hem op aangedrongen om maatregelen te treffen tegen de Roguskhoi. Dat weigerde hij, dus hebben wij hem ontheven van zijn taak en zijn begonnen met het organiseren van al deze nieuwe dingen."

Finnerack keek Etzwane met glinsterende ogen aan. "Dus een man van de Aarde is Anome over Shant?"

"Ik wou dat het waar was," zei Etzwane. "Jammer genoeg weigert hij die taak op zich te nemen. De Anome is iemand anders. Ik ben zijn assistent en heb zelf een assistent nodig: misschien u wel, als u bereid bent Shant te dienen."

"Shant heeft mij alleen maar kwaad gedaan," zei Finnerack. "Ik moet alleen voor mijzelf leven."

Etzwane begon ongeduldig te worden. "Uw bitterheid is begrijpelijk, maar zou u uw emotie niet wat meer op een doel kunnen richten? Als u met mij samenwerkte zou u andere slachtoffers kunnen helpen. Als u dat niet doet bent u niet beter dan Hillen, en ver de mindere van de gewone mensen die u zo veracht. Hoeveel mensen wisten bijvoorbeeld hier in Maschein van het bestaan van Kamp Drie af? Niemand."

Finnerack haalde zijn schouders op en staarde strak over het water van de Jardeen waar het violette licht van de avond op viel.

Na een paar ogenblikken zei Etzwane, zo kalm hij kon: "Vanavond gaan we eten in de Zilveren Samarsanda, waar wij naar een groot druithine zullen luisteren."

"En wat is dat dan wel?"

Verbaasd keek Etzwane hem aan. Niets had dramatischer duidelijk kunnen maken hoeveel Finnerack had ontbeerd. Wat vriendelijker zei hij: "Een druithine is een musicus die niet in het gezelschap van anderen reist. Hij kan op een gastaing spelen, of op een khitan, af en toe zelfs op een darabence, en zijn muziek is meestal van hoog gehalte."

"Ik weet niets af van muziek," zei Finnerack botweg.

Weer drukte Etzwane een gevoel van ongeduld de kop in. "In ieder geval zult u van uw maaltijd genieten; Maseach staat bekend om zijn uitstekende restaurants."

De Zilveren Samarsanda was een onregelmatig gevormd bakstenen gebouw, gepleisterd en witgekalkt met een breed dak van groen uitgeslagen leisteen. Ver onder het restaurant stroomde de Jardeen. Ze liepen een rij ranke cipressen door en kwamen bij de ingang, waarnaast vijf gekleurde lantaarns onder elkaar hingen: donkergroen, een donkere, rookachtige nuance van scharlaken, vrolijk lichtgroen, violet, en nogmaals donker scharlaken. Helemaal onderaan, niet helemaal recht onder de vijf andere lampen, hing een kleine gele lamp. Alle lampen bij elkaar betekenden: *Schenk nooit te weinig aandacht aan het verbazingwekkende feit dat u bestaat en zich dat bewust bent — het duurt niet lang voor dat bestaan ten einde loopt!*

Door twee hoge houten deuren betraden Etzwane en Finnerack de foyer, waar een jongetje hun een roemer graswijn inschonk en een stukje gekristalliseerde vis gaf, een symbool van gastvrijheid. Een glim- lachend meisje in de pruimkleurige ruches van een oude Maseachse maenade kwam op hen toegelopen. Ze knipte van elk van tweeën een lokje haar af, en beroerde hun kin met een staafje yorbane-was: een eigenaardig overblijfsel uit het grijze verleden toen de Maseach berucht stonden om hun onmatige genotzucht.

Etzwane en Finnerack liepen de op dit uur nog bijna lege gewelfde zaal in en namen een tafeltje vlak naast de bank voor de musici. Een schotel scherpe, bittere, pikante, en zoute pastilles werd voor hen gezet. Deels door een boosaardig verlangen om Finnerack nu eens verbijsterd te laten staan bestelde Etzwane het traditionele Feestmaal der Vijf en Veertig Gerechten, en gaf de man die hen bediende ook opdracht Dystar de beste maaltijd van het huis te serveren, als hij ten- minste kwam.

Hun bestelling werd voor hen gezet, de ene schotel na de andere, terwijl Finnerack mopperend commentaar leverde op de kleine por- ties, tot Etzwane hem eraan herinnerde dat hij tot op heden nog maar twaalf van de vijfenveertig gerechten had gehad.

Schotel na schotel arriveerde, volgens de theoretische definitie van een al veertig eeuwen dode gastronoom. Geur gecontrasteerd met geur, aroma met smaak, en elk gerecht volgens de oeroude aanwijzingen op het ritueel voorgeschreven bord, plankje of kom. Bij elk gerecht werd ook een bepaalde soort wijn, tinctuur, essence of bier geserveerd. Finnerack had geen aanmerkingen meer, hij begon gefascineerd te raken, of misschien was hij wel onder de indruk.

Bij het achtentwintigste gerecht verscheen Dystar in de ingang: een lange, magere man met een fraai gevormd gezicht, in grijze broek en een losse grijszwarte tuniek. Een ogenblik lang bleef hij staan kijken, toen draaide hij zich om en zei geërgerd iets tegen de man die achter hem stond, Shobin, de eigenaar van de Zilveren Samarsanda. Een ogenblik lang vreesde Etzwane dat Dystar zonder meer zou vertrekken, maar Shobin liep al weg om verbetering te brengen in hetgeen Dystar ergerde. De lampen in de gebogen alkoofjes bij de bank voor de musici waren vrij fel, en Dystar hield niet van een verlichting die te fel was of hem te zeer op liet vallen. Shobin stelde de lichtsterkte bij en Dystar liep het restaurant in, nog steeds niet in een erg opgewekte stemming. Hij had een khitan en een darabence met een groen jaden vingerplaat bij zich. Hij legde de instrumenten op de bank en ging toen aan een tafeltje zitten, nog geen twee meter van Etzwane en Finnerack af. Etzwane had hem in het verleden een keer gezien, en was toen gefascineerd geraakt door Dystars kracht, zijn zekerheid, en het gemak waarmee hij zich bewoog.

De bediende zei tegen Dystar dat betaling voor zijn maaltijd was toegezegd. De druithine knikte onverschillig. Etzwane hield hem zijdelings in de gaten en probeerde te raden waar de ander aan dacht. Hier naast hem zat zijn vader, de helft van hemzelf. Misschien was het wel zijn plicht zich aan Dystar bekend te maken. Maar misschien had hij wel tien zoons, overal over Shant verspreid, dacht Etzwane. Als hij zijn afkomst onthulde, zou de ander misschien alleen maar geïrriteerd worden.

Dystar kreeg een salade van prei in olie voorgezet, de knapperige korst van een brood, een zwarte worst van vlees met kruiden, en een kruik wijn. Een bescheiden maal, dacht Etzwane. Dystar had natuurlijk tientallen luxueuze maaltijden genuttigd, rijkdom was niets nieuws voor hem, en de attenties van mooie vrouwen evenmin.

Weer een schotel, en weer een, en weer een. Finnerack, die misschien nog nooit in zijn leven een glas goede wijn had gedronken, was wat minder gespannen geworden en keek wat minder gereserveerd om zich heen.

Dystar schoof zijn nog halfvolle bord van zich af en leunde achterover, zijn vingers om de hals van zijn glas. Zijn ogen gleden langs Etzwane's gezicht, en even bleef zijn blik op Etzwane rusten, met een vage frons, alsof hij zich vluchtig iets herinnerde. Hij pakte de khitan en keek er even onderzoekend naar, alsof hij verrast was een dergelijk weinig fraai en ingewikkeld instrument in zijn handen te houden. Lichtjes raakte hij de khitan hier en daar aan en bracht alle vreemde onderdelen met elkaar in harmonie, legde toen het instrument weg en pakte de darabence. Hij sloeg een zachte toonladder aan en stelde jank en dreun bij, speelde toen een vrolijk danswijsje, eerst met een eenvoudige harmonie, toen tweestemmig en daarna driestemmig: een kunststukje dat hij moeiteloos en zonder veel belangstelling uithaalde. Hij legde de darabence neer en nipte peinzend aan zijn wijn.

De tafeltjes bij de bank waren nu alle bezet en de meest kritische en scherpzinnige lieden van Maschein hadden zich rond Dystar geschaard.

Etzwane en Finnerack keken naar hun negenendertigste gerecht: de kern van de mergboom, in reepjes gesneden, knapperig gebakken, gezouten, in een lichtgroene stroop, met een bal purperen gelei, op smaak gebracht met maro's en ernice, een tikje zoet. De wijn die deze schotel begeleidde, een lichte drank, had de subtiele smaak van zonlicht en lucht. Finnerack keek Etzwane twijfelend aan. "Ik heb nog nooit van mijn leven zo veel gegeten. En toch heb ik nog steeds eetlust."

"We moeten alle vijfenveertig gerechten opeten," zei Etzwane. "Anders mogen ze ons geld niet aannemen, op grond van het aardige idee dat dan de koks de gerechten niet op de juiste wijze hebben klaargemaakt, of dat de schotels niet zorgzaam genoeg zijn opgediend. We moeten wel eten."

"Als de zaak zo ligt, zal ik met genoegen meedoen."

Dystar begon op de khitan te spelen: een zachte slepende melodie zonder duidelijke patronen, maar toen hij verder speelde, begonnen zijn luisteraars elementen uit de melodie te horen die hij al eerder had gebruikt en die nu op aangename wijze de oorspronkelijke thema's versterkten. Tot nu toe had hij niets gespeeld wat Etzwane niet zonder moeite ook kon. Dystar sloeg een aantal vreemde akkoorden aan en begon toen aan dezelfde melodie, terwijl de lage snaren gonsden als droevige klokken op zee. Etzwane vroeg zich af hoe Dystars talent in elkaar zat. Het berustte voor een deel op gemak en eenvoud, voor een ander deel op diepzinnigheid, voor weer een ander deel op een zekere reserve, die maakte dat hij onverschillig tegenover zijn publiek stond, en ten slotte op een zeker aanpassingsvermogen dat het hem mogelijk maakte te spelen zoals zijn stemming op dat ogenblik was. Even voelde Etzwane wat afgunst, want zelf vermeed hij vaak improvisaties waarvan hij het eind niet kon overzien, omdat hij beter dan wie ook wist hoe ragfijn de grens was tussen fraaie akkoorden en een fiasco. De melodie liep ten einde, zonder duidelijk merkbaar accent of nadruk: de zeeklokken gleden weg in de nevel. Dystar legde het instrument neer, nam zijn roemer in de hand en keek naar de andere kant van de zaal. Toen, alsof hij zich opeens iets herinnerde, pakte hij opnieuw zijn khitan op en sloeg een aantal voorzichtige akkoorden aan. Daarna speelde hij ze opnieuw, maar nu met een andere harmonie, en de akkoorden werden een onrustige, excentrieke melodie. Hij ging over op een andere toonsoort en de melodie werd anders; moeiteloos speelde Dystar de eerste en de tweede melodie samen in een spottend verwrongen contrapunt. Een ogenblik lang scheen hij in de muziek geïnteresseerd te raken en boog hij zich over de hals van de khitan. Toen werd het tempo minder snel, de dubbele melodie werd weer een, als een paar gekleurde beelden die over elkaar vallen en zo de illusie geven dat men de dingen in perspectief ziet...

Etzwane en Finnerack kregen het laatste gerecht voorgezet: zuurzoet ijs in purperlakschelpen, en vingerhoedgrote glaasjes Duizendjarige Nectar.

Finnerack at eerst het ijs op en nipte toen voorzichtig van de nectar. Zijn bruine gezicht leek wat minder gespannen, en de krankzinnige blauwe gloed was uit zijn ogen verdwenen. Opeens vroeg hij: "Hoeveel zou deze maaltijd kosten?"

"Ik weet het niet. Tweehonderd florijnen, denk ik zo."

"In Kamp Drie kon een man in een heel jaar de somma van zijn contract nog niet eens met tweehonderd florijnen verminderen." Finnerack klonk eerder treurig dan boos.

"Het tot nu toe gevolgde systeem is archaïsch," zei Etzwane. "De Anome zal allerlei wijzigingen doorvoeren. Dingen als Kamp Drie zullen worden uitgebannen, en dingen als Angwin-Wissel ook."

Finnerack keek hem onderzoekend aan. "U lijkt nogal zeker van wat de Anome van plan is."

Etzwane wist daar geen passend antwoord op, en liet Finneracks opmerking voor wat hij was. Hij hief zijn vinger op en de man die hen bediend had, serveerde hun een hoge aardewerken kruik, fluwelig door de dikke laag stof die er overheen lag. De flacon bevatte een koele lichte wijn, zacht als water.

Etzwane dronk, en Finnerack volgde na enige aarzeling zijn voorbeeld.

Etzwane maakte een zijdelingse toespeling op wat Finnerack had gezegd. "Ik geloof dat de nieuwe Anome niet iemand is die ten koste van alles aan tradities vast wil houden. Als de Roguskhoi eenmaal zijn verslagen, zullen belangrijke veranderingen worden doorgevoerd."

"Poeh!" zei Finnerack. "De Roguskhoi zijn het grootste probleem niet: de Anome hoeft alleen maar de hele kracht van Shant tegen ze in het veld te brengen."

Etzwane lachte flauwtjes. "Wat voor kracht? Shant is zo zwak als een pasgeboren kind. De laatste Anome wilde het gevaar niet onder ogen zien. Het is allemaal uiterst vreemd, en hij is noch boosaardig noch dom."

"Dat is niet zo'n groot mysterie," zei Finnerack. "Hij leidde liever een gemakkelijk leven dan zich in te moeten spannen."

"Daar zou ik het mee eens kunnen zijn," zei Etzwane, "als er ook geen andere vreemde dingen waren: de Roguskhoi zelf, bijvoorbeeld."

"Daar is opnieuw niets vreemds aan: de Roguskhoi zijn producten van Palasedraanse boosaardigheid."

"Hmm... En wie heeft Hillen verteld van mijn komst? Wie heeft het bevel gegeven om mij te vermoorden?"

"Is daar dan enige twijfel over mogelijk? De hoge heren van het ballonspoor!"

"Ook dat is mogelijk. Maar er zijn nog andere mysterieuze zaken die minder gemakkelijk verklaarbaar zijn." Etzwane dacht aan de zelfmoordaanval van Garstang, en de vreemde manier waarop zijn lijk later verminkt was, alsof er een rat een gat in zijn borstkas had geknaagd.

Iemand ging aan hun tafeltje zitten. Het was Dystar. "Ik heb naar uw gezicht zitten kijken," zei hij tegen Etzwane. "Het is een gezicht dat ik ken, van heel lang geleden."

Etzwane dacht snel na. "Ik heb u horen spelen in Brassei, misschien ben ik u daar opgevallen."

Dystar keek naar Etzwane's halsband om de kleurcode te kunnen lezen. "Bastern, een vreemd kanton."

"De Chilieten vereren niet langer Galexis," zei Etzwane. "Bastern is niet zo vreemd meer als vroeger." Dystar, zag hij, droeg het roze en dofblauw van Shkoriy. "Wilt u ook een glas van deze wijn?"

Dystar stemde beleefd toe. Etzwane gebaarde naar de bediende die een derde diorieten roemer bracht: dun als een eierschaal, gepolijst tot hij de kleur en de glans van tin had. Etzwane schonk, Dystar hief zijn vinger op. "Genoeg. Ik geniet niet meer van voedsel of wijn. Een aangeboren fout, vermoed ik."

Finnerack slaakte de plotselinge rauwe lach die Etzwane al van hem kende, en Dystar keek hem nieuwsgierig aan. "Lange jaren heeft mijn vriend hier onder contract gezwoegd in een kamp voor recalcitrante werkers," zei Etzwane. "Hij heeft bittere dingen meegemaakt. Net als u heeft hij weinig op met delicatessen en nobele wijn, maar om precies tegenovergestelde redenen."

Dystar glimlachte, zijn gezicht een winterlandschap dat plotseling werd belicht door een bundel zonlicht. "Verzadiging van de maag is mijn vijand niet. Wat mij bezwaart, is iets wat ik een afkeer van gekocht genot zou willen noemen."

"Ik ben blij dat het te koop is," bromde Finnerack. "Ergens anders zou ik maar weinig vinden."

Etzwane keek spijtig naar de dure flacon wijn. "Waaraan besteedt u dan uw geld?"

"Aan domme dingen," zei Dystar. "Het afgelopen jaar heb ik een stuk land gekocht in Shkoriy, een hooggelegen dal met een boomgaard, een vijver en een klein huisje, waar ik mijn oude dag wilde doorbrengen. Dat is nu de dwaasheid van vooruit zien."

Finnerack nam een slok van de wijn, zette het glas terug op tafel en blikte de zaal in.

Etzwane begon zich steeds minder op zijn gemak te voelen.

Honderd keer had hij zich een voorstelling gevormd van hoe de ontmoeting tussen Dystar en hemzelf zou verlopen, en hij had altijd aan dramatische gebeurtenissen gedacht. En nu zaten ze aan een en dezelfde tafel en verstikte hun ontmoeting in saaie woorden en verveling. Wat kon hij dan zeggen? "Dystar! U bent mijn vader, in mijn gezicht ziet u het uwe." Pure pathetiek. Vertwijfeld zei hij: "In Brassei was u in een betere stemming dan vanavond. Ik herinner me dat u met veel animo speelde."

Dystar keek hem vlug even aan. "Is dat zo duidelijk? Ik ben deze avond steriel: ik ben ook afgeleid door wat er is voorgevallen."

"De moeilijkheden in Shkoriy?"

Dystar was even stil, toen knikte hij. "De wilden hebben mijn dal overweldigd, waar ik vaak heenging, waar nooit iets veranderde." Hij glimlachte. "Een melancholieke stemming brengt muziek voort en als er dan iets echt tragisch voorvalt word ik alleen maar lauw. Ik sta bekend als een man die alleen speelt als hij daar zin in heeft. Maar er zijn tweehonderd mensen hierheen gekomen om te luisteren, en ik zou hen niet willen teleurstellen."

Finnerack, duidelijk dronken, zijn mond slaphangend in een scheve lach, zei: "Mijn vriend Etzwane beroemt zich erop musicus te zijn. U zou hem in dienst moeten nemen, hem ertoe dwingen."

" 'Etzwane'? De grote musicus van oud Azume," zei Dystar. "Weet u dat?"

Etzwane knikte. "Mijn moeder woonde in een huisje langs de Rododendronweg. Ik ben zonder naam geboren en heb later de naam 'Gastel Etzwane' aangenomen."

Dystar dacht een ogenblik na, misschien wel in beslag genomen door zijn eigen herinneringen aan de Rododendronweg. Te lang geleden, dacht Etzwane. Hij zou zich wel niets meer herinneren.

"Ik moet weer optreden." Dystar liep terug naar zijn bank. Hij nam de darabence op en speelde een wat triviale serie melodieën, zoals men ook kon horen in de danshuizen aan de Ochtendkust. Net toen Etzwane zijn belangstelling begon te verliezen veranderde Dystar de stand van zijn schalklep, en opeens had hij iets heel anders: dezelfde melodieën, hetzelfde ritme, maar nu vertelden ze een wild verhaal van roekeloze vaarwels en spottend gelach, van dakdemonen en stormvogels. Dystar dempte de jank, nam lucht terug op de kleppen, en ging langzamer spelen, en nu vertelde de muziek van de broosheid van alles wat aangenaam en vrolijk was, van de uiteindelijke triomf van de duisternis over het licht, en liep uit in een triest jankend akkoord. Even bleef het stil, toen opeens een coda, die de luisteraars eraan herinnerde dat de zaak natuurlijk ook heel anders kon aflopen.

Dystar rustte even uit, sloeg een paar akkoorden aan en speelde toen een gecompliceerde antifoon: ijle hoge tonen boven een rustig voortgaande melodie. Op zijn gezicht lag een afwezige uitdrukking, zijn handen gleden moeiteloos over de snaren. Etzwane vond dat de muziek berekend klonk, en niet was gebaseerd op emoties. Finneracks oogleden waren te zwaar aan het worden, hij had duidelijk te veel gegeten en gedronken. Etzwane riep de bediende en betaalde wat hij schuldig was, toen liepen hij en Finnerack de Zilveren Samarsanda uit en gingen terug naar de Riviereilandherberg.

Daar bleef Etzwane een poosje in de tuin omhoog staan staren naar de Skiaffarilla. Daarachter lag, volgens de legenden, de oude Aarde... Toen hij terugliep, de salon in, was Finnerack al naar bed gegaan. Etzwane haalde een pen tevoorschijn en schreef een zorgvuldige boodschap op een kaartje dat hij vervolgens voorzag van het zegel van de Anome.

Hij riep een jongen. "Ga met deze boodschap naar de Zilveren Samarsanda en overhandig hem aan Dystar de druithine persoonlijk, en aan niemand anders. Geef geen antwoord op vragen, overhandig hem alleen dit kaartje en ga dan. Heb je dat begrepen?"

"Ja." De jongen ging met het kaartje weg en een paar minuten later begaf ook Etzwane zich te ruste. En wat het Feestmaal der Vijf en Veertig Gerechten betrof, hij betwijfelde of hij ooit nog eens zo luxueus zou dineren.

Hoofdstuk VI

Daartoe aangespoord door twijfel en ongerustheid besloot Etzwane de kantons in het uiterste westen over te slaan en meteen terug te gaan naar Garwiy. Hij was langer weggeweest dan eerst zijn plan was, en in Garwiy gingen de zaken vlugger dan elders in Shant.

Er was geen ballonverbinding tussen Maschein en Brassei omdat er bijna altijd een ongunstige wind stond en ook het land zich niet leende voor het aanleggen van een spoor, maar de Jardeen voldeed bijna even goed. Etzwane wachtte niet op de gewone rivierboot, maar huurde een snelle pinas met twee driehoekige latijnzeilen en een bemanning van tien koppen om te roeien of het schip te trekken als dat nodig mocht blijken.

Ze zeilden oostwaarts in een grote bocht door de beboste heuvels van Lor-Ault, toen naar het noorden, de Methelvallei af die aan weerszijden ingesloten werd door bergen. In Griave, in Kanton Fairlea, kwamen ze bij de Grote Heuvelroute, maar daar bleek dat alle ballons naar het noorden vertraging hadden opgelopen door stormen uit de Sualle. Ze zeilden verder naar Brassei-Wissel en gingen daar aan boord van de ballon *Aramaad*. De stormen uit de Sualle waren wat minder hevig geworden, en uit de Schelpbloembaai kwam een strakke gunstige wind die de *Aramaad* met een snelheid van honderd kilometer per uur langs het spoor joeg. Laat in de middag gleden ze door het Dal der Stilte, toen door Jardeenspleet, en vijf minuten later werden ze in station Garwiy naar beneden getrokken.

Vlak voor zonsondergang was Garwiy op zijn betoverendst, met het lage licht van de drie zonnen in het glas van de hoge torens, zodat de stad een grote zee van kleuren werd. Van alle kanten, hoog en laag, op en door de zuivere platen glas, de koepels, bollen, knoppen en

gebeeldhouwde ornamenten, tussen en in de balustrades van hoge bal-
kons, de rijen bogen en pilaren, de kristallen krullen en prismavormige
zuilen stroomden rivieren vurige kleur: zuivere purpernuances zodat
de toeschouwer zich prettig zou voelen, heldere tinten groen, zwaar
donkergroen, watergroen, bladgroen, smaragdgroen, donkerblauwe
en lichtblauwe kleuren, met ultramarijn, kobaltblauw en een serie
middeltinten blauw, en verder weerspiegelingen en nabeelden van
scharlakenrood, innerlijke lichtschaduwen, ondefinieerbaar. Over
vlakken in hun buurt lag de glans van de tijd: een scherp metaalkleurig
waas. Terwijl Etzwane en Finnerack langzaam in oostelijke richting
liepen verdwenen de zonnen onder de horizon en de kleuren werden
doorschoten met parelgrijs en verstierven snel. Etzwane dacht: Over
al deze oude pracht ben ik nu de baas. Ik kan gehoor geven aan elke
gril, ik kan geven, ik kan nemen, ik kan bouwen of ik kan afbreken. Hij
glimlachte, niet in staat die gedachte te accepteren. Daar was alles te
kunstmatig en te onwerkelijk voor.

Finnerack kon nog nooit in Garwiy geweest zijn. Etzwane vroeg
zich af wat hij ervan vond. Zo op het eerste gezicht was Finnerack niet
erg onder de indruk. Hij had even naar de hele stad gekeken toen ze
nog in de gondel zaten, en leek daarna meer belangstelling te hebben
voor de modieus geklede mensen op de Laan van Kavalesko.

Bij een kiosk kocht Etzwane een journaal. De kleuren zwart, oker-
geel en bruin trokken onmiddellijk zijn aandacht. Hij las:

Alarmerend nieuws uit Marestiy! De militie en een troep
Roguskhoi hebben slag geleverd. De woeste indringers
hebben eerst gruwelijke verwoestingen aangericht in
Kanton Shkoriy dat naar nu gevreesd moet worden vol-
komen door hen beheerst wordt, en stuurden daarna een
troep naar het noorden om dat gebied uit te plunderen.
Bij de grens weigerde een dappere troep miliciens uit
Marestiy de indringers de doorgang en een gevecht volgde.
De rode duivels, zinneloos als ze zijn, vielen aan, hoewel
ze numeriek zeer in de minderheid waren. De mannen uit
Marestiy schoten pijlen af die een aantal vijanden dood-
den of in ieder geval in hun bewegingen belemmerden,

de overgeblevenen drongen onvervaard op. De Marestse militie ging over op een flexibele tactiek en trok zich terug in het bos, waar hun pijlen en vuurproppen de Roguskhoi te machtig bleken. De verraderlijke wilden wierpen echter de vuurproppen terug en staken zo het bos in brand, zodat de militie gedwongen werd het bos te verlaten. In de open vlakte werden ze aangevallen door een tweede troep wilden, die juist hiertoe was samengetrokken. Dit bloeddorstige manœuvre kostte de militie een groot aantal doden en gewonden, maar de overlevenden zijn vastbesloten zich gruwelijk te wreken als de Anome hen daartoe de wapens geeft. Allen zijn ervan overtuigd dat de weerzinwekkende wezens zullen worden verslagen en verdreven.

Etzwane liet het bericht aan Finnerack zien, die het met een halfverachtelijk gebrek aan belangstelling doorlas. Ondertussen was Etzwane's aandacht getrokken door een artikel met het lichtblauwpurperen kader van een scherpzinnig commentaar:

HIER VOLGEN DE OPMERKINGEN VAN
MIALAMBRE:OCTAGON, DE GERESPECTEERDE
HOGE ARBITER VAN WALE:

De jaren van de Vierde Palasedraanse Oorlog en de tijd die daarop volgde waren van groot belang; in deze periode werd de ziel van de held Viana Paizifume gevormd. Hij is terecht wel de vader van het moderne Shant genoemd. De Honderdjarige Oorlog was ontegenzeggelijk een resultaat van zijn beleid, maar ondanks al zijn verschrikkingen lijkt die eeuw nu nog maar een schaduw op het water. Paizifume gaf gestalte aan de afschrikwekkende macht van de Anome, en, als een logisch uitvloeisel daarvan, aan het gebruik van de halsband met zijn kleurcode. Het is een in al zijn eenvoud prachtig systeem — ondubbelzinnige gestrengheid afgewogen tegen verantwoordelijkheid, spaarzaamheid, doelmatigheid — dat in het algemeen Shant veel goed heeft gedaan. De Anomes zijn in het algemeen bekwame lieden geweest die aan al hun verplichtingen hebben voldaan: jegens de kantons door ieder kanton het recht te geven op zijn traditionele stijl, jegens de patriciërs door hun geen willekeurige beperkingen op te leggen, jegens de hele bevolking van Shant door haar geen exorbitante lasten te dragen te geven. De oorlogen tussen de kantons en de verwoestingen die daarbij werden aangericht, zijn bijna legendarisch geworden en zouden heden ten dage niet meer voor kunnen komen.

Kritische geesten zullen wel gebreken in het systeem ontdekken. Gerechtigheid, een menselijke uitvinding, is even onbestendig als het ras zelf, en verschilt van kanton tot kanton. De reiziger moet op zijn hoede zijn om niet een plaatselijke verordening te overtreden waar hij niet van op de hoogte is. Als voorbeeld noem ik hier de ongelukkige reizigers in Kanton Haviosq die bij het voorbijgaan van een heiligdom nalieten om het teken van hemel, maag, en aarde te maken, en daarvan de onplezierige gevolgen hebben moeten ondergaan, of de maagden die zo onzorgvuldig waren dat ze Kanton Shalloran zonder certificaten betraden. Het systeem van de contracten heeft tekortkomingen, en de beruchte ondeugden van Kanton Glirris zijn inherent verkeerd. Maar als alles tegen elkaar wordt afgewogen, hebben wij vele eeuwen rust gekend.

Indien het bestuderen van menselijke interactie een wetenschap zou kunnen worden, dan vermoed ik dat het volgende onwrikbare axioma zou worden ontdekt: *Iedere maatschappelijke ordening schept verschillen in maatschappelijke voordelen.* En verder: *Iedere vernieuwing die beoogt deze verschillen te slechten, ongeacht hoe onbaatzuchtig zij is opgezet, heeft alleen het ontstaan van een aantal nieuwe, andere verschillen tot gevolg.*

Deze opmerkingen maak ik omdat de geweldige krachtsinspanning die geheel Shant in grote beroering zal brengen, zonder enige twijfel onze levens zal veranderen.

Maar niemand kan nu al voorspellen waaruit die veranderingen zullen bestaan.

Weer keek Etzwane naar de naam van de man die dit had geschreven. Mialambre:Octagon van Wale...Wat gemelijk vroeg Finnerack: "Hoelang bent u van plan hier op straat te blijven lezen?"

Etzwane hield een diligence aan. "Naar Paleis Sershan."

Even later zei Finnerack: "We worden gevolgd."

Etzwane keek hem verbaasd aan. "Bent u daar zeker van?"

"Toen u stilhield om uw journaal te kopen stond een man in een blauwe cape vlak naast u. Terwijl u stond te lezen stond hij met zijn rug naar ons toe. Toen we verder liepen, deed hij hetzelfde. Nu worden wij gevolgd door een diligence."

"Interessant," zei Etzwane.

De diligence sloeg af en draaide de Parade van de Chama Reya op. Niet ver achter hen volgde een andere diligence hun voorbeeld.

"Interessant," zei Etzwane opnieuw.

Na een poosje verlieten ze de Parade en reden de Metempe in, een marmeren avenue die de binnenstad van Garwiy verbond met de drie niveaus van de Ushkadel. Similaxbomen stonden scherp afgetekend tegen de hemel en wierpen een dof pruimkleurig licht op de witte steen. Achter hen aan kwam onopvallend de tweede diligence.

Opeens zag Etzwane een zijweg, die onder bandbomen en similax door liep. Hij riep naar de voerman: "Draai hierin!"

De voerman tikte tegen de nek van zijn loper en de diligence reed meteen naar links, onder bandbomen die zo vol en zacht waren dat de bladeren over het dak van de koets streken. "Stop," zei Etzwane. Hij sprong op de grond. "Rijd nu langzaam verder."

De diligence zette zich weer in beweging. Etzwane rende terug naar de hoofdweg.

Stilte, behalve het ruisen van de bladeren, daarna het geklingel van een naderende koets. Het geluid werd harder, de koets kwam bij de plek waar de zijweg op de hoofdweg uitkwam, en hield daar stil. Een scherp getekend gezicht tuurde de zijweg af. Etzwane deed een stap naar voren en de man keek hem verrast aan en zei vlug iets tegen zijn voerman. De koets reed snel verder, de Metempe af.

Etzwane voegde zich weer bij Finnerack die hem op een vreemde manier zijdelings aankeek. Een heel scala van emoties was te lezen in zijn ogen: afkeer, tevredenheid over zijn gelijk, een somber soort geamuseerdheid, en in een onwaarschijnlijke combinatie, ook nieuwsgierigheid en onverschilligheid door elkaar. Etzwane was eerst geneigd om het gebeurde voor zich te houden, maar kwam toen tot de conclusie dat als hij zijn plannen nog doorgang wilde laten vinden, hij Finnerack zo volledig mogelijk zou moeten inlichten. "De Opperdiscriminator is tot intrigeren geneigd. Dat vermoed ik tenminste. Als ik de dood vind, is hij de eerste verdachte."

Finnerack gaf een vage grom. Etzwane keek de Metempe af, maar niemand scheen hen nog te volgen.

De diligence reed de Middenweg op terwijl de groenvonkstraatverlichting aanging. Ze reden een heel stuk langs de middelste omtrek van de Ushkadel, langs de rijen paleizen van de Estheten. Ten slotte arriveerden ze bij Paleis Sershan. Een bol van massief glas, lichtblauw en violet,* flikkerde boven de deur. Etzwane en Finnerack stapten uit en de diligence reed klingelend de vallende duisternis in.

Etzwane liep de grote loggia door, gevolgd door een losjes voortslenterende Finnerack. Etzwane stond stil om te luisteren. Binnen klonk het bijna onmerkbare geruis van routinewerkzaamheden en mensen die zonder opwinding met diverse dingen bezig waren. Hoorde hij daar niet het scherpe geluid van nieuwe fibers in een waldhoorn? Etzwane trok een grimas. Hij had niet de juiste instelling om te intrigeren, dingen af te dwingen, grootscheepse plannen te maken. Wat een vreemde gedachte dat hij, Gastel Etzwane, meester van Shant was! Maar toch

---

* In Shant kon geen enkele kleur willekeurig worden gebruikt. Een groene bol boven de deur wees op een feestelijke gebeurtenis, en nodigde, indien gecombineerd met purperen of donker scharlaken lusters, alle voorbijgangers uit het huis te betreden. Goud met een grijs waas was een rouwkleur, violet een kleur voor vormelijkheid waarbij alleen intieme bekenden welkom waren. Blauw, of blauw met violet, duidde op een teruggetrokken leven, en op een verlangen naar beslotenheid. Het woord *kial'etse*, de combinatie van violet en blauw, kon als epitheton worden gebruikt, bijvoorbeeld *Is Xhiallinen kial'etse*: de snobistische en hyper-esthetische Xhiallinen. Een witte lamp werd gebruikt voor rituele gebeurtenissen.

kwam er een bericht uit zijn onderbewustzijn: het is beter dat ik het ben dan Finnerack.

Etzwane zette zijn twijfels opzij. Hij liep met Finnerack naar de ingang, waar op zijn kloppen een bediende de deur opendeed.

Etzwane en Finnerack traden de ontvangsthal binnen, een magische omgeving van tegenover elkaar opgestelde panelen van vitran, met spelende nimfen in een Arcadisch landschap. Aganthe kwam langzaam op hen toelopen. Hij zag er betrokken uit, een tikje slordig zelfs, alsof de gebeurtenissen een zware belasting waren geweest voor zijn moreel. Hij keek Etzwane met een hoopvolle blik in zijn ogen aan. "Zijn de zaken goed verlopen?" vroeg Etzwane.

"In het geheel niet!" zei Aganthe met nadruk. "Het oude paleis van de Sershans is nog nooit zo misbruikt. De musici spelen polka's en ballintry's in de Parelwebsalon, de kinderen zwemmen in de fontein in de tuin, de mannen hebben hun wagens langs de Boulevard der Voorvaderen gezet. Ze spannen draden tussen de Benoemde Bomen om hun kleren aan te drogen te hangen. Ze gooien zorgeloos overal afval neer. En Heer Sajarano..." Aganthe wist nog net een stortvloed van woorden in bedwang te houden.

"Ja?" zei Etzwane. "En Heer Sajarano?"

"Ik zal opnieuw openhartig zijn, want dat vraagt u van mij. Ik heb vaak vermoed dat Heer Sajarano aan een zenuwziekte leed, en heb mij vaak verwonderd over zijn vreemde activiteiten. Ik heb Heer Sajarano sedert enige tijd niet gezien, en vrees dat er iets tragisch is gebeurd."

"Breng mij naar Frolitz, de musicus," zei Etzwane.

"Hij is te vinden in de Grote Salon."

Etzwane trof Frolitz aan met een ceremoniële zilveren beker met wijn van Wilde Roos in de hand. Hij staarde somber naar drie kinderen van de troep, die ruzie maakten over een met de hand geïllumineerde kaart van het westelijk deel van Caraz. Toen hij Etzwane en Finnerack zag veegde hij zijn mond af en kwam overeind. "Waar ben je zo lang geweest?"

"Ik heb het hele zuiden afgereisd," zei Etzwane wat beduusd. Oude gewoonten waren moeilijk af te leren. "Zo snel ik kon, natuurlijk. Ik hoop dat de rustperiode u goed gedaan heeft."

"Dat soort winst is doorzichtig en vals," snauwde Frolitz. "De troep luiert er op los."

"En Sajarano?" vroeg Etzwane. "Hebt u veel met hem te stellen gehad?"

"In het geheel niet. Om heel eerlijk te zijn is hij verdwenen. Onze ontsteltenis is te groot voor woorden."

Etzwane liet zich in een stoel zakken. "Hoe is hij verdwenen, en wanneer?"

"Vijf dagen geleden, uit zijn toren. De trap was afgesloten, en hij deed niet vreemder dan anders. Toen zijn avondmaal naar boven gebracht werd bleek het raam open te staan en hijzelf was verdwenen, als een boze *eirmelrath**."

Gedrieën klommen ze de trap op naar Sajarano's privévertrekken. Etzwane keek uit het raam. Ver onder hem zag hij stukken mos. "Nergens iets te zien!" zei Frolitz. "Nog geen vogel heeft dit mos beroerd!"

Eén smalle trap voerde naar beneden. "En hier zat Mielke, op deze trap, in een ernstig gesprek verwikkeld met een dienstmeisje. Ik geef toe dat ze niet verdacht waren op een Sajarano die over hen heen stapte op weg naar de vrijheid, maar dat lijkt me wel een erg kleine kans."

"Was er een touw in dit vertrek? Zou hij de gordijnen aan repen hebben kunnen scheuren, of het beddengoed?"

"Zelfs als hij een touw had gehad, zouden er sporen in het mos te zien moeten zijn geweest. En de gordijnen en het beddengoed waren nog heel." Frolitz sprong overeind en spreidde zijn armen uit, en terwijl zijn gebalde vuisten beefden, vroeg hij: "Maar hoe is hij dan weggekomen? Ik heb een groot aantal vreemde dingen meegemaakt, maar dit spant toch wel de kroon."

Woordeloos haalde Etzwane zijn pulszender tevoorschijn. Hij drukte de knoppen met de kleuren van Sajarano's halsband in en beroerde toen de rode zoekknop. Meteen hoorde hij het zachte gejank dat wees op contact. Hij liet het apparaat een cirkel beschrijven, en het gejank werd eerst sterker en zwakte toen weer af. "Op wat voor manier hij ook ontsnapt is," zei Etzwane, "ver is hij niet gevlucht. Hij schijnt ergens hoger op de Ushkadel te zijn."

Samen met Finnerack en Frolitz ging Etzwane de nacht in. Ze liepen de siertuin door en langs een albasten trap naar boven. Aan de

---

* *Eirmelrath*: kwaadaardige geest uit Kanton Groene Steen.

hemel hing de Skiaffarilla en bij het bleke witte licht konden ze zien waar ze liepen. Ze gingen een paviljoen van glad wit glas door waar de geheime Sershan-schouwspelen werden gehouden, en werkten zich daarna door een dichte haag van similax, reuzencipressen en vreemd gevormde ivoorstruiken heen die pas ophield toen ze op de Hoogweg uitkwamen. De pulszender gaf aan dat ze niet naar links of rechts moesten, maar verder naar boven, het donkere bos boven de Hoogweg in.

Frolitz begon te mopperen. "Opleiding en temperament hebben mij gemaakt tot wat ik nu ben, een musicus, niet iemand die rondsluipt in bossen, of mee helpt zoeken naar wezens die fladderend de vrijheid verkiezen, alleen of samen met anderen."

"Ik ben geen musicus," zei Finnerack. "Maar ik geloof dat het niet verstandig is om zonder lantaarns en wapens verder te zoeken."

Frolitz reageerde fel op Finneracks toespelingen. "Een musicus kent geen angst! Soms ziet hij de werkelijkheid onder ogen, maar is dat angst? U spreekt als iemand die met zijn hoofd boven de wolken loopt."

"Finnerack is geen musicus," zei Etzwane. "Dat staat vast. Maar laten we teruggaan om lantaarns en wapens te halen."

Een halfuur later stonden ze weer op de Hoogweg, met glazen lampen en antieke zwaarden van gesmeed ijzerweb. Etzwane droeg ook het energiepistool bij zich dat hij van Ifness had gekregen.

Sajarano van Sershan bevond zich nog steeds op dezelfde plek. Driehonderd meter boven de weg vonden ze zijn lijk, midden in een plek die begroeid was met de witte en grijze bloemen van vrouwenkant.

De drie schenen met hun lampen in het rond; nerveus schoten de stralen door schaduwen en donkere plekken. Eén voor een gleden de lichtbundels weer terug naar de gestalte aan hun voeten. Sajarano had nooit een heldhaftige indruk gemaakt, maar nu leek hij wel een dwergkind, met zijn magere benen recht voor zich uit en zijn rug gekromd alsof hij heftige pijn leed, het fraaie hoge dichtersvoorhoofd in de bloemen gedrukt. Het jasje van violet fluweel was verfomfaaid, de smalle borst bloot, en ze zagen een afschuwelijke, gapende wond.

Etzwane had dezelfde wond al eens eerder gezien, in het lijk van de Genadebrenger Garstang, de dag na diens dood.

"Dit is geen aangenaam gezicht," zei Frolitz.

Finnerack gromde, alsof hij wilde zeggen dat hij ergere dingen had gezien, veel ergere dingen.

"Misschien zijn de ahulfs wel bezig geweest," mompelde Etzwane. "Het is mogelijk dat ze terugkomen." Weer liet hij het licht van zijn lamp door de schaduwen spelen. "We kunnen hem het beste maar begraven."

Met het lemmet van hun zwaarden en met hun handen groeven ze een ondiep graf in de aarde, en even later was Sajarano van Sershan, vroeger Anome van Shant, aan het gezicht onttrokken.

Etzwane, Finnerack en Frolitz liepen terug naar de Hoogweg. Daar bleven ze staan en keken in eenzelfde opwelling nog een keer om. Toen liepen ze verder naar Paleis Sershan.

Frolitz wilde niet door de grote glazen deuren. "Gastel Etzwane," zei hij, "ik wil niets meer te maken hebben met Paleis Sershan. Wij hebben genoten van het fijnste eten en de beste likeuren die maar voorhanden zijn, en wij hebben de beste instrumenten van heel Shant. Maar laten we onszelf niet misleiden: wij zijn musici, geen Estheten, en het wordt tijd dat wij vertrekken."

"Uw werk is afgelopen," stemde Etzwane in. "Het is het beste als u uw oude leven weer oppakt."

"En jij?" informeerde Frolitz. "Laat je de troep in de steek? Waar kan ik nu een vervanger vinden? Moet ik dan voor twee man tegelijk spelen?"

"Ik ben bezig de Roguskhoi te bestrijden," zei Etzwane, "en dat heeft voorrang, zelfs boven het goede evenwicht binnen de troep."

"Kunnen andere mensen de Roguskhoi dan niet doden?" gromde Frolitz. "Waarom moeten de musici van Shant altijd in de voorste gelederen te vinden zijn?"

"Als de Roguskhoi zijn verdreven, zal ik me weer bij de troep voegen, en dan zullen we zo goed spelen dat de ahulfs uit de heuvels komen om naar ons te luisteren. Maar nu..."

"Ik weiger hier nog verder naar te luisteren," zei Frolitz. "Ruim overdag maar Roguskhoi op, als je daar zin in hebt, maar 's avonds is je plaats in de troep."

Etzwane lachte flauwtjes, er half van overtuigd dat Frolitz' suggestie eigenlijk best bruikbaar was. "Vertrekt u naar Fontenay's Herberg?"

"Jawel, en nu meteen. Wat houdt jou hier?"

Etzwane keek naar het paleis, elk vertrek doortrokken van Sajarano's persoonlijkheid. "Gaat u maar naar Fontenay's Herberg," zei Etzwane. "Finnerack en ik gaan met u mee."

"Woorden van een verstandig man!" zei Frolitz goedkeurend. "Het is nog niet te laat voor een paar wijsjes." En ondanks wat hij net had gezegd beende hij het paleis in om zijn troep te verzamelen.

Ironisch zei Finnerack: "Een man fladdert een hoge toren uit en wordt later met een gat in zijn borst teruggevonden, alsof een ahulf een aardboor op hem heeft uitgeprobeerd. Is dit de manier waarop het leven in Garwiy verloopt?"

"Wat er gebeurd is, gaat mijn bevattingsvermogen te boven," zei Etzwane, "hoewel ik iets dergelijks weleens eerder heb gezien."

"Misschien. Dus nu bent u de Anome, en niemand daagt u uit of trekt uw macht in twijfel."

Koud staarde Etzwane Finnerack aan. "Waarom zegt u dat? Ik ben de Anome niet."

Finnerack lachte rauw. "Waarom heeft de Anome dan Sajarano's dood niet vijf dagen eerder ontdekt? Zoiets is een gewichtige zaak. Waarom hebt u niet overlegd met de Anome? Als hij bestond dan zou u aan niets anders denken, maar in plaats daarvan praat u met Frolitz en maakt plannetjes om weer in uw troep te gaan spelen. Dat Gastel Etzwane de Anome is, is al vreemd genoeg; dat hij het niet is, is ronduit ongeloofwaardig."

"Ik ben geen Anome," zei Etzwane. "Ik ben een lapmiddel, een man die vertwijfeld worstelt met zijn eigen onvolkomenheden. De Anome is dood, en nu is er een leegte. Ik moet de illusie creëren dat alles in orde is. Een tijdlang zal dat wel gaan; de kantons hebben geen aandacht van de Anome nodig. Maar het werk van de Anome stapelt zich op: petities worden niet beantwoord, niemand wordt het hoofd afgenomen, misdaden worden niet bestraft, en vroeg of laat komt een intelligent man als Aun Sharah achter de waarheid. Ondertussen ben ik gedwongen Shant zo goed mogelijk te mobiliseren voor de oorlog tegen de Roguskhoi."

Finnerack gromde cynisch. "En wie wordt er nu Anome? Ifness, de man van de Aarde?"

"Ifness is naar de Aarde teruggekeerd. Ik heb twee mannen op het oog: Dystar de druithine, en Mialambre:Octagon. Elk van deze twee zou geschikt zijn."

"Hmmf. En waar is mijn plaats in uw plan?"

"U moet mij rugdekking geven. Ik wil niet op dezelfde manier sterven als Sajarano."

"Wie heeft hem gedood?"

Etzwane keek in de duisternis. "Ik weet het niet. Er gebeuren vele vreemde dingen in Shant."

Finneracks tanden blonken toen hij wat zuinig grijnsde. "Ik wil ook niet sterven. U vraagt mij dezelfde gevaren te willen lopen als u, en dat zijn zo te zien behoorlijk grote gevaren."

"Dat is waar. Maar zijn we dan niet allebei gemotiveerd? Wij verlangen allebei evenzeer naar vrede en gerechtigheid voor Shant."

Weer gromde Finnerack nors. Etzwane had niets meer te zeggen. Ze liepen het paleis in. Aganthe kwam op hun schellen de grote salon in. "Meester Frolitz en zijn troep gaan het paleis verlaten," zei Etzwane. "Ze komen niet meet terug, en u kunt dus nu weer orde op zaken stellen."

Aganthe's droevige gezicht klaarde op. "Dat is goed nieuws! Maar Heer Sajarano? Hij is in het hele paleis niet te vinden. Dit is voor mij reden tot bezorgdheid."

"Heer Sajarano is weer op reis gegaan," zei Etzwane. "Sluit het paleis goed af, zorg ervoor dat niemand binnendringt. Over een dag of wat zal ik nadere regelingen treffen."

"Op mijn gehoorzaamheid kunt u rekenen."

Toen ze door de deur van het paleis liepen, reden Frolitz en de rest van de troep al weg, hun vrolijk geroep begeleid door het kraken van de wagenwielen.

Langzaam liepen Etzwane en Finnerack over de Trap van Koronakhe naar beneden, de hellingen van de Ushkadel af. De Skiaffarilla was weggezakt achter de heuvels, en langs de westelijke hemel was Gorcula de Draakvis omhooggeklommen en scheen nu met zijn twee oranje ogen, Alasen en Diandas, op Durdane neer. Finnerack begon over zijn schouder te kijken, en Etzwane, aangestoken door zijn rusteloosheid, vroeg: "Ziet u iemand?"

"Nee."

Etzwane versnelde zijn pas en even later kwamen ze bij de donkere zuilen rond het Marmioneplein en bleven in de schaduwen naast de fontein staan. Er kwam niemand achter hen aan. Wat gerustgestelder vervolgden ze hun weg en betraden ten slotte Fontenay's Herberg, op de oever van de Jardeen.

In de gelagkamer aten Etzwane en Finnerack een maal van gestoofde mosselen met brood en bier. Toen Etzwane het vertrek rondkeek dat hij zo goed kende, kwamen allerlei herinneringen bij hem boven. Hij vertelde Finnerack over zijn avonturen na zijn vlucht uit Angwin-Wissel. Hij beschreef de overval van de Roguskhoi op Bashon en wat er daarna gebeurd was, en over zijn samenwerking met Ifness, de kille, bekwame medewerker van het Historisch Instituut. In deze ruimte had Etzwane de betoverende Jurjin gezien, nu was zij dood, net als Sajarano en Garstang. "Al deze gebeurtenissen zijn geel en zwart getint door de geheimen waarmee ze zijn omringd. Ik ben gefascineerd en onzeker. En ik ben ook bang dat de verhullende sluier zal worden weggerukt en wij dan afschuwelijke dingen te zien zullen krijgen."

Finnerack trok aan zijn kin. "Ik deel uw geboeidheid slechts in zeer beperkte mate, en toch loop ik het risico van een confrontatie met al die afschuwelijke dingen."

Etzwane voelde een steek van frustratie. "U bent nu op de hoogte van de omstandigheden. Wat is uw besluit?"

Finnerack dronk zijn mok leeg en zette hem toen met een klap op de tafel. Het was het meest nadrukkelijke gebaar dat Etzwane hem tot nog toe had zien maken. "Ik doe met u mee, en wel om de volgende reden: het geeft mij een betere kans om mijn eigen doelen te bereiken."

"Voor we verder gaan, waaruit bestaan die doelen?"

"Dat zou u al moeten weten. In Garwiy en op andere plekken, in heel Shant, wonen rijke lieden in paleizen. Zij hebben die rijkdom verworven door mij, en anderen in dezelfde situatie als ik, te beroven van ons leven. Daarvoor moeten ze een schadeloosstelling betalen. Het zal ze een grote som geld kosten, maar betalen zullen ze, voor ik sterf."

Toonloos zei Etzwane: "Wat u nastreeft, is begrijpelijk. Voor het ogenblik zult u uw wensen echter opzij moeten zetten om ze niet in conflict te laten komen met belangrijker zaken."

"De Roguskhoi zijn de vijanden van het ogenblik," zei Finnerack. "Eerst zullen we ze terugdrijven, Palasedra in, daarna zullen we dezelfde strafmaat toepassen op de magnaten."

"Zo'n verregaande belofte doe ik niet," zei Etzwane. "Een eerlijke schadeloosstelling, ja. Een eind maken aan wantoestanden, ja. Maar wraak? Nee."

"Het verleden kan niet worden uitgewist," zei Finnerack hard.

Etzwane ging er niet verder op in. Wat voor bezwaren hij ook had, hij moest wel van Finnerack gebruik maken. Voorlopig, in ieder geval. En later? Als het nodig was zou hij geen genade kennen. "Ik zal u nu het instrument geven dat ik de Genadebrenger Garstang heb afgepakt. Zo moet u de kleurcode van een halsband instellen." Hij deed het voor. "Let goed op, want dit is een essentiële handeling! U moet eerst op 'grijs' drukken om de dexaxlading buiten werking te stellen die is ingebouwd om gebruik door onbevoegden tegen te gaan. 'Rood' moet u gebruiken als u iemand zoekt, 'geel' om een halsband te laten ontploffen."

Finnerack bekeek het kastje van alle kanten. "Moet ik dit bij mij houden?"

"Tot ik u vraag het aan mij terug te geven."

Finnerack keek Etzwane aan met de verwrongen grijns die deze al meer had gezien. "En als ik nu eens belust was op macht? Dan zou ik alleen de knoppen met de code van uw halsband in hoeven te drukken en daarna de gele knop. En dan zou Jerd Finnerack Anome zijn."

Etzwane haalde zijn schouders op. "Ik heb vertrouwen in uw loyaliteit." Hij zag geen reden Finnerack te vertellen dat zijn halsband in plaats van een lading dexax een vibrator bevatte die hem meteen zou waarschuwen wanneer iemand het dexax tot ontploffing trachtte te brengen.

Fronsend keek Finnerack neer op de pulszender in zijn handen. "Door dit aan te nemen verbind ik mij aan uw plannen."

"Dat is zo."

"Voor het ogenblik," zei Finnerack, "lopen onze levens parallel."

Etzwane besefte dat hij niets beters kon verwachten. "De man die ik het meest wantrouw, is de Opperdiscriminator. Alleen hij was op de hoogte van mijn belangstelling voor Kamp Drie."

"En de mensen van het ballonspoor? Zij zouden vernemen van het verzoek om inlichtingen, en misschien maatregelen treffen."

"Niet erg waarschijnlijk," zei Etzwane. "De Discriminatoren zullen wel vaker om inlichtingen over de een of de ander vragen. Waarom zou het ballonspoor dan onderscheid gaan maken tussen Jerd Finnerack en een willekeurige ander? Alleen Aun Sharah was op de hoogte van de band tussen ons. Morgen zal ik zijn invloedssfeer verkleinen. Daar is Frolitz eindelijk."

Frolitz zag hen meteen en kwam driftig naar hun tafeltje toegestapt. "Je hebt je bedacht; mijn woorden waren toch wijs."

"Van Paleis Sershan heb ik mijn bekomst," zei Etzwane. "Wat dat betreft, komen onze gedachten overeen."

"Heel verstandig! En daar komt de rest van de troep binnen, als treuzelende havenkoelies. Etzwane, naar het podium."

Etzwane stond automatisch op bij dat vertrouwde bevel, maar liet zich toen weer zakken. "Mijn handen zijn zo stijf als stokken. Ik kan niet spelen."

"Kom toch, kom toch," bromde Frolitz. "Ik weet wel beter. Smeer je gewrichten maar met de guizol. Cune doet tringolet, en ikzelf khitan."

"Ik heb werkelijk geen lust in muziek," zei Etzwane. "Niet vanavond."

Geërgerd wendde Frolitz zich af. "Luister dan maar. De afgelopen maand heb ik een aantal stukken gewijzigd, let goed op."

Etzwane leunde achterover. Van het toneel kwam het geliefde geluid van instrumenten die werden gestemd, dan Frolitz' aanwijzingen, een paar gemompelde antwoorden. Frolitz knikte, maakte een beweging met zijn elleboog, en toen klonk weer het vertrouwde wonder: muziek uit chaos.

HOOFDSTUK VII

ETZWANE EN FINNERACK ontbeten in een cafetaria bij het Corporatieplein. Finnerack had geld van Etzwane gekregen, en meteen nieuwe
kleren gekocht: zwarte laarzen, een elegante zwarte cape met een stijve
ronde kraag zoals vroeger gebruikelijk was. Etzwane vroeg zich af of
Finneracks nieuwe verschijning betekende dat hij anders tegenover
verschillende zaken was gaan staan, of dat zijn uitmonstering alleen
een bevestiging was van zijn oude denkbeelden.

Hij concentreerde zich weer op het heden. "We hebben veel te doen
vandaag. Eerst brengen we een bezoek aan Aun Sharah, die zich in
een kantoor bevindt vanwaar hij over het Plein kan uitkijken. Hij zal
wel diep in gedachten verzonken zijn, en hij zal een groot aantal plannen hebben uitgewerkt en weer verworpen, dat hoop ik tenminste.
Hij is natuurlijk op de hoogte van mijn aanwezigheid in Garwiy, en
waarschijnlijk van de uwe, hij weet wellicht dat we hier nu zitten te
ontbijten. Misschien pakt hij de zaak zelfs wel boud aan en komt hij
ons hier begroeten."

Ze tuurden het plein af, maar zagen geen spoor van Aun Sharah.

"Stel uw pulszender in op deze code," zei Etzwane, en gaf Finnerack
de kleuren op van Aun Sharah's halsband. "Raak eerst de grijze knop
aan, vergeet dat vooral niet. Goed. Nu zijn we gewapend."

Ze staken het plein over, betraden het gebouw waarin Aun Sharah's
kantoor was gevestigd en liepen de trap op.

Net als de vorige keer kwam Aun Sharah zelf naar buiten om
Etzwane te begroeten. Hij had een nauwsluitend kostuum aan van
donker ultramarijn, met linnen schoenen in dezelfde kleur. Een ster-
saffier hing aan een korte zilveren ketting aan zijn linkeroor. Vlot en

hartelijk zei hij: "Ik verwachtte u al. Ik neem aan dat deze heer Jerd Finnerack is."

Ze betraden Aun Sharah's kantoor. "Hoelang bent u al terug?" vroeg Etzwane.

"Vijf dagen." Aun Sharah bracht rapport uit over wat hij had meegemaakt. De reacties van zijn kantons varieerden van doffe apathie tot oprechte inspanning.

"Ik heb vrijwel hetzelfde ondervonden," zei Etzwane. "Alles ligt ongeveer zoals we al verwachtten. Ik ben alleen geïntrigeerd door een voorval in Kanton Glaiy. Toen ik in Kamp Drie aankwam had de hoofdbewaker, een zekere Shirge Hillen, mijn komst verwacht en gaf blijk van grote vijandigheid. Wat zou de verklaring kunnen zijn voor dit soort gedrag?"

Aun Sharah blikte nadenkend over het plein. "De inlichtingen die ik heb ingewonnen bij de kantoren van het ballonspoor hebben misschien tot gevolg gehad dat er bepaalde mensen gewaarschuwd zijn, zelfs in een zo afgelegen plek als Kamp Drie. De mensen van het ballonspoor zijn lichtgeraakt waar het hun omgang met het personeel betreft."

"Dat lijkt ook mij de enige verklaring," zei Etzwane, terwijl hij even naar Finnerack keek, die zijn lippen strak op elkaar geklemd hield. Etzwane leunde achterover in zijn stoel. "De Anome is van mening dat hij nu drastische veranderingen moet doorvoeren. Hij kan regeren over een vreedzaam Shant, maar een Shant dat in oorlog is gaat zijn krachten te boven, en hij moet nu een deel van zijn gezag aan anderen delegeren. Hij is ervan overtuigd dat een man met uw bekwaamheden niet tot zijn recht komt in een zo beperkte positie als welke u nu bekleedt."

Glimlachend maakte Aun Sharah een gebaar. "Ik ben een beperkt man op een beperkte plaats. Hier voel ik mij thuis, en hoger grijpende ambities heb ik niet."

Etzwane schudde zijn hoofd. "Onderschat uzelf nooit. En wees ervan overtuigd dat ook de Anome dat niet doet."

Tamelijk kortaf vroeg Aun Sharah: "Wat bent u precies van plan?"

Etzwane dacht een ogenblik na. "Ik wil dat u de materiële hulpbronnen van Shant gaat beheren. De metalen, fibers, het glas en het hout dus. Dit is uiteraard een gecompliceerd karwei, en ik wil graag dat u genoeg tijd vrijmaakt — drie of vier dagen, of zelfs een week — om u vertrouwd te maken met uw nieuwe werk."

Aun Sharah's wenkbrauwen gingen omhoog tot vragende boogjes. "Wilt u dat ik hier wegga?"

"Juist. Vanaf dit ogenblik bent u niet langer Opperdiscriminator, maar Directeur Materiaalvoorziening. Ga naar uw huis en denk na over uw nieuwe werk. Bestudeer de kantons van Shant en wat ze voortbrengen, ga na welke zaken slechts in kleine hoeveelheden voorradig zijn, en welke niet. Ondertussen zal ik uw kantoor gebruiken, ik heb zelf geen eigen vertrek."

Kies, maar met zijn gezicht een masker van ongeloof, vroeg Aun Sharah: "Wilt u dat ik wegga. Nu meteen?"

"Ja. Waarom niet?"

"Maar... Mijn persoonlijke archieven..."

"'Persoonlijke archieven'? Met informatie over zaken die geen betrekking hebben op het ambt van Opperdiscriminator?"

Aun Sharah's glimlach werd wat verwilderd. "Persoonlijke eigendommen, memoranda... Het maakt allemaal zo'n abrupte indruk."

"Dat is nodig. Een en ander verloopt op abrupte wijze. Ik heb geen tijd voor formaliteiten. Waar is de lijst met de namen van de Discriminatoren?"

"In gindse kast daar."

"Staan daar ook uw officieuze medewerkers op?"

"Niet allemaal."

"Hebt u een aanvullende lijst?"

Aun Sharah aarzelde, stak toen zijn hand in zijn zak en haalde een notitieboekje tevoorschijn. Hij keek erin, fronste zijn voorhoofd, scheurde er voorzichtig een blad uit en legde dat op zijn bureau. Etzwane zag een lijstje van twaalf namen, elk met een codeteken erachter. "Wat doen deze personen?"

"Het zijn informele specialisten, om het zo maar te zeggen. Deze man hier licht mij in over vergiften, deze over illegale contracten, deze en deze over wat er bij de Estheten gebeurt, waar merkwaardig genoeg af en toe in het geheim een misdaad wordt gepleegd. Deze drie zijn helers."

"En deze man bijvoorbeeld?"

"Die heeft een stel ahulfs; het is een spoorzoeker."

"En deze?"

"Ook. En de anderen eveneens."

"Hebben ze allemaal ahulfs?"

"Zo nauwkeurig zijn mijn inlichtingen niet. Misschien betrekken enkelen die uit andere bron."

"Maar het zijn allemaal spoorzoekers?"

"Ik meen van wel."

"Zijn er geen andere spionnen of spoorzoekers die we zouden kunnen gebruiken?"

"U hebt de gehele lijst voor u," zei Aun Sharah kortaf. "Ik zoek een paar persoonlijke zaken bij elkaar." Hij rukte een kastje in zijn bureau open en haalde een grijze map tevoorschijn, een pijlpistool, een sierlijke ijzeren ketting met een ijzeren hanger eraan, en een paar andere dingen. Voor het eerst zei Finnerack iets: "Behoort de map tot uw privé-eigendommen?"

"Ja. Vertrouwelijke informatie."

"Ook voor de Anome?"

"Tenzij de Anome belangstelling heeft voor mijn privéleven." Finnerack zweeg.

Aun Sharah liep naar de deur, en bleef daar even staan. "De veranderingen die u bewerkstelligt, zijn dat ideeën van de Anome, of ideeën van uzelf?"

"Ze zijn afkomstig van de nieuwe Anome. Sajarano van Sershan is dood."

Aun Sharah lachte kort. "Ik had ook nauwelijks verwacht dat hij lang in leven zou blijven."

"Hij stierf op een manier die raadselachtig is voor zowel mijzelf als de nieuwe Anome," zei Etzwane kalm. "Het Shant waarin wij op dit ogenblik leven, is een vreemd oord."

Aun Sharah keek nadenkend. Hij deed zijn mond open om wat te zeggen en klapte hem toen weer dicht. Bruusk draaide hij zich om en liep het vertrek uit.

Etzwane en Finnerack begonnen meteen de kasten en bureaus te doorzoeken. Ze bekeken de lijst met namen van Discriminatoren en probeerden de betekenis te achterhalen van de cryptische tekentjes die Aun Sharah achter een groot aantal van de namen op de lijst had gezet. Ze vonden kaarten van elk kanton van Shant en ook van de steden Garwiy, Maschein, Brassei, Ilwiy, Carbado, Whearn, Ferghaz, en Oswiy. Op een aantal lijsten stonden de namen genoteerd van de belangrijke mensen in elk kanton, met verwijzingen naar een groter archief en nog meer tekentjes. Ook waren er gedetailleerde beschrijvingen van de Estheten van Garwiy, opnieuw met een groot aantal cryptische aantekeningen, duidelijk door Aun Sharah zelf aangebracht.

"De symbolen zijn niet erg belangrijk," zei Etzwane. "Binnen een jaar zijn ze door de feiten achterhaald. Ze hebben betrekking op het Oude Shant, en wij hebben geen belangstelling voor geheimpjes en schandalen. Ik wil in ieder geval de Discriminatoren reorganiseren."

"Waarom dat?"

"Ze vormen nu het politiekorps van het kanton, en verder winnen ze ook elders in Shant inlichtingen in. Die laatste taak wil ik loskoppelen en in handen geven van een nieuw op te richten groep functionarissen wier taak het zal zijn om de Anome gedetailleerde informatie te verschaffen over wat er in heel Shant voorvalt."

"Dat is een interessante gedachte. Ik zal met genoegen aan het hoofd staan van een dergelijke organisatie."

Etzwane glimlachte tegen zichzelf zonder dat in zijn gelaatsuitdrukking te laten merken. Af en toe was Finnerack wel heel doorzichtig. "Ons eerste probleem is het achterhalen van de identiteit van de mannen die ons gisteravond hebben gevolgd. Ik stel er prijs op dat u in ieder geval dit begint te onderzoeken. Stel u voor aan de Discriminatoren, roep alle functionarissen bijeen. Leg er de nadruk op dat Aun Sharah niet langer Opperdiscriminator is, dat alle bevelen nu van mij afkomstig moeten zijn. Zodra dat mogelijk is, wil ik alle agenten en alle spoorzoekers, officieel en officieus, eens bekijken. Als ik de man onder ogen krijg, herken ik hem ongetwijfeld."

Finnerack aarzelde. "Alles goed en wel, maar hoe zou ik te werk moeten gaan?"

Etzwane dacht een ogenblik na. Naast Aun Sharah's bureau bevond zich een paneel met knoppen. Etzwane drukte op de bovenste. Het volgende ogenblik betrad een schrijver het vertrek. Het was een gezette, wat bezorgd uitziende man, niet ouder dan Etzwane zelf.

"Op last van de Anome is de vroegere Opperdiscriminator van zijn functie ontheven," zei Etzwane. "Van nu af aan gehoorzaamt u alleen aan bevelen als ze worden gegeven door mij of door Jerd Finnerack hier naast mij. Begrijpt u dit?"

"Zeker."

"Wat is uw naam?"

"Ik ben Thiruble Archenway, mijn rang is Schrijver-Luitenant."

"De bovenste knop doet een bel overgaan in uw kantoor. Wat gebeurt er als ik op de andere knoppen druk?"

Archenway legde uit wat elke knop betekende, terwijl Etzwane opschreef wat hij zei. "Ik wil dat er een aantal dingen gebeurt, en wel tegelijkertijd," zei Etzwane. "In de eerste plaats dient u Jerd Finnerack voor te stellen aan de andere mensen binnen dit gebouw. Finnerack zal een aantal maatregelen gaan treffen. Dan moet u drie mannen uit naam van de Anome hier naar dit kantoor zenden, zodra het hun schikt. In de eerste plaats: Ferulfio de meester-elektricien; in de tweede plaats: Doneis de technicus; in de derde plaats: Mialambre: Octagon, Arbiter van Wale."

"Het zal zo snel mogelijk geschieden." Thiruble Archenway boog naar Finnerack. "Heer, deze kant op alstublieft…"

"Eén ogenblik nog," zei Etzwane.

Archenway draaide zich met een ruk om. "Ja?"

"Waaruit bestaan uw normale werkzaamheden?"

"Uit hetzelfde soort dingen als u me nu net hebt opgedragen. Ik zorg steeds voor het bijhouden van de kalender van de Opperdiscriminator, maak afspraken, beantwoord minder belangrijke post, overhandig anderen boodschappen van Aun Sharah."

"Ik herinner u eraan dat Aun Sharah niet langer deel uitmaakt van de Discriminatoren. Ik wil absoluut niet dat inlichtingen, geruchten, toespelingen of andere dingen uitlekken, via u of via iemand anders. Misschien moest u maar een memo rondsturen waarin dat met zo veel woorden staat."

"Ik zal doen wat u wilt."

Ferulfio de meester-elektricien was een magere bleke man, met snelle, beweeglijke ogen. "Ferulfio," zei Etzwane, "men zegt dat u een man bent die even weinig zegt als een fanshank en twee keer zo discreet is."

"Dat is waar."

"U en ik gaan nu naar Paleis Sershan. Daar zal ik u meenemen naar een vertrek waar zich het radiosysteem van de vroegere Anome bevindt. U dient deze apparatuur over te brengen naar dit vertrek en hem daar langs die muur op te stellen."

"Zoals u wilt."

Etzwane had weinig bewondering voor Aun Sharah's bureau en liet het weghalen. In plaats daarvan zette hij twee groenleren divans neer, twee stoelen van purper gebeitst wedehout met een zitting en een rugleuning van pruimkleurig leer, en een lange tafel, waar een brutaal, mooi meisje uit het kantoor met een zijdelingse blik op Etzwane een vaas met irutiane en amaryllis op zette.

Archenway kwam het vertrek binnen en keek om zich heen. "Heel aangenaam; u hebt smaak. Maar wat u nu nog nodig hebt is een nieuw tapijt. Even nadenken." Hij liep op en neer. "Een bloemmotief, de Vierde Legende misschien, in violet en koraalrood? Neen, wat te vastomlijnd, te beperkend, per slot van rekening wilt u uw eigen stemming bepalen. Dan liever een Aubry Concentrisch tapijt, die zijn heel vaak prachtig. De kenners vinden ze niet goed geproportioneerd, maar die onregelmatigheid vind ik juist zo eigenaardig, zo amusant. Misschien zou toch een Burazhesq het beste zijn, in donkergrijs, *thracide*,* en omberbruin."

"Uitstekend," zei Etzwane. "Bestelt u maar zo'n tapijt. Ik vind dat wij allemaal in een zo prettig mogelijke omgeving ons werk moeten doen."

"Dat is nu juist ook mijn opvatting," zei Archenway met grote overtuiging. "Helaas laat mijn eigen kantoor wat te wensen over. Ik zou mijn werk beter kunnen doen in een vertrek aan de voorkant van het gebouw, wat groter en lichter dan de duiventil waar ik mij nu mee moet behelpen."

"Is er een vertrek dat aan die voorwaarden voldoet en op het ogenblik niet wordt gebruikt?"

"Op het ogenblik niet," gaf Archenway toe. "Maar ik kan binnen zeer korte tijd een aantal veranderingen voorstellen. Als u me even tijd

---

* *Thracide*: een zure, scherpe nuance van karmozijnrood.

geeft, kan ik zelfs nu meteen een aantal wijzigingen opschrijven die al geruime tijd geleden doorgevoerd hadden moeten worden."

"Alles op zijn tijd," zei Etzwane. "We kunnen niet honderd dingen tegelijk doen."

"Ik vertrouw erop dat u het niet vergeet," zei Archenway. "Ik word nu half verstikt door het duister, de deur slaat elke keer dat iemand hem opent tegen mijn been en ondanks al mijn inspanningen zijn de kleuren dwaas en deprimerend. Ondertussen wacht de technicus, Doneis, tot het u schikt hem te ontvangen."

Etzwane draaide zich om en keek de ander verbaasd aan. "Laat u Doneis wachten terwijl u beuzelt over tapijten en wat voor kantoor u graag zou willen hebben? Als u vanavond nog een kantoor hebt, kunt u zich gelukkig prijzen!"

Ontsteld haastte Archenway zich het vertrek uit en kwam terug met de lange, broodmagere Doneis. Etzwane gebaarde de technicus op een divan plaats te nemen, en ging tegenover hem zitten. "U hebt geen rapport ingediend," zei Etzwane. "Ik wil heel graag weten wat er tot nu toe gedaan is."

Doneis weigerde het zich wat gemakkelijker te maken en keek hem stijf rechtop zittend aan. "Ik heb geen rapport ingediend omdat we niets bereikt hebben dat de moeite van het rapporteren waard is. U hoeft me er niet aan te herinneren dat haast geboden is, dat beseffen wij allemaal, van de grootste deskundigen tot de leerjongens toe. We doen ons uiterste best."

"Is er dan helemaal niets wat u me kunt vertellen?" zei Etzwane ongeduldig. "Waar liggen uw problemen? Hebt u geld nodig? Meer mensen? Levert het moreel van de mensen moeilijkheden op? Hebt u niet genoeg gezag?"

Doneis' dunne wenkbrauwen gingen omhoog. "Wij hebben geen behoefte aan geld, en ook niet aan mensen, tenzij u ons kunt voorzien van zestig voortreffelijk getrainde, uiterst intelligente lieden. In het begin waren er wat disciplinaire moeilijkheden: we zijn er niet aan gewend om samen te werken. Nu lopen de zaken wat beter. We zijn bezig met een onderzoek dat er veelbelovend uitziet. Hebt u belangstelling voor de technische details?"

"Natuurlijk!"

"Lange tijd reeds is een groep stoffen bekend die uit de retort komt als een bijzonder dichte witte substantie met een wasachtige, wat vezelige structuur. We noemen deze stoffen halcoïden. Ze hebben een heel eigenaardige eigenschap. Wanneer er een elektrische stroomstoot doorheen wordt geleid verandert de substantie in een transparante gekristalliseerde materie, terwijl tegelijkertijd de massa ervan niet onaanzienlijk toeneemt. Bij Halcoïde Vier bedraagt deze toename bijna zestien procent. Niet zo veel, zou men kunnen denken, maar de verandering vindt van het ene ogenblik op het andere plaats, en met onweerstaanbare kracht; het is zelfs zo dat als Halcoïde Vier niet onder hoge druk wordt gezet, deze chemische wijziging zich zo snel voltrekt dat de substantie ontploft. Een van ons is er kortgeleden in geslaagd om een Halcoïde Vier te maken waarvan de vezels evenwijdig aan elkaar liggen; deze substantie noemen wij Halcoïde Vier-Een. Als een elektrische impuls wordt toegevoerd vindt alleen in de lengterichting een massavermeerdering plaats, waarbij de beide uiteinden zich met opmerkelijk grote snelheid van elkaar verwijderen. Wij schatten die snelheid op ongeveer een vierde van de snelheid van het licht. Er ligt een voorstel ter tafel om projectielen te maken van Halcoïde Vier-Een. We zijn nu bezig met proefnemingen, maar ik kan nog niets meedelen, zelfs geen vermoedelijke resultaten."

Etzwane was onder de indruk van deze uiteenzetting. "Waar houdt u zich nog meer mee bezig?"

"We fabriceren pijlen met koppen van dexax die ontploffen als ze iets treffen, maar dat is een ingewikkeld en niet zeer betrouwbaar wapen. We pogen het verder te vervolmaken, want het zou op middelgrote afstand bruikbaar kunnen zijn. Verder kan ik u maar weinig meedelen, want wij zijn pas kort geleden werkelijk aan het werk gegaan. De ouden hadden licht dat zo sterk was dat het de ogen wegbrandde, maar deze bekwaamheden zijn verloren gegaan. Onze krachtbollen gaan wel lang mee, maar leveren alleen zwakke stroomstoten."

Etzwane liet het energiepistool zien dat hij van Ifness had gekregen. "Dit is een wapen van de Aarde. Zou het u iets kunnen leren dat u nu nog niet weet?"

Aandachtig bekeek Doneis het wapen. "Onze techniek is verre inferieur aan die welke dit wapen heeft geproduceerd. Ik betwijfel of we meer te weten zouden komen dan dat onze technische vaardigheid achteruit is gegaan. En natuurlijk hebben wij niet de beschikking over een aantal metalen. Die komen op Durdane vrijwel niet voor, al doen we goed werk met ons glas en kristal." Met enige tegenzin gaf hij het wapen weer terug aan Etzwane. "Een andere kwestie: militaire verbindingen. Wat dit betreft, is er geen gebrek aan vaardigheid en capabele krachten: wij beheersen moeiteloos het pulseren van elektrische stroomstoten, en we fabriceren halsbanden, bij duizenden tegelijk. Maar de problemen zijn toch kritiek. Om militaire apparatuur te kunnen maken moeten we een beroep doen op de voorzieningen en de ervaren technici die op het ogenblik bezig zijn met het maken van banden. Maar als we daar eenvoudigweg de beste mensen van afromen, lopen we het risico dat er defecte halsbanden worden gefabriceerd, met wellicht tragische gevolgen."

"Zijn er genoeg halsbanden in voorraad?"

"Nee, dat zou onpraktisch zijn. Bij het maken van nieuwe halsbanden gebruiken we de kleurcodes van recent overleden personen en ontplofte halsbanden om de code zo eenvoudig mogelijk te houden. Als we dat niet deden zou het aantal kleuren negen, tien, of zelfs elf worden, en dat zou om voor de hand liggende redenen grote overlast veroorzaken."

Etzwane dacht diep over het probleem na. "Is er geen andere industrie waar u mensen vandaan zou kunnen halen?"

"Niet een."

"Dan is er maar een uitweg," zei Etzwane. "Doden hebben niets aan halsbanden. Maak in plaats van halsbanden radio's. De jonge mensen zullen moeten wachten op hun halsbanden tot na de vernietiging van de Roguskhoi."

"Zo luidt ook mijn eigen mening over deze zaak," zei Doneis instemmend.

"Nog een ding," zei Etzwane. "Aun Sharah is nu Directeur voor Materiaalvoorziening. Heel Shant valt onder zijn bevoegdheid. Wanneer u iets nodig hebt, dient u zich tot hem te wenden."

Doneis vertrok. Etzwane leunde achterover op zijn divan om na te denken. Als de oorlog nu eens tien jaar duurde, als nu eens tien jaar lang opgroeiende kinderen geen halsband om zouden krijgen. Ze zouden dan bijna even oud zijn als hijzelf voor ze de verantwoordelijkheden van de volwassenheid op zich namen. Zouden ze bereidwillig hun onbeperkte vrijheid afstaan? Of zou een hele generatie onruststokers worden losgelaten op de complexe wereld van Shant? Etzwane drukte op de knop om Thiruble Archenway te laten komen. Hij drukte nog een keer, en het meisje dat de bloemen op zijn tafel had gezet trad binnen. "Waar is Archenway?"

"Hij is uitgegaan om een glas wijn te drinken, dat doet hij iedere middag. Hij zal binnen niet al te lange tijd wel terug zijn. Hooggeboren Heer," voegde ze er wat bedeesd aan toe, "er zit een waardig uitziend heer in de gang. Het is mogelijk dat hij is uitgenodigd voor een gesprek met de Opperdiscriminator. Archenway heeft mij niet gezegd wat te doen."

"Wilt u zo vriendelijk zijn hem aan te dienen? Wat is uw naam?"

"Ik ben Dashan uit het huis van Szandales, en ik werk in Archenway's kantoor."

"Hoelang doet u dit werk al?"

"Drie maanden pas."

"Voortaan komt u hierheen als ik op de bel druk. Thiruble Archenway is niet oplettend genoeg."

"Ik zal mijn best doen om u op alle mogelijke wijzen van dienst te zijn, heer."

Toen ze de kamer verliet, keek ze snel even over haar schouder, een blik waaruit veel of weinig af te leiden viel, afhankelijk van de stemming van degene voor wie die blik bestemd was.

Even later klopte Dashan van Szandales op de deur en keek bescheiden naar binnen. "Heer Mialambre: Octagon, Hoge Arbiter van Wale."

Etzwane sprong overeind, terwijl Mialambre binnenkwam. De Hoge Arbiter was een kleine, stevig gebouwde man met een beetje smalle borst, gekleed in een strenge toga van grijs en wit. Zijn nobele hoofd droeg een borstelige kuif van stug wit haar. De blik in zijn ogen was gespannen en wat onheilspellend; hij maakte niet de indruk een man te zijn die gemakkelijk in de omgang was.

Dashan van Szandales stond afwachtend in de deuropening. Etzwane zei: "Wilt u ons wat te eten en te drinken brengen alstublieft?"

Tegen Mialambre:Octagon zei hij: "Gaat u zitten. Ik verwachtte u niet zo snel, het spijt mij dat ik u heb laten wachten."

"Bent u de Opperdiscriminator?" Mialambre's stem was zacht en hees. Zijn ogen namen Etzwane zorgvuldig op.

"Op het ogenblik is er geen Opperdiscriminator. Ik ben Gastel Etzwane, eerste adjudant van de Anome. Als u met mij spreekt, zit u als tegenover de Anome zelf."

Mialambre's blik werd niet anders, of hij moest Etzwane nog gespannener aankijken. Hij deed ook geen poging om het gesprek wat vlotter te doen verlopen, misschien door zijn achtergrond als jurist, maar wachtte zwijgend af wat Etzwane nog meer zou zeggen.

"Gisteren heeft de Anome uw opmerkingen in *Spectrum* gelezen," zei Etzwane. "Hij was bijzonder onder de indruk van de diepgang en de duidelijkheid van uw betoog."

De deur ging open. Dashan reed een tafeltje op wieltjes naar binnen, waar een pot thee, knapperige koekjes, gekonfijte zeevruchten en een lichtgroene bloem in een blauwe vaas op stonden. Over haar schouder zei ze vertrouwelijk tegen Etzwane: "Archenway is bleek van woede."

"Ik zal mij later wel met hem verstaan. Voorzie onze geëerde bezoeker van wat hij wenst, alstublieft."

Dashan schonk twee kopjes thee in en liep toen snel het vertrek weer uit.

"Ik zal openhartig zijn," zei Etzwane. "Een nieuwe Anome heeft het bewind over Shant op zich genomen."

Mialambre knikte kort, alsof hij een aantal veronderstellingen van hemzelf nu door de feiten bevestigd zag. "Hoe is dit geschied?"

"Om wederom openhartig te zijn: er is gebruik gemaakt van dwang. Een aantal mensen is verontrust geraakt door de passieve politiek van de oude Anome. Hij is vervangen door een ander; wij hebben ons nu belast met het verdedigen van het land."

"Niets te vroeg. Wat wilt u van mij?"

"Adviezen, meningen, medewerking."

Mialambre:Octagon kneep zijn lippen op elkaar. "Ik wens op de hoogte gebracht te worden van uw uitgangspunten voor ik mij met uw groep verbind."

"Wij gaan niet uit van een bepaalde theorie," zei Etzwane. "De oorlog moet wel veranderingen met zich meebrengen, en we willen dat het de juiste veranderingen zijn. In Shker, Burazhesq, Dithibel en Kaap zou de situatie wel ten goede kunnen worden gewijzigd."

"Daar begeeft u zich op onzeker terrein," zei Mialambre beslist. "De grondslag waarop Shant traditioneel rust, is de losheid van de band tussen de kantons. Het afdwingen van een centrale doctrine moet wel wijziging brengen in deze toestand, maar het is niet gezegd dat dat ook een wijziging ten goede zal zijn."

"Dat begrijp ik," zei Etzwane. "Het is wel zeker dat er problemen zullen ontstaan, en wij hebben behoefte aan capabele lieden om die op te lossen."

"Hmmf. Hoeveel hebt u er tot nog toe weten te vinden?"

Etzwane nam een slokje van zijn thee. "Ze worden nog in aantal overtroffen door de problemen waar wij mee te kampen hebben."

Mialambre knikte langzaam. "Ik ben bereid dit werk op mij te nemen, op zekere voorwaarden. Het is een uitdagende bezigheid."

"Het verheugt mij dat te horen," zei Etzwane. "Mijn voorlopig hoofdkwartier is Fontenay's Herberg. Ik zou er prijs op stellen als u zich daar later bij mij voegde, dan kunnen we wat langer overleggen."

"Fontenay's Herberg?" Mialambre klonk meer verwonderd dan afkeurend. "Is dat geen taveerne, in de buurt van de rivier?"

"Zeker."

"Zoals u wenst." Mialambre fronste zijn voorhoofd. "Ik moet nu een praktisch probleem ter sprake brengen. In Wale leeft mijn gezin, dat uit zeven personen bestaat, van een juristeninkomen, en dat is niet hoog. Om volkomen openhartig te zijn: ik heb geld nodig om mijn schulden te kunnen betalen, anders legt de drost mij een contract op."

"Uw salaris zal ruim voldoende zijn," zei Etzwane. "Ook daarover zullen wij vanavond spreken."

Etzwane vond Finnerack aan een tafel in de centrale documentenkamer. Hij was naar twee hooggeplaatste Discriminatoren aan het luisteren, die allebei moeite deden om zijn aandacht te trekken en ook ieder een afzonderlijke stapel documenten bij zich hadden. Finnerack luisterde grimmig en geduldig, maar toen hij Etzwane zag stuurde hij hen met een korte handbeweging weg. Ze verlieten het vertrek met wat ze nog aan waardigheid konden opbrengen. "Aun Sharah schijnt een flexibel man te zijn geweest, die geen hoge eisen stelde aan zijn mensen," zei Finnerack. "Deze twee waren de tweede en derde man in de hiërarchie. Ik zal ze indelen bij het Bureau voor Gemeentelijke Discriminatie."

Etzwane's wenkbrauwen gingen verrast omhoog. Finnerack had blijkbaar het reorganiseren van de Discriminatoren op zich genomen, een onderneming die nauwelijks binnen zijn bevoegdheden viel. Finnerack praatte verder over de andere dingen die hij bevolen had, en Etzwane luisterde, maar meer uit belangstelling over de manier waarop Finnerack tot zijn oordelen kwam dan over het onderwerp zelf. Finnerack ging rechtstreeks te werk, bijna op het naïeve af, en zo'n handelwijze moest wel grote indruk maken op de subtiele bewoners van Garwiy, die eenvoud slechts als majestueusheid en zwijgen als sluwheid konden interpreteren. Etzwane glimlachte. De Discriminatoren waren typerend voor Garwiy: ingewikkeld georganiseerd, gebruik makend van allerlei sluipwegen en willekeurige middelen om hun doel te bereiken. Finnerack scheen dit als een persoonlijke belediging op te vatten. De musicus Etzwane benijdde Finnerack bijna om zijn brute kracht.

Na zijn uiteenzetting zei Finnerack: "Verder wilde u de lijsten met Discriminatoren inzien."

"Ja," zei Etzwane. "Als ik iemand herken, wordt Aun Sharah's openhartigheid verdacht."

"Meer dan dat," zei Finnerack. Hij pakte een van de lijsten. "Als u wilt, kunnen we nu meteen beginnen."

Geen van de afbeeldingen die Etzwane doornam, leek op de man met het haviksgezicht die Etzwane in de diligence had zien zitten.

De zonnen waren laag langs de hemel gerold. Etzwane en Finnerack slenterden het Corporatieplein over naar een cafetaria, waar ze een pot verbenathee dronken en naar de mensen van Garwiy keken die aan hun ogen voorbijtrokken, en niemand die deze twee jongemannen zag, de een tenger, somber en met donker haar, en de ander mager met door de zon gebleekt blond haar en ogen als gepolijste turkooizen, had kunnen vermoeden dat de toekomst van Shant in hun handen lag. Etzwane raapte een *Spectrum* op die op een stoel naast hun tafeltje lag. Een oker-geel omkaderd stuk trok zijn aandacht. Bedrukt las hij:

Uit Marestiy komt per radio een verslag van een treffen tussen de kortgeleden georganiseerde militie en een troep Roguskhoi. De woeste indringers hadden eerst grote schade aangericht in Kanton Shkoriy en stuurden nu een troep noordwaarts om ook daar te moorden en plunde-ren. In Gasmal, aan de grens, ontzegde een eenheid van de militie hen de doortocht en gaf hun bevel zich terug te trekken. De rode woestelingen negeerden dit wettig bevel, en er volgde een gevecht. De mannen van Marestiy scho-ten pijlen af en slingerden stenen. Een groot aantal van deze projectielen bezorgde de vijand ongemak en maakte hem zo woedend dat volgde wat door een toeschouwer is beschreven als een 'stormloop van woeste rode beesten'. Dit soort onbeheerst gedrag zal het nimmer winnen van de machtige wapens die de Anome nu vervaardigt; de mannen van Marestiy beseften dit en pasten een flexibele tactiek toe. Verdere gebeurtenissen en afloop van dit tref-fen zijn nog niet bekend.

"De Roguskhoi zijn in beweging gekomen," zei Etzwane. "Zelfs de mensen die naar de kust zijn gevlucht zijn nu niet veilig."

Hoofdstuk VIII

In het pruimkleurige licht van de avond begaven Etzwane en Finnerack zich onder gekleurde lampen door naar Fontenay's Herberg. Aan een tafel achterin de taveerne zaten Frolitz en de rest van de troep aan een maal van bonen met kaas, en Etzwane en Finnerack schoven aan.

Frolitz was in een zure stemming. "Gastel Etzwane's handen zijn moe en versleten. Omdat de zaken waarmee hij zich bezighoudt belangrijker zijn dan het welzijn van de troep zal ik hem niet vragen een instrument te bespelen. Als hij daar zin in heeft mag hij met de ratels klepperen of af en toe met zijn vingers knippen."

Etzwane deed er het zwijgen toe. Toen na de maaltijd de musici hun instrumenten tevoorschijn haalden, kwam ook Etzwane het podium op. Frolitz deed alsof hij uiterst verbaasd was. "Wat is dit nu? Verschaft de grote Gastel Etzwane ons het genoegen van zijn aanwezigheid? Daar zijn wij meer dan dankbaar voor. Zou u dan zo vriendelijk willen zijn uw waldhoorn te pakken? Vanavond neem ik de khitan voor mijn rekening."

Etzwane blies in het oude mondstuk waar hij al zo vaak in had geblazen en zijn vingers gleden over de zilveren knoppen waar hij ooit zo trots op was geweest. Vreemd hoe anders hij zich nu voelde! De handen waren zijn eigen handen, zijn vingers gleden over de knoppen zonder dat hij erbij na hoefde te denken, maar hij had een beter overzicht, en een wijder perspectief, en hij speelde met een bijna onmerkbare verlenging van spanning bij elke maat.

Tijdens de pauze kwam Frolitz opgewonden naar de rest van de troep gelopen. "Kijk eens naar die man in de hoek daar. Weten jullie wel wie daar zo stil zit, zonder zijn instrument? Dystar, de druithine!" De troep keek aandachtig naar de strenge, rechte gestalte, terwijl iedereen zich afvroeg hoe zijn muziek de grote druithine in de oren had geklonken. Frolitz zei: "Ik heb hem gevraagd wat hij hier deed, en hij zei dat hij gekomen was omdat de Anome het wilde. En ik vroeg ook of hij samen met de troep wilde spelen, en hij stemde toe, omdat ons werk hem in de goede stemming had gebracht, zei hij. Hij doet nu dus met ons mee. Etzwane, aan de gastaing. Ik speel waldhoorn."

Fordyce, naast Etzwane, mompelde: "Eindelijk speel je dan aan je vaders zijde. En hij weet het nog steeds niet?"

"Hij weet het niet." Etzwane pakte de gastaing, een instrument met een wat lagere klank dan de khitan, en een sombere, gonzende resonantie die in de hand moest worden gehouden met een dempschuif, anders ging de harmonie teloor. In tegenstelling tot vele musici was Etzwane bijzonder gesteld op de gastaing en de subtiele klanknuances die een kundig bespeler kon bereiken door de schuif te draaien en heen en weer te bewegen.

De troep pakte zijn instrumenten, liep naar het podium en bleef daar staan wachten, het teken van respect waar een musicus van Dystars kaliber recht op had. Frolitz stapte het toneel af, liep naar Dystar toe en wisselde een paar woorden met hem. Getweeën kwamen ze teruglopen. Dystar boog naar de andere musici; zijn blik bleef nadenkend een ogenblik lang op Etzwane rusten. Hij pakte Frolitz' khitan, sloeg een akkoord aan, boog de hals, probeerde hoe de rateldoos klonk. In overeenstemming met het voorrecht van de gastspeler begon hij met de eerste melodie, een vlot wijsje, bedrieglijk eenvoudig.

Frolitz en Mielke, op de klaroen, speelden ondersteunende akkoorden, ervoor wakend zich in de harmonie te mengen, terwijl guizol en gastaing hier en daar bescheiden accenten legden. De eerste melodie, die alle medespelenden de gelegenheid gaf hun muzikale omgeving wat af te tasten, liep ten einde, en Dystar ontspande zich wat en nam een slok wijn uit de roemer die voor hem was neergezet. Hij knikte naar Frolitz, die nu op zijn beurt met zijn waldhoorn een thema aangaf, een serie ruige, harde, sardonische noten, vreemd aan de vloeiende helderheid die het instrument normaal vertoonde. Dystar benadrukte Frolitz met ruwe, langzame streken op zijn rateldoos, en de troep viel in, in een nadrukkelijke, melancholieke polyfonie, waarin elk instrument afzonderlijk duidelijk te horen was. Dystar speelde kalm, en zijn fantasie legde het ene perspectief na het andere bloot. Toen de melodie weifelde en daarna brak, zoals iedereen wel had verwacht, begon Dystar aan een verbazingwekkende tour de force door een aantal hoge akkoorden aan te slaan en daarna via een duizelingwekkend complexe serie akkoorden omlaag te gaan, met alleen af en toe een gonzende resonantie op de gastaing om hem te steunen, eerst naar hoogmedium, dan naar laagmedium, omhoog en weer naar beneden, als een dwarrelend blad, hierheen, daarheen, en zo de laagste akkoorden in waar hij de melodie besloot met een keelklinkende elleboog tegen de rateldoos. De waldhoorn van Frolitz blies een trillende toon, een achtste noot lager dan de khitan, die langzaam zachter werd en verstierf in de gonzende klank van de gastaing.

Opnieuw volgens de conventies overhandigde Dystar nu zijn instrument aan Frolitz, stapte van het toneel af en ging aan een tafeltje langs een van de zijmuren zitten. Enkele ogenblikken lang bleef de troep rustig zitten. Frolitz dacht na. Met een boosaardige trek om zijn mond reikte hij Etzwane de khitan aan. "We spelen nu iets langzaams en rustigs. Hoe heet dat avondwijsje van de Oude Ochtendkust ook alweer? *Zitrinilla*. Derde toonaard. Let allemaal goed op als we naar de tweede melodische variatie gaan. Etzwane: tempo en motto..."

Etzwane boog de hals van de khitan en verstelde de rateldoos. Hij besefte uitstekend dat Frolitz hem moedwillig had opgeknapt met een karwei waar elke man met verstand in zijn hoofd niet dan na lange aarzeling aan zou beginnen: khitan spelen na een van Dystars meest briljante improvisaties. Etzwane wachtte even om in zijn hoofd na te gaan hoe de melodie liep, toen sloeg hij een akkoord aan en speelde hij het motto wat langzamer dan anders.

De anderen namen het over en een paar minuten later was de smachtende, melancholieke melodie ten einde. Frolitz gaf op zijn hoorn een teken voor een variatie met een ander ritme, en Etzwane ontdekte opeens dat hij alleen speelde, iets wat hij liever had vermeden: nu moest hij zich meten met Dystar. Hij sloeg langzame akkoorden aan die hij snel weer smoorde, en schiep op deze manier een patroon van geluid en stilte waar hij in geïnteresseerd raakte en dat hij in een omzetting herhaalde.

Hij weerstond de neiging om verdere versieringen aan te brengen en bleef een strak, statig soort muziek spelen. De troep begeleidde hem met lage tonen, die wat later een breed thema werden dat zich als een golf over de khitan heen stortte en dan weer zachter werd. Etzwane sloeg een serie galmende dissonante akkoorden aan en daarna een zachte finale. Dystar stond op en gebaarde allen naar zijn tafeltje te komen. "Er is geen twijfel meer mogelijk," zei hij. "Dit is de beste troep van Shant. Allen bent u sterk, en allen speelt u met de gevoeligheid die uw kracht u geeft. Gastel Etzwane speelt zoals ik op zijn leeftijd nederig had gehoopt te kunnen spelen. Hij heeft vele dingen meegemaakt in het leven."

"Etzwane is een koppig man," zei Frolitz. "Terwijl hij een belangrijke toekomst heeft als Roze-Zwart-Azuur-Donkergroene rommelt hij aan met Estheten en *eirmelraths* en andere zaken die hem niet aangaan, en mijn wijze raadgevingen zijn aan hem verspild."

Kalm zei Etzwane: "Frolitz heeft het over de oorlog tegen de Roguskhoi, die een deel van mijn aandacht opeist."

In een gebaar alsof zijn woorden daarmee waren bewezen, wierp Frolitz zijn armen omhoog. "Uit zijn eigen mond hebt u het gehoord!"

Dystar knikte ernstig. "U hebt reden voor bezorgdheid." Hij wendde zich tot Etzwane. "In Maschein heb ik gesproken met u en uw vriend die daar zit. Zeer kort daarna beval de Anome mij om mij naar Garwiy, naar Fontenay's Herberg, te begeven. Bestaat er een verband tussen deze twee zaken?"

Beschuldigend keek Frolitz naar Etzwane. "Ook Dystar? Moet elke musicus in heel Shant dan ten strijde trekken tegen die wilden voor u tevreden bent? We slaan er op los met onze tringolets, bekogelen ze met guizols. Het plan dient nergens toe!" Hij gebaarde naar zijn troep en ze begaven zich weer naar het podium.

"Frolitz' woorden zijn irrelevant," zei Etzwane. "Ik ben inderdaad betrokken bij de strijd tegen de Roguskhoi, maar op de volgende wijze." Hij legde de toestand op dezelfde manier uit als hij bij Finnerack had gedaan. "Ik heb hulp nodig van de verstandigste mensen in heel Shant, en daarom heb ik u verzocht hier te komen."

Dystar leek eerder wat geamuseerd dan verrast of onder de indruk. "Hier ben ik dus."

Een gestalte boog zich over de tafel. Etzwane keek op en zag het sombere gezicht van Mialambre:Octagon. "Uw handelwijze verontrust mij," deelde deze hem mee. "U hebt mij verzocht om u in een taveerne op te zoeken om daar politieke zaken te bespreken, en nu zie ik dat u roemers voor u hebt staan en zich verstaat met de musici van de taveerne. Is deze hele affaire een misplaatste geestigheid?"

"Geenszins," zei Etzwane. "Dit hier is Dystar, een groot druithine, en net als uzelf een man van grote wijsheid. Dystar, voor u staat Mialambre:Octagon, niet een musicus, maar een jurist en filosoof, om wiens hulp ik eveneens gevraagd heb."

Wat stijfjes ging Mialambre zitten. Etzwane keek van de een naar de ander: Dystar gereserveerd en eenzelvig, gesloten; en Mialambre, geslepen, veeleisend, een man die elk facet van het bestaan in verband bracht met alle andere facetten volgens een systeem dat berustte op de ethiek van Wale. De twee, dacht Etzwane, hadden werkelijk niets gemeen, alleen integriteit, en allebei zouden ze de ander onbegrijpelijk vinden. En toch, als een van hen tweeën Anome werd, zou hij regeren over de ander. Welk van de twee? Of toch een ander? Etzwane keek over zijn schouder en gebaarde naar Finnerack, die zich wat afzijdig had gehouden, naast de muur.

Finnerack had een sombere tuniek van zwarte keperstof aan, dat bij zijn polsen en enkels wat ingeregen was. Zonder dat zijn uitdrukking veranderde, kwam hij naar het tafeltje toegelopen. "Hier is," zei Etzwane, "ondanks zijn sombere gezicht, een rechtschapen en bekwaam man. Hij heet Jerd Finnerack, en hij heeft de neiging om energiek op te treden. We zijn een ongelijksoortige groep, maar onze problemen liggen op uiteenlopende gebieden en vragen om mensen met ongelijksoortige eigenschappen om ze op te lossen."

"Alles goed en wel, dat nemen we tenminste maar aan," zei Mialambre, "maar ik acht de situatie ongeregeld en de omgeving waarin een en ander plaatsvindt ongepast. U handelt met geheel Shant op een heel wat minder formele wijze dan de ouden van ons dorp met de affaires die ons dorp betreffen."

"Waarom niet?" vroeg Etzwane. "Het bewind over heel Shant heeft steeds berust, en berust nog altijd, bij een man: de Anome. Wat kan er nu minder formeel zijn dan dit? De regering reist met de Anome mee. Als hij deze avond hier was, zou hier de regering zijn."

"Het systeem is flexibel," stemde Mialambre in. "Hoe het functioneert als het onder grote spanning komt, staat nog te bezien."

"Het systeem is afhankelijk van de mannen die het uitvoeren," zei Etzwane. "Van onszelf dus. Er ligt een grote hoeveelheid werk voor ons. Ik zal u vertellen wat tot op heden is bereikt: we hebben in tweeenzestig kantons milities georganiseerd."

"Behalve dan de kantons die door de Roguskhoi onder de voet zijn gelopen," merkte Finnerack op.

"De technici van Garwiy zijn wapens aan het ontwerpen. De bevolking van Shant beseft nu toch eindelijk dat de Roguskhoi moeten worden verslagen en zullen worden verslagen. De keerzijde van deze zaak is dat de organisatie om een zo grote inspanning te coördineren eenvoudigweg niet bestaat. Shant is een groot beest met tweeënzestig armen, maar zonder hoofd. Het beest is hulpeloos, het worstelt, probeert tweeënzestig verschillende kanten uit te gaan en is geen partij voor de ahulf die aan zijn ingewanden knaagt."

Op het toneel was Frolitz begonnen aan een zachte nocturne, die hij alleen speelde als hij uit zijn humeur was.

"Onze onvolkomenheden zijn reëel," zei Mialambre. "Tweeduizend jaar hebben vele veranderingen met zich meegebracht. Viana Paizifume bevocht de Palasedranen met een leger dat dapper was, woest zelfs. Zijn soldaten hadden geen halsbanden om, tucht moet dus een groot probleem geweest zijn. Toch brachten ze de Palasedranen verschrikkelijke slagen toe."

"In die tijd waren er nog mannen," zei Finnerack. "Ze leefden als mannen, ze vochten als mannen, en zo nodig stierven ze ook als mannen. Zij kenden geen 'flexibele tactiek'."

Mialambre knikte somber en instemmend. "Huns gelijken zullen we in het Shant van vandaag niet meer vinden."

"En toch," zei Etzwane peinzend, "waren het niet meer dan mensen, meer noch minder dan wijzelf."

"Onjuist," meende Mialambre. "De mannen van het oude Shant waren ruw en eigenzinnig, aan niemand behalve zichzelf verantwoording schuldig. Daarom konden ze op zichzelf vertrouwen, daarin zijn ze 'meer' dan wij. De bewoners van Shant is dit tegenwoordig niet meer gegeven. Zij verlaten zich op de gerechtigheid van de Anome, en niet meer op het effect van hun eigen kracht. Ze zijn gehoorzaam en houden zich aan de wet: in dit opzicht waren de mensen van oud Shant 'minder'. We hebben dus wat verloren en wat gewonnen."

"Wat we gewonnen hebben, is betekenisloos als de Roguskhoi Shant vernietigen," zei Finnerack.

"Dat zal niet gebeuren!" zei Etzwane beslist. "Onze milities moeten ze terugslaan, zullen ze terugslaan!"

Finnerack lachte zijn rauwe lach. "Hoe kan de militie dit bewerkstelligen? Kunnen kinderen tegen woestelingen ten strijde trekken? Eén enkele man woont in Shant: de Anome. Hij kan zelf niet vechten, en moet zijn kinderen de strijd in sturen. De kinderen zijn bang, en de uitslag van het gevecht staat van tevoren vast. Nederlaag! Catastrofe! Dood!"

Allen zwegen, en alleen de langzame, droevige muziek van de nocturne was te horen.

"Ik vermoed dat u de zaak wat ál te somber bekijkt," zei Mialambre voorzichtig. "Het is toch niet mogelijk dat Shant in het geheel geen strijders meer heeft. Ergens moeten toch nog dappere mannen leven die hun huis en haard willen verdedigen, die eropuit willen trekken om aan te vallen en te veroveren."

"Ik ben er een paar tegengekomen," zei Finnerack. "Net als ik waren ze tewerkgesteld in Kamp Drie. Ze waren niet bevreesd voor pijn, dood, of de Man zonder Gezicht, want wat kon hij hen aandoen dat erger was dan wat zij hadden meegemaakt? Dat waren strijders! Mannen zonder angst voor de halsband! Deze mannen waren vrij; kunt u dit geloven? Geef mij een militie van deze dappere vrije mannen en ik versla de Roguskhoi!"

"Helaas bestaat Kamp Drie niet meer," zei Etzwane. "We kunnen nauwelijks mannen zó kwellen dat ze hun angst voor de dood verliezen."

"Is er dan geen betere manier om een man te bevrijden?" riep Finnerack ruw. "Hier en nu kan ik u een betere manier vertellen!"

Mialambre keek verbaasd, Dystar verwonderd, alleen Etzwane wist wat Finnerack bedoelde. Hij had het ongetwijfeld over zijn halsband, die hij wel moest zien als de oorzaak van alles wat hij geleden had.

Het groepje zweeg, peinzend over wat Finnerack had gezegd. Even later, alsof hij een losse gedachte onder woorden bracht, zei Etzwane:

"Als de halsbanden nu eens allemaal zouden worden afgenomen, wat dan?"

Finneracks gezicht was als uit steen gehouwen. Hij verwaardigde zich niet om antwoord te geven.

Dystar zei: "Zonder mijn halsband zou ik dolzinnig van vreugde zijn."

Mialambre leek verbaasd, zowel door het idee zelf als door Dystars reactie. "Hoe is dit mogelijk? De halsband is uw toonbeeld, het symbool van uw verantwoordelijkheid aan de maatschappij."

"Deze verantwoordelijkheid aanvaard ik niet," zei Dystar. "Verantwoordelijkheid behoort tot de plichten van mensen die nemen, en ik neem niet, ik geef. Om die reden draag ik geen verantwoordelijkheid."

"Dit is niet juist," riep Mialambre. "Het is een egoïstische drogredenering! Iedere man die nu leeft staat diep in de schuld bij miljoenen mensen: bij de mensen om hem heen die ervoor zorgen dat hij zijn leven te midden van menselijke wezens kan leiden, bij de dode helden die hem zijn gedachtewereld, zijn taal, en zijn muziek hebben gegeven, bij de technici die de ruimteschepen hebben vervaardigd die hem naar Durdane hebben gebracht. Het verleden is een kostbaar wandtapijt, elke mens is een nieuwe draad in een steeds verder gaand patroon, en een draad op zichzelf is zonder betekenis en zonder waarde."

Grootmoedig stemde Dystar met het betoog van de ander in. "Wat u zegt is waar, en mijn woorden waren niet juist. Toch draag ik mijn halsband niet met genoegen. Hij dwingt mij een leven te leiden dat ik uit vrije verkiezing zou willen leven."

"Als u Anome was," zei Etzwane, "wat zou dan uw beleid zijn wat dit betreft?"

"Er zouden geen halsbanden meer zijn. De mensen zouden leven zonder angst, en in vrijheid."

"Vrijheid?" riep Mialambre, met voor zijn doen ongebruikelijke heftigheid. "Ik ben zo vrij als ik mogelijkerwijs kan zijn. Ik doe wat ik wil, binnen het gebied dat door de Anome als wettig is gedefinieerd. Dieven en moordenaars zijn niet vrij: ze mogen niet roven en stelen. De halsband van de eerlijke man is wat hem behoedt voor deze 'vrijheid'."

Weer gaf Dystar toe dat de jurist gelijk had. "Maar toch ben ik zonder een halsband om mijn nek geboren. Toen de gildemeester in Sanhredin hem om mijn hals vastmaakte, kwam op mijn geest een gewicht te rusten dat daarna nooit meer is verdwenen."

"Het gewicht is reëel genoeg," zei Mialambre, "maar wat is het alternatief? Onwettig gedrag, verzet. Hoe kan er dan gehoorzaamheid aan onze wetten worden afgedwongen? Door een dwingend korps? Spionnen? Gevangenissen? Martelingen? Hypnose? Tincturen? Mannen zonder middelen om hen in toom te houden zijn ahulfs. Mijn mening is dat niet in de halsband de fout ligt, maar in de menselijke aard, die de halsband nodig maakt."

"De juistheid van uw woorden berust op een aanname," zei Finnerack.

"Welke aanname dan?"

"U gaat uit van de onbaatzuchtigheid en het goede inzicht van de Anome."

"Zeker!" zei Mialambre met overtuiging. "Tweeduizend jaar lang al hebben we ons daarop kunnen verlaten."

"De magnaten zullen zeker met u instemmen. In Kamp Drie dachten we er precies het tegenovergestelde van, en wij hadden gelijk, niet u. Welke man met gevoel voor rechtvaardigheid zou kunnen toestaan dat iets als Kamp Drie bestaat?"

Mialambre gaf zich niet gewonnen. "Kamp Drie was een gezwel aan de edele delen, vuil onder het kleed. Elk systeem kent gebreken. De Anome dwingt alleen gehoorzaamheid af aan de wetten van de kantons; zelf vaardigt hij geen wetten uit. De gebruiken van Kanton Glaiy zijn niet erg teerhartig, daarom is Kamp Drie misschien wel in Glaiy gebouwd. Als ik Anome zou zijn, zou ik dan Glaiy dwingen andere wetten aan te nemen? Een dilemma voor elk nadenkend mens."

"Het heeft geen zin daarover te filosoferen," zei Etzwane, "althans voor dit ogenblik. De Roguskhoi staan op het punt ons te vernietigen. Halsbanden, Anome, alle mensen, zij zullen verdwijnen, tenzij wij doeltreffende tegenstand weten te bieden. Wat wij tot nu toe hebben laten zien is niet indrukwekkend."

"De Anome is de enige man in Shant die geheel vrij is," zei Finnerack. "Als ik vrij man was zou ik ook vechten, en een leger van vrije mannen zou de Roguskhoi kunnen vernietigen."

"Dat is een gedachte die blijk geeft van weinig werkelijkheidszin," zei Mialambre, "en op meer dan een manier. Op de eerste plaats duurt het nog jaren voor de kinderen die nu geen halsband hebben man geworden zijn."

"Waarom moeten we wachten?" zei Finnerack hartstochtelijk. "We hoeven alleen maar onze strijders te bevrijden van hun halsbanden."

Mialambre lachte kalm. "Dat is niet mogelijk. En maar goed ook, anders zouden we de gruwelen van de Honderdjarige Oorlog voor niets hebben doorstaan. De halsband heeft ervoor gezorgd dat er rust en vrede heerste in Shant. De dwang van de halsband is beter dan een toestand zonder halsband. Ik herinner u aan de chaos die in Caraz heerst."

"Ook als het dragen van een halsband ten koste gaat van het man-zijn?" snauwde Finnerack. "Wat staat u voor ogen: een oneindige toekomst van kalmte, rust, en vrede? De slinger van de klok moet de andere kant op zwaaien. De halsbanden moeten verdwijnen."

"Hoe kunnen we dat doen?" vroeg Dystar.

Finnerack wees met zijn duim naar Etzwane. "Een man van de Aarde heeft het hem geleerd. Hij is een vrij man, hij kan doen wat hij maar wil."

"Gastel Etzwane," zei Dystar, "verwijder dan deze halsband van mijn nek."

Een indirect en emotioneel proces gaf Etzwane zijn antwoord in. "Ik zal uw halsbanden verwijderen. U zult vrij zijn, net als ik vrij ben. Finnerack zal aan het hoofd staan van een leger van dappere vrije man-nen. Voortaan zullen kinderen niet meer worden voorzien van een halsband, al was het alleen maar omdat de halsbandfabrieken nu radio's vervaardigen voor de nieuwe militie."

Mistroostig zei Mialambre: "Shant begint aan een nieuwe periode van tumult, ten goede of ten kwade."

"Ten goede of ten kwade," zei Etzwane, "is het tumult al over ons. De macht van de Anome slinkt, en hij kan de stuiptrekkingen van deze maatschappij niet meer in de hand houden. Mialambre en Dystar, u moet samenwerken. Mialambre, zoek de mensen uit die u denkt te kun-nen gebruiken. Trek heel Shant rond en breng verbetering in de ergste wantoestanden, in dingen als Kamp Drie, Tempel Bashon, contract-makelaars, het contractsysteem zelf. Conflicten en controverses zult u niet kunnen vermijden, die zijn onontkoombaar. Dystar, alleen een groot musicus zou kunnen doen wat ik nu van u vraag. Alleen, of met de mensen die u uitkiest, moet u in heel Shant rondtrekken, om de mensen te vertellen, en het hun door de kracht van uw muziek duidelijk te maken, dat wij allen een gemeenschappelijk erfdeel hebben, een eenheid, waarnaar wij ons allemaal moeten richten als wij niet willen dat de Roguskhoi ons de Beljamar in drijven. De details van deze opdrachten — verbeteringen aanbrengen, eenheid scheppen, gerechtigheid doen en het algemeen belang benadrukken — laat ik aan u zelf over. Laat ons nu naar mijn vertrekken gaan waar u allemaal vrij zult worden, net als ik nu ben."

HOOFDSTUK IX

DE DAGEN GINGEN VOORBIJ. Etzwane nam een suite op de vierde verdieping van de Roseale Hrindiana, aan de oostkant van het Corporatieplein op drie minuten lopen van het Gerechtshof. Finnerack trok bij hem in, maar verhuisde twee dagen later naar een wat minder luxueus ingerichte suite in de Paganetorens, aan de andere kant van het plein. Finnerack was volkomen ongeïnteresseerd in de genoegens die rijkdom hem bood. Zijn maaltijden waren karig en eenvoudig, hij dronk geen wijn en geen likeuren, en zijn garderobe bestond uit vier eenvoudige kledingstukken, allemaal effen zwart, zonder versieringen. Frolitz was zonder afscheid te nemen met zijn troep naar Purperen Waaier vertrokken. Mialambre:Octagon had een aantal adviseurs om zich heen verzameld, al was hij nog niet geheel genezen van zijn twijfels over de veranderingen die hij in heel Shant teweeg zou brengen.

"Ons doel is niet eenvormigheid," betoogde Etzwane. "Wij maken alleen een einde aan zaken die de hulpelozen in Shant uitbuiten: groteske theologieën, het contractstelsel, de tehuizen voor oude mensen in Kanton Kaap. En de Anome, die vroeger de mensen dwong om gehoorzaam te zijn aan de wetten, wordt nu een man op wie die mensen zich kunnen verlaten."

"Als er geen gebruik meer wordt gemaakt van halsbanden moet de functie van de Anome wel veranderen," merkte Mialambre droog op. "Het is niet te voorzien hoe de toekomst zich zal ontwikkelen."

Dystar was al vertrokken, alleen, zonder iemand iets te zeggen.

Mialambre:Octagon of Dystar de druithine? Allebei konden ze het ambt aan, allebei waren ze sterk op punten waar de ander kracht te kort kwam. Etzwane wilde dat hij een snelle beslissing kon nemen en het zware gewicht van zijn schouders kon laten glijden: hij had niets op met het uitoefenen van gezag.

Ondertussen was Finnerack met niets en niemand ontziende ijver de Discriminatoren aan het reorganiseren. De knusse oude gewoonten werden botweg afgeschaft, en mensen die even hard voor de nieuwe gezagsdragers kropen als voor de oude werden ontslagen. Onder hen bevond zich ook Thiruble Archenway. Alle afdelingen en bureaus kregen verder een duidelijk omschreven functie. Finnerack was vooral geïnteresseerd in het Informatiebureau, iets waarover Etzwane zo af en toe zijn twijfels had. Terwijl hij met Finnerack overleg pleegde in zijn kantoor bestudeerde Etzwane de magere gestalte, het gegroefde gezicht, de omlaag getrokken mondhoeken, de lichtblauwe ogen, en vroeg zich af wat de toekomst brengen zou. Finnerack had geen halsband meer om, en Etzwane's gezag over hem ging niet verder dan wat Finnerack aan gehoorzaamheid beliefde op te brengen.

Dashan van Szandales kwam het vertrek binnen met een schaal versnaperingen. Finnerack herinnerde zich opeens een van zijn afspraken en stelde haar een vraag. "De mannen om wier aanwezigheid ik heb verzocht, zijn zij hier?"

"Ze zijn hier." Dashans stem klonk kortaf. Ze mocht Finnerack niet en beschouwde zich alleen als Etzwane's ondergeschikte.

Finnerack, die zich nooit iets gelegen liet liggen aan dingen die hij niet van belang achtte, gaf haar een kort bevel. "Zorg ervoor dat ze worden opgesteld in het achterste kantoor; we zijn over vijf minuten bij hen."

Dashan stoof de kamer uit. Etzwane keek haar met een droevige halve glimlach om zijn lippen na. Het zou moeilijk zijn om Finnerack in de hand te houden. Hem proberen over te halen zich wat tactvoller te gedragen zou tijdverspilling zijn. "Wat voor mannen zijn dit?" vroeg hij.

"De laatste groep op de lijst. De rest hebt u al gezien."

Etzwane was Aun Sharah bijna vergeten. De vroegere Opperdiscriminator was op zijn huidige post vertrouwenwekkend ver verwijderd van de bronnen van de macht.

Getweeën liepen ze naar het achterste kantoor. Daar stonden veertien mannen op hen te wachten: de spoorzoekers en de spionnen op het informele lijstje van Aun Sharah. Etzwane liep van de ene man naar de andere en probeerde zich de details te herinneren van het gezicht dat hij door het raam van de diligence gezien had: een harde rechte neus, een vierkante kin, grote harde ogen.

Voor hem stond een man die aan die beschrijving voldeed. Etzwane zei: "Uw naam, alstublieft?"

"Ik ben Ian Carle."

Tot de anderen zei Etzwane: "Dank u, ik heb u verder niet meer nodig." En tegen Carle: "Wilt u met mij meegaan naar mijn kantoor?"

Hij liep voorop, en Carle en Finnerack kwamen achter hem aan. Finnerack schoof de deur dicht. Etzwane gebaarde Carle op een divan te gaan zitten, en de man gehoorzaamde zwijgend.

"Bent u ooit eerder in dit kantoor geweest?" vroeg Etzwane.

Carle staarde hem vijf seconden lang recht in de ogen. Toen zei hij: "Inderdaad."

"Ik wil u iets vragen dat betrekking heeft op uw vroegere werk. Mijn bevoegdheid om u deze vragen te stellen ontleen ik rechtstreeks aan de Anome. Ik kan u hiervan een schriftelijk bewijs laten zien als u daaraan behoefte hebt. Het betreft hier niet uw eigen gedrag."

Ian Carle maakte ongeëmotioneerd een gebaar van instemming.

"Korte tijd geleden," zei Etzwane, "werd u opgedragen de ballon *Aramaad* op te wachten in station Garwiy, daar een zekere persoon te identificeren, mij, om precies te zijn, en hem te volgen naar de plek waar hij heenging. Is dit waar?"

Dit keer wachtte Carle maar twee seconden. "Ja."

"Wie heeft u deze opdracht gegeven?"

Kalm zei Carle: "De toenmalige Opperdiscriminator, Aun Sharah."

"Heeft hij u iets verteld over de achtergronden van zijn opdracht, of heeft hij u de reden verteld dat hij mij liet volgen?"

"Nee. Dit was niet zijn gewoonte."

"Hoe luidde uw opdracht precies?"

"Ik moest de man die hij mij beschreef volgen, en er goede nota van nemen wie hij ontmoette. Als ik een lange man met wit haar en van onduidelijke leeftijd zag moest ik Gastel Etzwane laten voor wat hij was en deze man met wit haar volgen. Ook moest ik natuurlijk proberen over alle andere zaken die ik van belang achtte nieuws in te winnen."

"Hoe luidde uw rapport?"

"Ik heb hem meegedeeld dat de persoon die ik moest volgen duidelijk wantrouwig was geweest, dat het hem geen moeite had gekost om te ontdekken wie het was die hem volgde, en dat hij een poging had gedaan om mij aan te spreken. Dit was ik uit de weg gegaan."

"Wat voor instructies heeft Aun Sharah u daarna gegeven?"

"Hij droeg mij op me in de omgeving van Paleis Sershan op te stellen, te allen tijde discreet te zijn, en geen aandacht te schenken aan de eerstgenoemde, maar alleen uit te kijken naar de lange man met het witte haar."

Etzwane ging op de divan zitten en keek even naar Finnerack die met zijn handen op zijn rug strak naar Ian Carle stond te kijken. Etzwane was verwonderd. Wat ze wilden weten wisten ze nu; ze hadden inzicht gekregen in de activiteiten van Aun Sharah. Wat zag of voelde Finnerack dat hij, Etzwane, over het hoofd had gezien?

Etzwane vroeg: "Wat hebt u verder aan rapporten uitgebracht aan Aun Sharah?"

"Verder heb ik hem niets meegedeeld. Toen ik hem wilde vertellen wat ik te weten was gekomen was hij niet langer Opperdiscriminator."

"Wat u te weten was gekomen?" zei Etzwane met gefronst voorhoofd. "Wat had u hem bij die gelegenheid dan mee willen delen?"

"Niets buitengewoons. Ik zag een man van niet bijzondere lengte met grijs haar Paleis Sershan uitkomen. Omdat ik dacht dat hij misschien de persoon in kwestie was, ben ik hem gevolgd naar Fontenay's Herberg, waar ik hem identificeerde als Frolitz, een musicus. Ik keerde terug via de Galiasavenue, en passeerde daarbij u en deze heer bij de fontein. Toen ik afsloeg, de Middenweg op, kwam ik een lange man met wit haar tegen die in oostelijke richting liep. Hij riep een diligence aan en verzocht naar de Pracht van Gebractya te worden gebracht. Ik ben hem zo snel ik kon achternagegaan, maar heb hem daar niet gevonden."

"Hebt u nadien de man met het witte haar of Aun Sharah nog gezien?"

"Nee, geen van beiden."

Op de een of andere manier, dacht Etzwane, had Aun Sharah een beschrijving van Ifness te pakken gekregen, en was hij grote belangstelling voor de man van de Aarde gaan koesteren. Ifness was teruggegaan naar de Aarde, de man met het witte haar die Ian Carle had gevolgd was waarschijnlijk een Estheet geweest, uit een van de paleizen die aan weerszijden van de Middenweg lagen.

"Wat voor kleren droeg deze lange man met wit haar?"

"Een grijze mantel, een slappe grijze pet."

Dat was de kleding die Ifness bij voorkeur droeg. "Was het een Estheet?"

"Dat geloof ik niet. Hij gedroeg zich als iemand uit een van de buitenkantons."

Etzwane probeerde zich bepaalde kenmerken te herinneren waaraan Ifness herkend zou kunnen worden. "Kunt u een beschrijving geven van zijn gezicht?"

"Niet gedetailleerd."

"Als u hem weer ziet, stel u dan onmiddellijk met mij in verbinding."

"Zoals u wilt." Ian Carle ging heen.

Sarcastisch zei Finnerack: "Dat is nu Aun Sharah, Directeur Materiaalvoorziening. Als u mijn mening wilt weten: verdrink hem vannacht nog in de Sualle."

Een van Finneracks ernstigste feilen, bedacht Etzwane, was dat hij geen maat wist te houden, en onbeheerst reageerde, wat de verhouding met hem tot een voortdurend gevecht maakte om zich in te houden. "Hij deed alleen maar wat u en ik in zijn plaats zouden hebben gedaan," zei Etzwane kortaf. "Hij won informatie in."

"O ja? En het bericht aan Shirge Hillen in Kamp Drie dan?"

"Het is niet bewezen dat hij daar de hand in had."

"Bah. Toen ik een kleine jongen was werkte ik op mijn vaders krentenveldje. Wanneer ik onkruid vond, dan trok ik het uit de grond. Ik keek er niet naar, en ik hoopte ook niet dat het later nog een krentenplant zou worden. Ik trok het er meteen uit."

"Eerst overtuigde u zich ervan dat het onkruid was," zei Etzwane.

Finnerack haalde zijn schouders op en beende het vertrek uit. Dashan van Szandales kwam binnen, en keek huiverend Finneracks verdwijnende gestalte na. "Die man maakt mij bang. Is hij altijd in het zwart?"

"Finnerack is een man voor wie de volhardendheid en het noodlottige van het zwart zijn uitgevonden." Etzwane trok het meisje op schoot. Schalks bleef ze een ogenblik zitten, toen sprong ze overeind.

"U bent een ontzettende flirt. Wat zou mijn moeder zeggen als zij wist wat er hier gebeurde?"

"Ik heb alleen maar belangstelling voor wat de dochter zegt."

"De dochter zegt dat een man uit de Wilde Landen u een kist met wilde beesten heeft gebracht, en dat zijn beesten in de bagageruimte op u staan te wachten."

De meester van de werkploeg aan het zijspoor van de ballonroute in Conceil had zijn Roguskhoiwelpen naar Garwiy gebracht. Hij zei: "Het is een maand geleden dat u door de Wilde Landen bent gereisd. Toen had u belangstelling voor mijn kleine beschermelingen. En nu?"

De welpen die Etzwane in Conceil had gezien waren nu dertig centimeter groter geworden. Woest keken ze hem aan van achter de ijzerhouten spijlen van de kooi. "Het zijn nooit vertederende engeltjes geweest," zei de ballonmeester, "maar nu zijn ze toch wel behoorlijk op weg echte duivels te worden. Rechts ziet u Musel, links Erxter."

De twee wezens staarden woest en vijandig naar Etzwane. "Als u uw vinger door de tralies steekt, krijgt u hem niet meer terug," zei de ballonmeester opgewekt. "Ze zijn zo gemeen als wat, en dat is nog zacht gezegd ook. Eerst probeerde ik om vriendelijk tegen ze te zijn en ze zo wat handelbaarder te maken. Ik heb ze lekkere hapjes te eten gegeven, ze in een mooie kooi gezet, 'tsk' gezegd tegen ze, en liedjes gefloten. Ik probeerde hen te leren spreken, en kwam op de gedachte om goed gedrag te belonen met bier. Het haalde niets uit. Allebei vielen met handen en voeten aan wanneer ze maar de kans kregen. Toen hoopte ik dat ik wat zou bereiken door ze van elkaar te scheiden. Erxter bleef ik lekkere hapjes voeren en het naar zijn zin maken. De andere, de arme Musel, begon ik ruw te behandelen. Wanneer hij me probeerde te slaan kreeg hij een harde klap. Als hij me probeerde in mijn hand te bijten stak ik hem met een stok. De pakken slaag die hij verdiend en gekregen heeft zijn legio. Ondertussen at Erxter het beste wat ik hem voor kon zetten, en sliep in de schaduw. Was er na het experiment enig verschil in wildheid? Geen zier! Ze waren allebei even kwaadaardig als ervoor."

"Hmmf." Etzwane stapte achteruit toen de twee welpen naar de tralies kwamen. "Spreken ze? Kennen ze woorden?"

"Niet een. Als ze me begrijpen dan tonen ze dat in ieder geval niet.

Ze willen nergens aan meedoen, en zelfs de kleinste opdracht weigeren ze, al vraag je het nog zo vriendelijk of laat je ze hongerlijden. Ze schrokken elke korst brood die ik ze toegooi naar binnen, maar ze verhongeren eerder dan dat ze een hefboom overhalen om vlees te krijgen. Vooruit, duivels!" Hij tikte tegen de tralies van de kooi. "Willen jullie soms mijn enkel hebben om op te kauwen?" Hij draaide zich weer om naar Etzwane. "De schelmen kennen nu al het verschil tussen man en vrouw! U moet hen zich eens zien beroeren als een vrouw langskomt, en zó jong nog. Ik vind het een schande."

"Hoe herkennen ze een vrouw?"

De ballonmeester keek verbaasd. "Hoe herkent iemand een vrouw?"

"Als bijvoorbeeld een man voor de kooi langsliep, gekleed in vrouwenkleren, of een vrouw in mannenkleren, wat gebeurt er dan?"

De ballonmeester schudde zijn hoofd, onder de indruk van Etzwane's subtiele vragen. "Deze vragen zijn meer dan mijn kennis vermag te beantwoorden."

"Het zijn vragen waar we het antwoord nog wel op zullen vinden," zei Etzwane.

In heel Shant verschenen plakkaten, in donkerblauw, scharlakenrood en wit.

Voor de strijd tegen de Roguskhoi is een speciaal korps samengesteld:

DE DAPPERE VRIJE MANNEN.

Zij dragen geen halsbanden.

Als u dapper bent:
Als u bevrijd wilt worden van uw halsband:
Als u bereid bent te vechten voor Shant:

DAN WORDT U HIERBIJ UITGENODIGD DIENST TE NEMEN
BIJ DE DAPPERE VRIJE MANNEN.

De Dappere Vrije Mannen zijn een elitekorps.
Meld u bij het kantoor in de stad Garwiy.

Hoofdstuk X

De Roguskhoi kwamen de Hwan uit, en tot verbazing van iedereen bleken ze dit keer duidelijk te worden aangevoerd. Wie had de rode wilden geoefend? En wat een nog groter mysterie was: waar hadden ze hun massieve kromzwaarden vandaan, vervaardigd uit een tiental zeldzame metalen? Wat de antwoorden op die vragen ook waren, de Roguskhoi trokken op naar het noorden in een onvermoeibare korte draf: vier compagnieën, elk ongeveer tweehonderd man sterk. Ze drongen Ferriy binnen en dreven de ijzerwerkers in paniek voor zich uit. De Roguskhoi besteedden geen aandacht aan de ijzervaten en de tanks met kostbare nieuwe cultures en trokken verder op, Cansume in. Op de grens wachtte de militie van Cansume, een van de sterkste van heel Shant, ze op met hun van een dexaxlading voorziene pieken. Langzaam, sinister kwamen de Roguskhoi dichterbij, hun kromzwaarden in de hand. Op de open vlakte hadden de mannen van Cansume geen keus dan te wijken: als de Roguskhoi op een dergelijk korte afstand hun zwaarden als werpwapens gebruikten, zou dat een slachting aanrichten. Ze trokken terug op Brandvade, een in de buurt gelegen dorp.

Om de Roguskhoi naar het dorp te lokken duwde de militie een groep bange vrouwen naar voren, en de Roguskhoi negeerden de gebrulde bevelen van hun hoofdmannen en gingen opgewonden tot de aanval over. Ze stormden het dorp binnen, waar het tussen de stenen hutten geen zin had om met hun zwaarden te gooien. De punten van pieken staken in hoornachtige rode huid, dexaxladingen ontploften, en een paar minuten later waren er vijftig Roguskhoi dood.

De officieren van de Roguskhoi lieten hun gezag gelden, de kolonnes trokken zich terug en trokken verder naar Waxone, de belangrijkste stad van Cansume. Links en rechts van de route die ze volgden legden losse groepjes militie hinderlagen en beschoten de Roguskhoi met buispijlen, zonder dat dat veel uithaalde. De Roguskhoi draafden de meloenvelden voor Waxone in en bleven toen opeens met een ruk staan. Tegenover hen stond de indrukwekkendste strijdmacht die de mannen van Shant tot nu toe op de been hadden gebracht: een volledig regiment militie, versterkt door vierhonderd Dappere Vrije Mannen op lopers. De Dappere Vrije Mannen droegen uniformen die geïnspireerd waren op wat de Pandamon-Paleiswacht lang geleden gedragen had: een lichtblauwe broek met purperpassement langs de naad, een donkerblauwe blouse met purperen knooplussen, en helmen van gecementeerde glasfibers. Ze waren gewapend met pieken met een dexaxlading, een aantal handgranaten, korte zware zwaarden van glisthout, met een rand van gesmeed ijzerweb. De militie was uitgerust met handbijlen, granaten, en rechthoekige schilden van leer en hout. Hun was opgedragen voorwaarts te gaan, op de Roguskhoi af, en met hun schilden zichzelf en de cavalerie te beschermen tegen de zwaarden van de Roguskhoi. Op vijftien meter afstand zouden ze hun granaten naar de wilden gooien, en daarna naar links en rechts uiteen wijken voor de charge van de Dappere Vrije Mannen.

De Roguskhoi bleven aan de andere kant van het meloenveld staan en keken woest naar de schilden van de militie. De vier hoofdmannen stonden wat ter zijde; ze waren te onderscheiden van de gewone krijgers door zwarte leren nekriempjes waaraan borstpantsers van ijzeren ringetjes hingen. Ze leken ook ouder dan de gewone krijgers: hun huid zag er wat doffer en donkerder uit, en onder hun kin waren huidplooien te zien, of spierplooien, zoals bij sommige dieren. Lichtelijk verbaasd keken ze naar de dichterbij komende militie, uitten toen een aantal rauwe geluiden. In kille draf kwamen de Roguskhoi naar voren. De militie slaakte angstige geluidjes en de schilden wankelden. De Dappere Vrije Mannen achter de militie uitten hese kreten en de militie werd rustiger. Honderd meter van de miliciens vandaan bleven de Roguskhoi staan en hieven hun zwaarden ver achter hun hoofd. Hun spieren spanden zich, golfden over hun lichaam. De Roguskhoi waren angstaanjagend om te zien. De militie wankelde, een paar gooiden in een reflex met granaten, die halverwege tussen de twee linies ontploften.

Achter de militie bliezen de officieren, wat gedekt door hun mannen voor hen, *Voorwaarts* op hun trompetten. De schilden gingen naar voren, stap voor stap. De Roguskhoi draafden ook verder naar voren, en er ontploften nog wat granaten zonder schade aan te richten. Op de linkervleugel zakte de schildenmuur ineen, zodat de Dappere Vrije Mannen daar niet langer waren gedekt. Een halve seconde aarzelden ze, toen vielen ze aan, recht tegen een striemende regen van zwaarden in die man en loper velde voor ze zeven meter ver waren. Toch wierpen stervende armen nog granaten en Roguskhoi verdwenen in stof en vlammen.

De rest van de militie wankelde, maar hield stand. Een trompet gaf het teken voor de charge, maar de gedemoraliseerde militie week te vlug naar links en rechts en weer stonden de Dappere Vrije Mannen bloot aan een hagel van kromzwaarden. De overlevenden vielen aan. Pieken boorden zich in koperrode lichamen. Ontploffingen, stof, rook, stank, grote verwarring. Knuppels suisden neer, verwrongen gezichten schreeuwden en krijsten. Granaten ontploften overal en veroorzaakten stofwolken en wild rondtollende afgerukte armen en benen. Een afschuwelijk tumult, nu harder, dan weer zachter: het wilde schallen van trompetten, gegrom en gekreun van de Roguskhoi, het gekrijs van gewonde lopers, het gekerm van stervende mannen. Toen het stof optrok, was de helft van de Roguskhoi dood, en alle Dappere Vrije Mannen. De militie vluchtte terug naar Waxone. De Roguskhoi trokken langzaam verder, veranderden toen van richting, en marcheerden Faible in.

Een tot in het diepst van zijn ziel getroffen Finnerack bracht rapport uit over het gevecht. "Daar lag het beste wat Shant te bieden had, in een poel zwart bloed! Ze hadden zich terug kunnen trekken, maar weigerden, en vielen aan, ook al betekende dat hun dood. Vrijheid die ze zó hadden verdiend, en waar heeft het allemaal toe gediend?"

Etzwane was verrast door de heftigheid van Finneracks smart. "We weten nu dat onze mannen even dapper zijn als de mannen van het oude Shant," zei hij. "En alle kantons zullen dat ook beseffen."

Finnerack leek niet gehoord te hebben wat hij zei. Hij beende op en neer, terwijl zijn handen krampachtig open en dicht gingen. "De militie heeft gefaald. Verraders waren het. En als ik het voor het zeggen had, zouden ze aan het tenen snijden worden gezet."

Etzwane zei niets, omdat hij er de voorkeur aan gaf Finneracks emotie niet op zichzelf te richten. Finnerack zou nooit over iemand een vonnis mogen vellen.

"We kunnen de wezens niet man tegen man bevechten," zei Finnerack. "Hoe staat het met uw technici? Waar zijn hun wapens?"

"Ga zitten, en probeer u niet door uw smart te laten overmannen," zei Etzwane. "Ik zal u op de hoogte stellen van uw wapens. De technici hebben te maken met geweldige krachten die in bedwang gehouden dienen te worden. Een dunne splinter materie beweegt zich met geweldige snelheid voort, en veroorzaakt daardoor een bijzonder zware terugslag. Om dit soort wapen als handwapen te kunnen gebruiken moeten de splinters bijna onzichtbaar dun worden gemaakt. Om de terugslag op te vangen wordt aan de achterkant ballast uitgestoten. Wanneer ze uitzetten bereiken de projectielen een temperatuur die het absolute nulpunt benadert, anders zouden ze zichzelf meteen vernietigen. In plaats van te verdampen drijven ze nu een stoot hete lucht voor zich uit die hun trefkracht nog vergroot. Ik heb proeven gezien met kanonnen op een vaste voet. Tot op anderhalve kilometer zullen de wapens heel dodelijk zijn. Op grotere afstand slinkt het projectiel tot er niets van over is.

"De wapens die ik heb gezien zijn niet bepaald licht of klein, dat kan ook niet vanwege de benodigde ballast. Misschien is het mogelijk om handzamere wapens te ontwikkelen, maar zeker is dit nog niet. De grote wapens zijn bruikbaar, maar ze moeten worden vastgezet tegen een boom, of een grote steen, of met klempalen worden tegengehouden, en ze zijn daarom niet zo handig in het gebruik. Maar we hebben vooruitgang geboekt.

"Verder produceren we heel vernuftige glazen pijlen. In de kop zit een electret dat als de pijl doel treft een stroomstoot afgeeft die op zijn beurt een lading dexax doet ontploffen die verwondt of zelfs doodt. Ik heb begrepen dat het grote probleem hier is dat het systeem af en toe niet goed blijkt te werken.

"Ten slotte produceren we raketpistolen, heel eenvoudige, heel goedkope wapens. De loop bestaat uit gecementeerde glasfibers, en het projectiel ontleent zijn gewicht aan een stenen cilinder of aan een lading dexax die ontploft wanneer hij zijn doel treft. Dit is een wapen voor de korte afstand, er valt niet nauwkeurig mee te schieten. Al met al is er wel reden tot optimisme."

Finnerack bleef roerloos zitten. In de loop der maanden was hij evenzeer gaan verschillen van het haveloze bruine wezen in Kamp Drie als dat wezen verschilde van de Jerd Finnerack van Angwin-Wissel. Zijn gestalte was wat voller geworden, hij stond nu rechtop. Zijn haar, niet langer een door de zon gebleekte wilde ragebol, lag nu tegen zijn hoofd, in goudbruine krulletjes. Zijn gezicht was nog steeds onverzoenlijk naar voren gestoken, maar de krankzinnige wilde blik in zijn ogen was nu een blauwe schittering. Finnerack was een man zonder warmte, zonder gevoel voor humor, zonder vergevingsgezindheid en met maar weinig eigenschappen die bevorderlijk waren voor een gemakkelijke omgang. Hij was steeds gekleed in het zwart van onverzoenlijkheid en noodlot, een eigenaardigheid die hem de bijnaam 'Zwarte Finnerack' had opgeleverd.

Finnerack had een tomeloze energie. Hij had de Discriminatoren gereorganiseerd met een bot gebrek aan eerbied voor oude procedures, vorige status, of anciënniteit, en men had daarop niet zozeer met wrok als wel met verbazing en ontzag gereageerd. Het Informatiebureau trok hij aan zich, en hij vestigde in elke stad van Shant een onderafdeling, die over de radio in verbinding stond met Garwiy. De Dappere Vrije Mannen werden nog sterker zijn eigen korps, en hij ging hun uniform dragen (maar dan zwart in plaats van licht- en donkerblauw), zonder nog naar zijn andere kleren om te kijken.

De Dappere Vrije Mannen hadden meteen tot de verbeeldings-kracht van heel Shant gesproken. Honderden mannen trokken naar Garwiy, van elke denkbare leeftijd, van alle mogelijke achtergronden. Het was Etzwane niet mogelijk dergelijk grote aantallen van hun hals-banden te ontdoen. Hij ging met Ifness' apparaat naar Doneis, die er een team elektronicatechnici bijhaalde. Voorzichtig haalden ze het uit elkaar en tuurden naar de onbekende onderdelen, de manier waarop ze met elkaar verbonden waren, de onuitputtelijke batterijen. Ze kwamen tot de conclusie dat dit apparaat elektronenbewegingen lokaliseerde en magnetische pulsen uitzond om de elektronen te bevriezen.

Na een groot aantal experimenten wisten de technici de werking van Ifness' apparaat te dupliceren, al waren ze niet in staat het in zo'n compact apparaat onder te brengen. Vijf duplicaten van Ifness' machine werden geïnstalleerd in de kelder van het Hooggerechtsgebouw en ploegen functionarissen werkten dag en nacht aan het verwijderen van de halsbanden van mannen die deel mochten gaan uitmaken van de Dappere Vrije Mannen. Finnerack bepaalde zelf wie er in aanmerking kwam van de mannen die zich aanmeldden. Vaak protesteerden de mannen die hij afwees woedend; Finnerack had daar een standaardantwoord op: "Breng me het hoofd van een Roguskhoi en zijn zwaard en ik maak een Dappere Vrije Man van je." Eens per week kwam er een van de afgewezenen terug naar Finneracks kantoor en gooide met een verachtelijk gebaar hem het hoofd van een Roguskhoi en een zwaard voor de voeten. Finnerack trapte zonder commentaar hoofd en zwaard in een glijkoker en nam de man op in zijn korps. Niemand wist hoevelen hetzelfde hadden geprobeerd en hadden gefaald.

Finneracks energie was zo tomeloos dat Etzwane zich af en toe meer toeschouwer dan deelnemer voelde in de grote gebeurtenissen van de laatste tijd. De toestand was een gevolg van de efficiënte wijze waarop hij een en ander leiding gaf, zei hij tegen zichzelf. Zolang de zaken bevredigend verliepen had hij niets te klagen. Als Etzwane Finnerack iets vroeg, gaf deze duidelijke, zij het wat kortaangebonden antwoorden. Hij scheen Etzwane's belangstelling niet echt prettig te vinden, maar stoorde zich er blijkbaar ook niet aan. Etzwane's ongerustheid werd er alleen maar groter door: vond Finnerack hem futiel, iemand die door de gebeurtenissen was ingehaald en langs de kant van de weg achtergelaten?

Mialambre:Octagon was met zijn 'Gerechtigheid voor Shant'-groepen de kantons ingetrokken. Er kwamen rapporten binnen over zijn activiteiten via berichten van Finneracks Informatiebureau.

Over Dystar was het nieuws minder uitvoerig. Af en toe kwam er een bericht uit een ver oord, dat altijd hetzelfde behelsde: Dystar was gearriveerd, had muziek gespeeld van een onvoorstelbare pracht en was daarna weer zijns weegs gegaan.

✳

Finnerack was verdwenen. Hij was nergens te vinden, niet in zijn vertrekken in de Paganetorens, niet in het Hooggerechtsgebouw, niet in
de kampementen van de Dappere Vrije Mannen.

Drie dagen gingen voorbij voor hij weer opdook. Op Etzwane's
vragen gaf hij eerst ontwijkende antwoorden, toen zei hij dat hij een
paar dagen op het platteland had doorgebracht om wat uit te rusten.

Etzwane vroeg niet verder, maar tevreden was hij bepaald niet. Was
er een vrouw in Finneracks leven? Etzwane dacht van niet. Zijn handelwijze was niet erg kenmerkend voor hem. Hij ging weer met zijn oude
ijver aan de slag, maar Etzwane had de indruk dat hij een tikje minder
zeker was, alsof hij iets te weten was gekomen wat hem perplex had
doen staan of uit het lood had geslagen.

Etzwane wilde meer te weten komen over wat Finnerack had
uitgevoerd, maar daarvoor had hij een beroep moeten doen op het
Informatiebureau, en dat leek hem niet alleen niet passend, maar ook
dwaas. Moest hij dan een tweede, concurrerende inlichtingendienst
opzetten? Belachelijk!

De dag na Finneracks terugkeer bracht Etzwane een bezoek aan
de werkplaatsen van de technici langs de oevers van de Jardeen.
Doneis voerde hem langs een rij banken waar de nieuwe wapens
werden vervaardigd. "Projectielen van zuiver Vier-Een Halcoïde
zijn in de praktijk niet bruikbaar gebleken," zei Doneis. "Ze zetten
bijna ogenblikkelijk uit, en het resultaat is een onaanvaardbaar sterke
terugslag. We hebben drieduizend varianten geprobeerd, en nu
gebruiken we iets dat met ongeveer een tiende van de snelheid van
Vier-Een uitzet. Verder heeft een wapen nu niet meer dan vijftien kilo
ballast nodig. Ook is Halcoïde-Prax harder en minder gevoelig voor
atmosferische wrijving. De nieuwe splinter is nog steeds niet groter
dan een naald. Hier wordt de trekker aan de kolf bevestigd. Dit zijn de
elastische banden die ervoor zorgen dat de ballast niet naar achteren
vliegt. Hier wordt het electret aangebracht en hier de ballast. Hier
wordt gecontroleerd of het mechaniek werkt. En dit is de schietbaan,
waar het vizier op de loop wordt gemonteerd. We hebben ontdekt dat
het projectiel over zijn hele bereik een vrijwel vlakke baan beschrijft.
Ongeveer achttienhonderd meter. Voelt u er wat voor om dit wapen
hier eens te proberen?"

Etzwane nam het wapen van Doneis aan en liet het op zijn schouder rusten. Een gele stip in het telescopisch vizier, recht voor zijn ogen, liet hem zien waar het projectiel terecht zou komen.

"Laat het magazijn in deze houder vallen, zet het dan met deze klem hier vast. Als u nu de trekker overhaalt, wordt het electret door de ballast getroffen en de impuls die daardoor vrijkomt drijft de splinter uit. Wees verdacht op de terugslag; zet u schrap."

Etzwane tuurde door de lens en richtte het wapen zó dat de gele stip samenviel met het glazen doelwit. Hij drukte op de gele knop en voelde op hetzelfde ogenblik een schok die hem achteruitwierp. Op de schietbaan zag hij een streep vuur het nu uiteengespatte doelwit treffen.

Hij legde het wapen neer. "Hoeveel kunt u er maken?"

"Vandaag niet meer dan twintig, maar dat aantal zouden we binnen korte tijd moeten kunnen verdrievoudigen. Ballast is het grootste probleem. We hebben in heel Shant metaal gerekwireerd, maar het komt maar langzaam binnen. De Directeur voor Materiaalvoorziening meldt dat het metaal voorradig is, maar dat er geen vervoer voor is. De Directeur voor Vervoer zegt het tegenovergestelde. Ik weet niet wie ik geloven moet, maar in ieder geval krijgen we geen metaal."

"Ik zal zorgen dat het probleem wordt opgelost," zei Etzwane. "Het zal niet lang meer duren voor u uw metaal hebt. Ondertussen heb ik een wat ander probleem waar ik u wil verzoeken aandacht aan te besteden: twee Roguskhoi welpen, waarschijnlijk tussen de zes en twaalf maanden oud, en nu al kwaadaardig, en gevoelig voor vrouwen. Ik zou het verstandig vinden als we probeerden erachter te komen hoe en waarom ze worden geprikkeld, en hoe die prikkeling in zijn werk gaat. Kortom: gaat het hier om visueel contact, geur, telepathie, of wat dan ook."

"Ik begrijp het volkomen. Dit probleem is om voor de hand liggende redenen belangrijk. Ik zal onze biologen onmiddellijk aan het werk zetten."

Etzwane overlegde eerst met de Estheet Brise, Directeur voor Vervoer, en daarna met Aun Sharah. Zoals Doneis al gezegd had, gaven ze elkaar de schuld van het niet voorradig zijn van aanzienlijke hoeveelheden metaal in Garwiy. Etzwane zocht de zaak tot op de bodem uit en ontdekte dat alles terug te voeren was op een verschil in prioriteiten. Aun Sharah had alle beschikbare schepen gevorderd voor het vervoer van voedsel naar de overvolle kantons langs de kust.

"De gezondheid van de mensen daar is van groot belang," zei Etzwane tegen Aun Sharah, "maar waar wij ons allereerst mee bezig moeten houden is het doden van Roguskhoi, en dat betekent dat metaal vervoerd moet worden naar Garwiy."

"Ik begrijp het volkomen," antwoordde Aun Sharah kortaf. Zijn kalmte en zelfvoldaanheid waren verdwenen, en hij zag er ook niet meer zo welgedaan uit. "Ik doe mijn uiterste best. Bedenk dat dit niet werk is dat ik zelf heb verkozen."

"Geldt dit niet voor ons allemaal? Ik ben musicus, Mialambre is jurist, Brise is Estheet, Finnerack tenensnijder. We mogen ons allen gelukkig prijzen om onze veelzijdigheid."

"Misschien hebt u gelijk," zei Aun Sharah. "Ik hoor dat u grote veranderingen hebt aangebracht in mijn oude Discriminatoren."

"Inderdaad. Heel Shant verandert, en ik hoop dat de verandering niet ten kwade is."

De Roguskhoi trokken verder op door het centrale en oostelijke gedeelte van het noorden van Shant. Ze zwierven ongehinderd rond in Cansume, het grootste deel van Marestiy en grote stukken van Faible en Purpersteen. Drie keer probeerden ze de Maure over te zwemmen om in Groene Steen te komen, maar elke keer bestookte de plaatselijke militie in vissersbootjes de indringers met dexaxgranaten. In het water waren de Roguskhoi hulpeloos, en het was een opbeurend idee om een slachting aan te richten onder tegenstanders die tot dan toe onoverwinnelijk waren gebleken. Het waren echter geen werkelijke successen: de Roguskhoi, onaangedaan door hun eigen verliezen en de opwinding onder de mensen, marcheerden vijftig kilometer stroomopwaarts naar Opaalzand, waar de Maure maar een meter diep was. Daar staken ze met een grote strijdmacht over. Ze waren duidelijk van plan in een wijde boog door Groene Steen, Kaap, Galwand en Glirris te trekken, en de overlevenden van die campagne te verpletteren tegen de troepen Roguskhoi die al tot Azume waren doorgedrongen. Miljoenen mannen zouden worden gedood, miljoenen vrouwen gevangengenomen, en ze zouden het hele noordoosten van Shant in handen hebben — een onvoorstelbaar grote ramp.

Etzwane pleegde overleg met Finnerack, Brise, en San-Sein, die in naam het bevel voerde over de Dappere Vrije Mannen. Ongeveer twee-duizend man waren nu voorzien van de halcoïdewapens. Finnerack was van plan dit korps door Fairlea naar de heuvels aan de voet van de Hwan te sturen, om Seamus en Bastern te verdedigen en de Roguskhoi in hinderlagen te lokken en hun het leven zuur te maken bij hun opmars uit de Hwan. Het noordoosten moest worden opgegeven, zei hij; hij zag niet de zin in van wanhopige halve maatregelen die toch op niets moes-ten uitlopen. Voor het eerst verzette Etzwane zich tegen Finnerack bij het nemen van een belangrijke beslissing. Hij betoogde dat als ze in het noordoosten niets zouden doen, ze miljoenen mensen zouden ver-raden. Dat vond hij een onaanvaardbare gedachte. Finnerack was niet onder de indruk. "Miljoenen zullen nog de dood vinden, de oorlog is bitter. Als we willen winnen moeten we ons harden tegen de dood, en denken in termen van strategie en tactiek in plaats van aan een serie hysterische operaties op kleine schaal te beginnen."

"Dat is op zichzelf een juist uitgangspunt," zei Etzwane. "Aan de andere kant moeten we ons niet in allerlei bochten wringen om te voldoen aan op voorhand opgestelde theorieën. Brise, welke schepen liggen er op het ogenblik in de Schelpbloembaai?"

"Kleine vaartuigen, de Steenbrekerpakketboot, een paar vracht-schepen, vissersbootjes. Ze liggen voor het grootste deel in de haven van Zeekasteel."

Etzwane vouwde zijn kaarten uit. "De Roguskhoi marcheren naar het noorden via het dal van de Maure. De militie moet hun de door-gang beletten met granaten en landmijnen. Als we onze troepen 's nachts aan land zetten, hier, bij het dorp Thran, dan kunnen die deze kam boven de monding van de rivier bezetten. Als de Roguskhoi opda-gen, rekenen we met ze af."

San-Sein boog zich over de kaarten. "Uw plan is uitvoerbaar."

Finnerack gromde en draaide zich half om in zijn stoel.

Etzwane zei tegen San-Sein: "Begeef u met uw mannen naar het Zeekasteel, ga aan boord van de vaartuigen die Brise u ter beschikking zal stellen en vertrek nu meteen naar het oosten."

"We zullen ons uiterste best doen, maar zullen we genoeg tijd hebben?"

"De militie moet drie dagen standhouden, door list en tactisch optreden. Drie dagen van gunstige wind zou genoeg moeten zijn om Thran te bereiken en daar aan land te gaan."

Tweeënveertig pinassen, smakken en treilers, elk met dertig Dappere Vrije Mannen aan boord, voeren uit om het noordoosten te gaan ontzetten. San-Sein zelf stond aan het hoofd van de onderneming. Drie dagen lang hield de gunstige wind aan, maar op de derde nacht werd het windstil, tot grote ergernis van San-Sein, die de haven bij nacht had willen invaren. Toen de dageraad aanbrak, bevond de vloot zich nog achthonderd meter uit de kust, en elke kans op een heimelijk bereiken van hun doel was verkeken. San-Sein verwenste de windstilte en tuurde door een telescoop naar de kust. Plotseling verstijfde hij van schrik. Door de lens zag hij onheilspellende bewegingen die met het blote oog niet te zien waren. De huizen om de haven van Thran waren volgepakt met Roguskhoi. De militie had geen stand weten te houden. De Roguskhoi waren doorgebroken naar de zee en hadden nu zelf een hinderlaag gelegd.

Bij het opkomen van de zon was ook een briesje opgestoken dat rimpels over het water joeg. San-Sein gelastte zijn schepen om dicht bij elkaar te gaan varen en gaf nieuwe bevelen.

Voor de frisse bries uit voer de vloot de haven in, maar in plaats van vast te maken aan de kade, of het anker uit te gooien lieten ze zich op het kiezelstrand aan de grond lopen. De Dappere Vrije Mannen gingen van boord, stelden zich op in tirailleursformatie, en trokken langzaam op naar de huizen om de haven, waar de duivelsmaskers van de Roguskhoi nu openlijk te zien waren.

Als mieren uit een kapotgetrapte mierenhoop stormden de Roguskhoi opeens de huizen uit en vielen de Dappere Vrije Mannen op het strand aan. Duizend strepen gloeiende lucht vlogen hen tegemoet en de aanval werd in bloed gesmoord.

Via de radio van het Informatiebureau bracht San-Sein verslag uit aan Etzwane en Finnerack. "We hebben niet één man verloren, en zeshonderd Roguskhoi gedood. Een even groot aantal is teruggetrokken op de monding van de Maure, of zelfs nog verder stroomopwaarts. Er is geen twijfel meer mogelijk: met deze wapens kunnen we op de wezens jagen of het manke ahulfs zijn. Maar dit is niet het hele verhaal. We zijn in onze opzet geslaagd, maar alleen omdat we geluk hebben gehad. Als we de haven in het donker waren ingevaren, zoals het plan oorspronkelijk was, dan zou ik nu niet hier zitten om de ramp door te geven. De Roguskhoi waren van onze komst op de hoogte; ze stonden ons op te wachten. Wie heeft ons verraden?"

"Wie was er van de plannen op de hoogte?" vroeg Etzwane.

"Niet meer dan vier personen: de mensen die de plannen hebben bedacht."

Etzwane dacht na. Finnerack keek met een frons op zijn voorhoofd naar de radio.

"Ik zal een onderzoek instellen," zei Etzwane. "Ondertussen hebben we het noordoosten gered, een reden tot grote blijdschap. Achtervolg de Roguskhoi, drijf ze in het nauw, maar wees op uw hoede; pas op dat u niet in een hinderlaag loopt en vermijd nauwe ravijnen en dergelijke. Eindelijk ziet de toekomst er rooskleurig uit."

Finnerack gromde spottend. "Gastel Etzwane, u bent een optimist die niet verder kijkt dan zijn neus lang is. De Roguskhoi zijn op Shant afgestuurd om ons te vernietigen; gelooft u werkelijk dat de mensen die voor hen verantwoordelijk zijn, ik bedoel de Palasedranen, zich zó gemakkelijk gewonnen zullen geven? De toekomst verhult alleen maar nieuwe moeilijkheden."

"We zullen wel zien," zei Etzwane. "En ik moet zeggen dat dit de eerste keer is dat iemand mij een optimist heeft genoemd."

Toen hij verslag uitbracht aan Brise over hoe de onderneming afgelopen was, informeerde Etzwane ook of het doelwit soms uitgelekt kon zijn. Brise was stomverbaasd en zeer verontwaardigd. "Wilt u weten of ik iemand iets heb verteld? Waar houdt u me voor, voor een dwaas? Mijn antwoord is een ondubbelzinnig nee."

"Mijn vraag was slechts een formaliteit," zei Etzwane. "Om de affaire geheel af te sluiten, bestond er een afspraak of een overeenkomst tussen u en de Dienst voor Materiaalvoorziening?"

Brise aarzelde, toen zei hij, zijn woorden zorgvuldig kiezend: "Er werd beslist niet gerept over een aanval vanuit zee."

Etzwane was verdacht op de subtielste intonatieverschillen. "Zo. Waar ging uw gesprek over?"

"Over een triviale zaak. De Directeur wilde dat er schepen naar Oswiy gestuurd werden, toevalligerwijs op dezelfde dag als waarop uw aanval zou plaatsvinden. Ik zei dat dat niet mogelijk was en merkte daarbij schertsend op dat hij in plaats daarvan beter om schepen naar de monding van de Maure had kunnen vragen." Brise aarzelde. "Misschien zou dit in zekere zin als een indiscrete opmerking beschouwd kunnen worden als de persoon met wie ik sprak iemand anders was geweest dan de Directeur voor Materiaalvoorziening."

"Juist," zei Etzwane. "Wilt u voortaan met niemand meer grapjes maken?"

Finnerack klampte Etzwane de volgende dag aan. "Wat zei Brise?"

Etzwane had al over zijn antwoord nagedacht. Een ontwijkend of onwaar antwoord geven zou niet in overeenstemming zijn met zijn integriteit. "Brise houdt vol dat hij volkomen discreet is geweest. Maar hij heeft Aun Sharah schertsend verzocht goederen klaar te hebben staan bij de monding van de Maure."

Finnerack maakte een geluid in zijn keel. "Ah! Dus nu weten we het!"

"Daar lijkt het wel op, ja. Ik moet nadenken over wat mij te doen staat."

Finneracks blonde wenkbrauwen gingen ongelovig omhoog. "Wat u te doen staat? Is daar dan nog enige twijfel over mogelijk?"

"Zeker wel. Als we er nu eens van uitgaan dat Aun Sharah, net als Sajarano, een overwinning van de Roguskhoi voorstaat, dan is de vraag waarmee wij ons bezig moeten houden 'Waarom?' Zowel Sajarano als Aun Sharah zijn mannen van Shant, ze zijn in Shant geboren en getogen. Waarin verschillen zij van de andere inwoners van dit land? Verlangen naar macht of rijkdom? Onmogelijk bij Sajarano. Wat zou hij nog meer willen hebben dan hij al had? Hebben de Palasedranen hen in hun macht gekregen met een verdovend middel? Hebben ze een telepathische manier ontdekt om gehoorzaamheid af te dwingen? We moeten deze zaken tot op de bodem uitzoeken, vóór met u en mij hetzelfde gebeurt. Want waarom zouden wij immuun zijn voor dit soort technieken?"

Finneracks mond vertrok zich in zijn verwrongen wilde glimlach. "Dezelfde vraag is vaak bij mij opgekomen, vooral wanneer u onze vijanden zacht aanpakt."

"Dat doe ik niet, wees daarvan overtuigd," zei Etzwane. "Maar ik moet subtiel te werk gaan."

"En zijn straf dan?" snauwde Finnerack. "Aun Sharah had de dood op het oog van twaalfhonderd Dappere Vrije Mannen! Moet hij vrijuit gaan omdat we hem subtiel moeten aanpakken?"

"Het bewijs voor zijn schuld is nog niet geleverd. Aun Sharah ombrengen uit wantrouwen of uit woede haalt absoluut niets uit. We moeten achter zijn motieven zien te komen."

"En de Dappere Vrije Mannen dan?" riep Finnerack geëmotioneerd. "Moeten zij willens en wetens hun levens op het spel zetten? Ik ben hun verantwoording schuldig, en ik moet hen beschermen."

"Finnerack, u bent niet aan de Dappere Vrije Mannen verantwoording schuldig, maar aan het centrale gezag van Shant, aan mij dus. U moet niet toestaan dat uw gezonde verstand het onderspit delft in een confrontatie met energie en emotie. Laten er hierover geen onduidelijkheden bestaan: als u meent dat u niet kunt werken binnen een veelomvattend schema moet u zich uit de regering terugtrekken en met iets anders bezig gaan houden." Etzwane doorstond Finneracks vlammende blauwe blik zonder zijn ogen af te wenden. "Ik zeg niet dat ik onfeilbaar ben," ging hij verder. "Wat Aun Sharah betreft, ik ben het met u eens dat hij waarschijnlijk schuldig is. Maar het is absoluut noodzakelijk dat we erachter komen wat er achter zijn daden zit."

"Die wetenschap is nog niet het leven van één man waard," zei Finnerack.

"Hoe weet u dat?" vroeg Etzwane. "We weten nog niet wat erachter zit, en hoe kunt u dan de waarde ervan bepalen?"

"Op het ogenblik heb ik geen tijd voor deze zaken." gromde Finnerack. "De Dappere Vrije Mannen nemen al mijn tijd in beslag."

Dit was de kans waar Etzwane op had gehoopt. "Ik ben het met u eens dat u veel te veel werk hebt. Ik zal iemand anders de leiding geven van het Informatiebureau, en u ook laten assisteren bij het leiden van de Dappere Vrije Mannen."

Finneracks grijns werd wolfachtig. "Ik heb geen hulp nodig met de Dappere Vrije Mannen."

Etzwane negeerde hem. "Ondertussen zullen we Aun Sharah goed in het oog houden en hem niet de gelegenheid geven om ons schade te berokkenen."

Na Finneracks vertrek bleef Etzwane peinzend achter. De zaken leken de goede kant op te gaan. De nieuwe wapens hadden veel succes gehad. Mialambre en Dystar droegen, ieder op zijn manier, bij aan de nieuwe natie die Shant nu moest worden. Finnerack, met zijn heftige emoties en koppige gedrag, was het dringendste probleem. Finnerack was een man die niet gemakkelijk in de hand te houden was, niet eens beïnvloed kon worden. Etzwane lachte kort en sardonisch. Toen hij overal nog alleen had voorgestaan en bepaald niet zeker van zichzelf was geweest, had hij een trouwe, betrouwbare helper willen hebben en had hij gedacht aan het gezicht van de kalme blonde jongeman die hij in Angwin-Wissel had ontmoet. De Finnerack die hij in dienst had genomen, was een man die volkomen ongeschikt was voor wat Etzwane voor de geest stond. Hij was koppig, balsturig, twistziek, eigenzinnig, niet openhartig, somber, onbuigzaam, wraakzuchtig, bekrompen, pessimistisch, niet bereid tot een gezamenlijke krachtsinspanning, en misschien zowel onbetrouwbaar als onoprecht. Toegegeven, Finnerack had heel goede dingen gedaan met de Dappere Vrije Mannen en het Informatiebureau, maar daar ging het nu niet om. Etzwane's oorspronkelijke angst was nu verdwenen. Hoe het ook met hemzelf zou aflopen, de oorlog tegen de Roguskhoi zou ook zonder hem wel doorgaan. Het nieuwe Shant was ontegenzeglijk bezig te ontstaan. Over twintig jaar, ten goede of ten kwade, zouden halsbanden dingen zijn die je in een museum bekeek, en zou de Anome een ander soort macht uitoefenen. (Wie zou er dan Anome zijn: Mialambre:Octagon? Dystar? San-Sein?)

Etzwane tuurde het Corporatieplein af. Het was aan het schemeren. Vanavond moest hij de tactiek bepalen die hij tegenover Aun Sharah zou gaan volgen.

Hij liep zijn kantoor uit en de trap af naar het plein. De mensen in Garwiy hadden de grote overwinning in het noordoosten vernomen.

Onder het lopen ving Etzwane flarden van opgewonden gesprekken op. Hij dacht aan Finneracks sombere voorspelling. Misschien had Finnerack wel gelijk. Misschien moesten ze het ergste nog wel krijgen.

Etzwane ging naar zijn suite in de Roseale Hrindiana waar hij eerst een bad wilde nemen, daarna eten, en vervolgens rapporten bestuderen, misschien nog wat minnekozen met Dashan van Szandales. Hij opende de deur. De suite was schemerig, bijna donker. Vreemd! Wie had het licht uitgedraaid? Hij stapte naar binnen en raakte de lichtstaaf aan. Het bleef donker. Etzwane werd duizelig. De lucht had een vreemde, bijtende geur. Hij wankelde naar een bank, bedacht zich toen en probeerde de deur te bereiken. Zijn zintuigen lieten hem in de steek. Hij probeerde tastend bij de deur te komen, hij voelde de kruk… Een hand greep hem bij zijn arm en leidde hem half-bewusteloos terug, de kamer in.

Alles was niet zoals het zou moeten zijn, dacht Etzwane. Hij voelde zich heel slecht op zijn gemak, en ook moe en loom, alsof zijn slaap doorspookt was met nachtmerries. Hij ging rechtop zitten, voelde zich op een manier waar hij geen verklaring voor had zwak. Misschien had hij het echt wel gedroomd: de duisternis, het doffe gevoel, de hand op zijn arm, en toen — stemmen.

Hij stond op en liep naar het raam om uit te kijken over het park dat bij de Roseale Hrindiana hoorde. Het was vroeg in de ochtend, rond het ogenblik waarop hij meestal opstond. Hij liep de badkamer in en staarde verbaasd naar het verwilderde gezicht in de spiegel. Hij had een zwarte stoppelbaard, zijn pupillen waren groot en donker. Hij nam een bad, schoor zich, kleedde zich aan en ging naar beneden naar de tuin, waar hij ontbeet. Hij ontdekte dat hij een verschrikkelijke honger had, en dorst ook. Vreemd. Bij zijn ontbijt kreeg hij ook een exemplaar van het ochtendjournaal. Zijn oog viel op de datum. Shristdag? Gisteren was het Zaeldag geweest, morgen was het Ettadag. Shristdag? Ergens klopte er iets niet.

Langzaam liep hij naar het Hooggerechtsgebouw. Dashan begroette hem verrast en opgewonden. "Waar bent u toch geweest? We waren allemaal buiten zinnen van bezorgdheid!"

"Ik ben weggeweest," zei Etzwane. "Ergens heen."

"Drie dagen lang? Dat had u me moeten vertellen," zei Dashan bestraffend.

Finnerack was ook drie dagen weggeweest, bedacht Etzwane. Vreemd.

HOOFDSTUK XI

IN GARWIY WAS DE LUCHT doortrokken van een nieuw gevoel: hoop en opwinding, vermengd met droefenis over het einde van een lang, kalm tijdperk. Kinderen kregen geen halsband meer om, en het was bekend dat na de oorlog alle mensen die dat waard waren hun hals-banden kwijt zouden raken. En wet en discipline dan? Wie zou zorgen dat de vrede gehandhaafd werd als de Anome de laatste van zijn dwin-gende bevoegdheden kwijt was? Ondanks alle opwinding heerste overal ook enige onzekerheid. Lange uren zat Etzwane de toestand te overpeinzen. Hij was bang dat hij de nieuwe Anome een ergernis-wekkend aantal problemen naliet.

Dystar keerde terug naar Garwiy en liet zich bij Etzwane aandienen. "Ik heb zo goed ik kon gedaan wat u me hebt gevraagd te doen. Mijn taak is ten einde. Het volk van Shant is een; de gebeurtenissen hebben het een gemaakt."

Plotseling besefte Etzwane dat zijn besluiteloosheid kunstmatig was geweest. De Anome van Shant moest een man zijn met een zo ruim mogelijk gezichtsveld en een zo groot mogelijke verbeeldingskracht. "Dystar," zei hij, "uw taak is ten einde, maar een andere taak ligt u te wachten, een taak die alleen u aankunt."

"Dat betwijfel ik," zei Dystar. "Waaruit bestaat die taak?"

"U bent nu Anome over Shant."

"Wat? Onzin. Ik ben Dystar."

Etzwane was ontsteld door Dystars ergernis. Stijf zei hij: "Mijn hoop betreft alleen Shant. Iemand moet Anome zijn, en ik vond dat ik de geschiktste man daarvoor moest uitzoeken."

Dystar, nu half-vermaakt, zei wat minder bars: "Ik heb noch de lust, noch het juiste temperament voor dit soort zaken. Wie ben ik om een oordeel te vellen over de diefstal van een os of om de belasting op kaarsen uit te rekenen? Als ik macht had, zou ik wilde dingen doen die het land alleen maar schade berokkenden: torens tussen de wolken, pleziervaartuigen van anderhalve kilometer lang om musici tussen de eilanden van de Beljamar te vervoeren, expedities naar het Verloren Koninkrijk van Caraz. Nee, Gastel Etzwane, uw visie gaat uit boven uw gevoel voor wat in de praktijk mogelijk is, dat is vaak zo bij een musicus. Neem de wijze Mialambre als Anome, of, nog beter, neem helemaal niemand, want wat heeft een Anome voor nut als hij geen halsbanden meer kan laten ontploffen?"

"Alles goed en wel," zei Etzwane, in zijn wiek geschoten, "maar, om terug te keren naar het gevoel voor het praktisch haalbare waarin ik blijkbaar op zo'n miserabele manier tekortschiet, wie zou er dan met de regering belast moeten zijn? Wie zou er bevelen uitvaardigen? Wie zou er straffen opleggen?"

Dystar was zijn belangstelling al kwijtgeraakt. "Dat moet worden gedaan door specialisten, door mensen die belangstelling hebben voor dit soort zaken. En ik moet vertrekken, misschien wel naar Shkoriy. Ik kan geen muziek meer maken; ik ben uitgespeeld."

Verbaasd boog Etzwane zich naar de ander over. "U kunt toch niet verwachten dat ik dat geloof? Wat is de overweging achter uw besluit?"

Dystar haalde zijn schouders op en glimlachte. "Ik ben verlost van de halsband en ken nu de blijdschap die komt met de vrijheid, tot mijn grote verdriet."

"Hmmf... Maar begeef u niet naar Shkoriy om daar somber te gaan zitten peinzen. Is er iets dat futieler is? Zoek Frolitz op, voeg u bij zijn troep, dat is een goed medicijn tegen melancholie, dat kan ik u verzekeren."

"U hebt gelijk," zei Dystar. "Dat zal ik doen. Dank u voor uw wijze raad."

Enkele ogenblikken lang trilde het geheim op Etzwane's lippen, maar hij zei alleen: "Ik wou dat ik met u mee kon gaan." Op een vrolijke avond in een verre taveerne, als de troep kannen wijn voor zich had staan en over alles en niets praatte, zou Fordyce of Mielke of Cune of zelfs Frolitz Dystar vertellen over zijn band met Etzwane.

✳

Dystar was heengegaan. Als een losse vingeroefening probeerde Etzwane een theoretische regering te bedenken waar Shant evenzeer mee gebaat zou zijn als met een wijze, besluitvaardige Anome. Hij raakte geïnteresseerd in zijn probeersels, schaafde dingen bij, bracht een aantal wijzigingen aan, en even later lag er een schema voor hem dat heel goed uitvoerbaar leek.

Het voorzag in twee onderling verbonden regeringsorganen. Het eerste, de Raad van Patriciërs, zou zijn samengesteld uit de directeuren van transport, handel, economie, verbindingen, justitie, strijdkrachten, verder een Estheet uit Garwiy, een musicus, een wetenschapsman, een historicus, twee vooraanstaande burgers, en twee leden die zouden worden benoemd door de tweede raad. De Raad van Patriciërs zou voor zijn eigen opvolging zorgdragen door zelf zijn leden te verkiezen, en hen zo nodig te verwijderen met een tweederde meerderheid. Eén persoon uit deze groep zou worden gekozen tot Eerste van Shant en zou dat ambt drie jaar vervullen, tenzij hij voor die tijd werd weggestemd met een tweederde meerderheid.

Het tweede lichaam, de Raad van Kantons, zou bestaan uit vertegenwoordigers van alle tweeënzestig kantons, en verder afgevaardigden van de steden Garwiy, Brassei, Maschein, Oswiy, Ilwiy en Whearn.

De Raad van Kantons kon wetsvoorstellen doen en de Raad van Patriciërs verzoeken bepaalde maatregelen te nemen. Verder zou de Raad de bevoegdheid hebben een lid van de Raad van Patriciërs uit te stoten als voor dat voorstel een tweederde meerderheid te vinden was. Een afzonderlijk Rechtscollege zou de gelijkberechtigdheid van iedere inwoner van Shant garanderen. De Directeur van Justitie zou worden gekozen uit de leden van het Rechtscollege.

Etzwane riep Mialambre:Octagon, Doneis, San-Sein, Brise en Finnerack bijeen en zette zijn voorstellen uiteen. Allen waren het erover eens dat zijn systeem de moeite van het proberen waard was, en alleen Finnerack had ernstige bezwaren. "U ziet één ding over het hoofd: in Shant leiden de magnaten die hun rijkdom hebben verworven ten koste van de inspanningen van anderen een comfortabel leventje. Moeten in uw nieuwe systeem geen bepalingen worden ingebouwd om hen een schadeloosstelling te laten betalen?"

"Dat is meer een kwestie voor de rechterlijke macht," zei Etzwane.

Finnerack begon zich mee te laten slepen door zijn emoties. "En waarom zouden sommigen moeten zwoegen voor een korst brood, terwijl uitbuiters met hun lange vingers het Feestmaal der Vijf en Veertig Gerechten naar binnen werken? De goede dingen zouden eerlijk verdeeld moeten worden, we zouden met dit nieuwe systeem moeten beginnen op basis van gelijkheid."

"Uw mening geeft blijk van onbaatzuchtigheid en strekt u tot eer," zei Mialambre. "Het enige wat ik kan zeggen is dat dit soort drastische herverdelingen ook in het verleden weleens heeft plaatsgevonden, maar het resultaat van deze pogingen is steeds chaos geweest, en een wrede tirannie van het een of andere soort. Dit is de les die de geschiedenis ons leert, en we moeten er niet tegenin gaan."

Finnerack zei verder niets meer.

Zeven compagnieën Dappere Vrije Mannen, aangevuld met de nu geestdriftig vechtende militie vielen de Roguskhoi op vier brede fronten aan. De Roguskhoi pasten zich aan hun nieuwe kwetsbaarheid aan door alleen 's nachts te marcheren, en zich schuil te houden in bossen en woeste gebieden. Ze vielen alleen bij verrassing aan en zochten dan altijd vrouwen. Soms namen ze daarbij enorme risico's. Met tegenzin trokken ze zich uit de kantons langs de kust terug op Marestiy en Faible.

Etzwane kreeg een rapport van Doneis, de Directeur voor Technisch Onderzoek. "De Roguskhoiwelpen zijn uitvoerig bestudeerd. Het blijken buitengewoon eigenaardige wezens te zijn, en het valt ons niet gemakkelijk begrip op te brengen voor hun gelijkenis met mensen. Niettegenstaande dit hebben zij een menselijke gastvrouw nodig om hun nakomelingen tot ontwikkeling te laten komen. In wat voor soort omgeving zouden ze zo kunnen zijn ontwikkeld?"

"In Palasedra, zo gaan de geruchten tenminste."

"Mogelijk; de Palasedranen zijn al geruime tijd bezig met het ontwikkelen van een ras van krijgers. Een paar zeelieden die op Caraz hebben gevaren beweren dat ze hen gezien hebben. Het is een groot raadsel."

"Hebt u ontdekt hoe de Roguskhoi vrouwen identificeren?"

"Dat was heel gemakkelijk. Ze worden aangetrokken door een van de vrouwelijke essences, even feilloos als een ahulf door een kadaver.

Zelfs het geringste vleugje bespeuren ze, en dan banen ze zich een weg door allerlei obstakels om maar bevrediging te verkrijgen."

De Dappere Vrije Mannen waren nu meer dan vijfduizend man sterk. Finnerack was gereserveerder en fanatieker dan ooit. In zijn hart leek wrok te branden als vuur in een kachel. Etzwane's ongerustheid werd sterker naarmate Finnerack zich vreemder ging gedragen. Om het gezag van de ander wat te beperken deelde Etzwane het bevel op in vijf stukken. Zwarte Finnerack werd Bevelhebber voor Strategie, San-Sein werd Bevelhebber voor Operaties te Velde, en verder waren er nog Bevelhebbers voor Logistiek, Rekrutering en Training, en Bewapening.

Met kille woede protesteerde Finnerack tegen de nieuwe regeling. "Altijd maakt u de dingen maar ingewikkelder en onhandiger! In plaats van een Anome geeft u ons honderd politici, en een verantwoorde-lijke commandant die voor zijn taak is berekend, vervangt u door een comité dat uit vijf man bestaat. Is dit verstandig? Ik vraag mij af wat uw motieven zijn!"

"Die zijn heel eenvoudig," antwoordde Etzwane. "Eén Anome kan Shant niet langer regeren, honderd mannen zijn daarvoor nodig. De oorlog, de legers van Shant, de strategie, de tactiek en de doelen van die legers zijn evenzeer te veelomvattend om onder één man te vallen."

Finnerack rukte zijn zwarte hoed van zijn hoofd en gooide hem in een hoek. "U onderschat mij."

"Dat is niet het geval, dat verzeker ik u," zei Etzwane.

Een ogenblik lang keken de twee elkaar niet al te vriendelijk aan. Etzwane zei: "Gaat u zitten. Ik wil u iets vragen."

Finnerack liep naar een bank, ging zitten, leunde achterover en legde zijn zwarte laarzen op het Burazhesq-tapijt. "Wat wilt u weten?"

"Korte tijd geleden bent u drie dagen lang verdwenen. Bij uw terug-keer hebt u niet verteld waar u al die tijd geweest bent. Wat is er met u die drie dagen gebeurd?"

Finnerack gromde zuur. "Dat is niet belangrijk."

"Volgens mij wel," zei Etzwane. "Een paar dagen geleden liep ik mijn suite binnen en werd toen bedwelmd door een soort gas, denk ik. Drie dagen later werd ik wakker, zonder te weten wat er in de tussentijd met mij was gebeurd. Is dat hetzelfde als wat met u is gebeurd?"

"Min of meer." Finnerack zei het met tegenzin.

"Hebt u soms gemerkt dat dit voorval gevolgen gehad heeft? Voelt u zich op de een of andere manier anders?"

Weer duurde het even voor Finnerack antwoord gaf. "Natuurlijk zijn er geen verschillen. Voelt u zich soms anders, hoe dan ook?"

"Nee. In het geheel niet."

Finnerack vertrok. Etzwane had er nog steeds geen idee van hoe Finneracks geest werkte. Hij had geen voor de hand liggende zwakten: hij gaf niets om comfort, rijkdom, drank, mooie vrouwen, een gemakkelijk leven. Dat kon Etzwane van zichzelf niet zeggen, al besefte hij heel goed de gevaren die in een toegeven aan zijn eigen kwade eigenschappen besloten lagen en probeerde hij daarom zo sober mogelijk te leven. Dashan van Szandales was zijn maîtresse geworden; Etzwane had nooit zeker geweten of dat het gevolg was van haar initiatief of van het zijne. Etzwane was er wel mee in zijn schik omdat het hem zeer gelegen kwam. Te zijner tijd, als hij weer musicus werd, zou de zaak ongetwijfeld anders komen te liggen.

San-Sein, de Bevelhebber voor Operaties te Velde, kwam op een ochtend Etzwane's kantoor binnen met een stel opgerolde kaarten. "Dit is de kans om een grote slag te slaan," zei hij. "De Roguskhoi houden niet langer koppig stand: ze trekken terug naar de Hwan. Eén horde trekt naar het zuiden door Ascalon en Seamus, een tweede heeft zich uit Ferriy teruggetrokken op Bastern, en een derde colonne heeft Cansume verlaten, is Zuid-Marestiy binnengetrokken en marcheert nu naar Bundoran. Ziet u waarheen ze allemaal op weg zijn?"

"Als ze van plan zijn zich terug te trekken op de Wilde Landen, dan is het heel waarschijnlijk dat ze door de Murkvallei zullen gaan."

"Precies. Dit is mijn plan, en ik heb het al besproken met Finnerack die er zijn goedkeuring aan heeft gehecht. Als we nu eens deze kolonne van achteren blijven aanvallen, genoeg om ervoor te zorgen dat ze op hun hoede blijven, maar dat we hier bij de Murkpas een hinderlaag leggen."

"Alles goed en wel," zei Etzwane, "maar hoe wilt u troepen naar de Murkpas overbrengen?"

"Ziet u hier het ballonspoor en de richting van waaruit de wind

meestal waait? Als we veertig ballons volladen in Oswiy en ze loskoppelen van de glijschoenen zijn ze binnen zes uur bij de Murkpas.
De stuurman hoeft alleen maar de ballon aan de grond te zetten om de
soldaten uit te laten stappen, dan kan hij verder vliegen naar het zuiden,
naar het Grote Heuvelspoor."

Etzwane dacht na. "Het klinkt heel aantrekkelijk. Maar de windrichting? Ik ben in Bashon geboren, en ik weet nog wel dat de wind even
vaak uit het noorden als uit het zuiden kwam. Hebt u overleg gepleegd
met de meteorologen?"

"Nog niet. Deze pijlen hier op de kaart geven de windrichting aan."

"Het plan is veel te riskant. Als we eens met windstilte te maken
krijgen? Dat komt in dit jaargetijde vaak voor. Dan zijn veertig ballonnen met hun mannen gestrand, diep in de Wilde Landen. We moeten
geen ballonnen hebben, maar zwevers." Etzwane dacht opeens aan de
mensen in Kanton Whearn die hij opdracht had gegeven om zwevers
te bouwen. Hij dacht een ogenblik na, en boog zich toen over de kaart.
"De Murkpas is het punt waarnaar ze hoogstwaarschijnlijk op weg
zijn. Als de Roguskhoi nu eens te weten kwamen dat ze daar in een
hinderlaag zouden worden gelokt? Ze zouden dan heel goed bij Bashon
kunnen afbuigen naar het westen, langs Kozan heen, en daarna naar
het zuiden gaan, de Wilde Landen in. We kunnen zonder veel moeite
troepen overbrengen naar Kozan. Het ballonspoor loopt er maar dertig
kilometer vandaan. Hier, op de Hoogten van Kozan, daar moeten we
onze hinderlaag leggen."

"Maar hoe zorgen we ervoor dat de Roguskhoi te weten komen dat
ze bij de Murk in een hinderlaag gaan lopen?"

"Laat dat maar aan mij over. Ik weet een subtiele manier. Als die
werkt, hebben we reden tot vreugde. Als hij niet werkt, zijn we niet
slechter af dan tevoren. Uw instructies luiden als volgt: vertel niemand
dat er geen hinderlaag zal worden gelegd in het Murkdal. Dit moet
een geheim blijven tussen ons tweeën. Zorg dat uw troepen in Oswiy
klaarstaan, laat hen aan boord gaan van de ballons, maar koppel dan de
ballonnen niet los, maar stuur ze over het ballonspoor naar het zuiden.
Ga in Seamus van boord, marcheer dan naar de Hoogten van Kozan en
leg u daar in hinderlaag."

San-Sein vertrok. De val was gezet. Weer zou het nieuws via Brise moeten uitlekken naar Aun Sharah.

Etzwane ging naar de telefoon en riep de man op die de radio van het Informatiebureau bediende. "Breng een verbinding tot stand met Pelmonte in Kanton Whearn. Vraag de hoofdmeester aan de microfoon te komen, en laat het mij weten als het zover is."

Een uur later hoorde Etzwane de stem van de hoofdmeester van Whearn. Hij zei: "Weet u nog dat enige maanden geleden Gastel Etzwane, de assistent van de Anome, door Whearn gekomen is?"

"Zeker."

"Ik drong er toen bij u op aan om zwevers te bouwen. Hoever bent u daar op dit ogenblik mee?"

"We hebben gedaan wat u ons verzocht, en zwevers gebouwd volgens het beste ontwerp waar we de hand op konden leggen. Toen er twaalf gebouwd waren en we nog niets van u gehoord hadden, zijn we wat minder haastig gaan bouwen."

"Ga weer zo snel u kunt aan het werk. Ik zal mannen naar Whearn sturen om ze op te halen."

"Bent u van plan ook vliegers te sturen?"

"Er staat niet een vlieger tot onze beschikking."

"Dan moeten er vliegers getraind worden. Stuur een groep betrouwbare mannen naar Pelmonte. Na verloop van tijd zullen die de zwevers overal heenvliegen waar u maar wilt."

"Dit zal geschieden. Dankzij mannen als u zijn de Roguskhoi op de terugtocht. De laatste paar maanden hebben wij veel bereikt."

HOOFDSTUK XII

BRISE ZEI TEGEN ETZWANE: "Ik heb gedaan wat u me hebt gezegd te doen. Aun Sharah is op de hoogte van de hinderlaag bij de Murkpas. Maar het was een taak waarvoor ik mij niet geschikt acht."

"Ik evenmin. Maar het moet gebeuren. Nu moeten we afwachten hoe de zaak zich ontwikkelt."

Elk uur kwamen de meldingen binnen. Een kolonne Roguskhoi, bestaande uit vier benden, de totale Roguskhoilegermacht die Noordoost-Shant onder de voet had gelopen, marcheerde naar het zuiden, langs het Murkdal. Een onbekend aantal vrouwen werd meege-voerd. Dappere Vrije Mannen op lopers vielen voortdurend de flanken en de achterhoede van de Roguskhoi aan, en leden zelf verliezen door tegenmanœuvres van de Roguskhoi; de weg die de kolonne had ge-volgd lag bezaaid met lijken.

De horde naderde Bashon, waar de tempel, die er verlaten en troos-teloos bijlag, al de eerste tekenen van verval begon te vertonen.

Bij de Rododendronweg hield de kolonne stil. Zes hoofdmannen, herkenbaar aan hun nekriempjes en de pantsers op hun borst, overleg-den met elkaar en tuurden het Murkdal af in de richting van de Hwan. Ze aarzelden echter niet, en de kolonne boog af naar het oosten over de Rododendronweg en marcheerde onder de grote, donkere bomen door. Toen hij dat hoorde, dacht Etzwane aan hoe een klein jongetje, Mur geheten, in het stof onder diezelfde bomen had gespeeld. Aan het eind van de Rododendronweg, toen er weer open terrein voor hen lag, hielden de hoofdmannen opnieuw stil om te overleggen. Een bevel werd doorgegeven en een aantal Roguskhoi nam posities in tussen

de bomen aan weerszijden van de Weg. De dreiging van hun kromzwaarden verhinderde de cavalerie om de terugtrekkende horde al te
dicht op de huid te blijven zitten. De bereden Dappere Vrije Mannen
moesten terug en aan de noord- of zuidzijde om de Weg heentrekken.

De Roguskhoi verlieten de Weg en trokken naar het zuiden, de lage
heuvels aan de voet van de Hwan in. Boven hen verrezen de Hoogten van
Kozan, een aantal grijze kalkheuvels, met overal oude holen en tunnels.

De Roguskhoi waren nu dicht bij de Hoogten. Uit het westen kwam
een compagnie Dappere Vrije Mannen op hen afmarcheren. Uit het
oosten kwam de cavalerie die steeds de achterhoede had aangevallen.
De Roguskhoi draafden verder naar de Hwan, en kwamen zo vlak langs
de Hoogten van Kozan. Uit de holen en gaten spoten plotseling witte
strepen vuur. Uit het oosten en het westen drongen de Dappere Vrije
Mannen op.

Plakkaten in de kleuren purper, groen, lichtblauw en wit maakten de
nieuwe regering van Shant bekend:

> De Dappere Vrije Mannen hebben ons land bevrijd.
> Hierover zijn wij verheugd, en wij zijn dankbaar over de
> eenheid van Shant. De Anome is welwillend teruggetreden
> ten gunste van een open en verantwoordelijke regering,
> die zal bestaan uit een Purperen Huis van Patriciërs en
> een Groen Huis van Kantons. Drie manifesten zijn al
> uitgevaardigd:
>
> *Halsbanden worden afgeschaft.*
> *Er zullen belangrijke wijzigingen worden aangebracht in het contractstelsel.*
> *Godsdienstige stelsels mogen geen misdaden meer begaan.*
>
> Het Purperen Huis bestaat uit de volgende leden:

Daaronder volgde een lijst met de namen van de directeuren en
hun functies. Gastel Etzwane, directeur zonder portefeuille, werd tot
Algemeen Directeur benoemd. Jerd Finnerack was tweede Algemeen
Directeur. San-Sein was Directeur voor Militaire Aangelegenheden.

✳

Aun Sharah's kantoor was gevestigd op de hoogste verdieping van een oud gebouw van blauw en wit glas, achter het Corporatieplein, bijna aan de voet van de Ushkadel. Het was heel groot, en op een bijna excentrieke manier leeg. De hoge muur aan de noordkant bestond geheel uit doorzichtige glaspanelen. De werktafel stond in het midden van de kamer. Aun Sharah zat erachter, terwijl hij naar het noorden keek door de enorme glazen wand. Toen Etzwane en Finnerack binnentraden knikte hij hen beleefd toe en kwam overeind. Vijf seconden lang bleef het stil en stonden de drie mannen roerloos in het grote lege vertrek, voorbeschikt als spelers op een toneel.

Formeel zei Etzwane: "Aun Sharah, wij zien ons gedwongen tot de conclusie te komen dat uw werk niet strookt met het belang van Shant."

Aun Sharah glimlachte, alsof Etzwane hem een compliment had gemaakt. "Het valt niet mee om iedereen tevreden te stellen."

Langzaam deed Finnerack een stap naar voren, toen weer een stap achteruit en zei niets.

Etzwane, wat in verwarring geraakt door Aun Sharah's beminnelijke reactie, zei: "Het bewijs dat u Shant een aantal malen schade hebt proberen te berokkenen is geleverd. Maar het is ons niet duidelijk wat uw motieven daartoe kunnen zijn geweest. Op welke wijze hebt u er baat bij de zaak van de Roguskhoi te steunen? Waar ligt uw voordeel?"

Aun Sharah, nog steeds glimlachend — vreemd vond Etzwane — vroeg: "Is dat bewijs wel geleverd?"

"Er is een overvloed aan bewijs. Uw gedrag wordt al een aantal maanden lang in het oog gehouden. U hebt Shirge Hillen van Kamp Drie aangezet om mij te vermoorden. U hebt mensen opgedragen mijn doen en laten te bespioneren. Als Directeur voor Materiaalvoorziening hebt u in een aantal gevallen ernstige afbreuk gedaan aan de oorlogsinspanning door het doen uitvoeren van niet-essentiële zaken. Bij Thran in Groene Steen mislukte uw poging om de Dappere Vrije Mannen in een hinderlaag te lokken, maar dat kwam doordat het geluk ons een handje hielp. Het treffen bij de Hoogten van Kozan heeft ons het definitieve bewijs in handen gegeven. Iemand heeft u verteld dat de Murkpas zou worden verdedigd, en de Roguskhoi bogen af naar Kozan en werden daar vernietigd. Het staat vast dat u aan al deze zaken schuldig bent. Uw motieven zijn ons echter in het geheel niet duidelijk."

Zwijgend stonden ze gedrieën middenin het enorme lege vertrek.

"Gaat u alstublieft zitten," zei Aun Sharah vriendelijk. "U hebt zo'n vat onzin over mij leeggegoten dat mijn geest verward is en mijn knieën knikken." Etzwane en Finnerack bleven staan, Aun Sharah ging zitten en haalde een vel papier en een pen tevoorschijn. "Zou u uw aanklachten nog eens willen herhalen?"

Etzwane gehoorzaamde en Aun Sharah maakte een lijstje. "Vijf dingen, en elke beschuldiging zo hol als een leeg ei. Velen zijn als straf voor zoiets hun hoofd kwijtgeraakt."

Etzwane begon in grote verwarring te raken. "Ontkent u de beschuldigingen dan?"

Aun Sharah glimlachte weer op zijn vreemde manier. "Laat ik ú een vraag stellen: kunt u een van deze beschuldigingen ook bewijzen?"

"Dat kunnen we," zei Finnerack.

"Goed dan," zei Aun Sharah. "We zullen de beschuldigingen stuk voor stuk bekijken. Maar laten we de jurist Mialambre: Octagon erbij halen om de bewijzen op hun merites te beoordelen, en ook de Directeur voor Vervoer, Brise."

"Daar heb ik geen bezwaar tegen," zei Etzwane. "Laten we naar mijn kantoor gaan."

Toen hij in zijn vroegere kantoor stond, wuifde Aun Sharah de anderen naar een stoel, alsof het ondergeschikten waren die hij bijeen had geroepen. Hij zei tegen Mialambre: "Nog geen halfuur geleden kwamen Gastel Etzwane en Zwarte Finnerack mijn kantoor binnen en beschuldigden mij van vijf dingen, beschuldigingen die zo lachwekkend zijn dat ik reden heb om aan hun goede verstand te twijfelen. Hun beschuldigingen luidden als volgt." En Aun Sharah las het lijstje voor dat hij had opgesteld.

"De eerste beschuldiging, dat ik Shirge Hillen heb gewaarschuwd dat Etzwane op weg was naar Kamp Drie is niet meer dan een ongegrond vermoeden, en des te kwalijker omdat Gastel Etzwane geen poging heeft gedaan een andere verklaring voor Shirge Hillens gedrag te vinden. Ik heb hem aangeraden een onderzoek in te stellen bij de kantoren van het ballonspoor, maar dat heeft hij nagelaten. Ik heb onopvallend wat inlichtingen ingewonnen en binnen twintig minuten was ik te weten gekomen dat een zekere Parway Harth een onbesuisd en wat onduidelijk geformuleerd bericht had verzonden dat Shirge Hillen heel goed als een bevel om Gastel Etzwane te doden had kunnen opvatten. Ik kan dit op drie verschillende manieren bewijzen: via Parway Harth, via een ondergeschikte die het bericht naar de radiokamer van het ballonspoor heeft gebracht, en door de archieven van de radiokamer op te vragen.

"Punt twee: ik zou Gastel Etzwane hebben laten bespioneren. De beschuldiging betreft hier een onderzoek, verricht door een van mijn spoorzoekers op grond van een oppervlakkige belangstelling. Ik ontken deze beschuldiging niet, maar ik acht dit feit zo triviaal dat er niets van enige betekenis uit af te leiden valt.

"Punt drie: als Directeur voor Materiaalvoorziening zou ik bij een aantal gelegenheden afbreuk hebben gedaan aan de oorlogsinspanning. Bij honderden andere gelegenheden heb ik tot onze oorlogsinspanning bijgedragen. Ik heb tegen Gastel Etzwane geklaagd dat mijn bekwaamheden niet op dit gebied lagen, maar hij heeft mijn woorden koppig genegeerd. Als de oorlogsinspanning onder een aantal van mijn bemoeiingen geleden heeft, is dat alleen zijn schuld. Ik heb mijn best gedaan.

"Punt vier en vijf: ik zou een hinderlaag van de Roguskhoi bij Thran op mijn geweten hebben en zou hebben gepoogd een hinderlaag van ons leger in het Murkdal te verraden. Een paar dagen geleden trad ik binnen in het kantoor van Directeur Brise. Op een bijzonder eigenaardige, onhandige manier liet hij een hint vallen die een kind nog zou hebben begrepen over een hinderlaag in het Murkdal. Ik ben een achterdochtig mens, en bedreven in intriges. Ik zag hier een complot in. Dat heb ik ook aan Brise meegedeeld. Verder heb ik erop gestaan dat hij me geen ogenblik alleen zou laten, dag en nacht zodat hij er zich afdoende van kon vergewissen dat ik deze wetenschap aan niemand doorspeelde. Ik heb hem ervan overtuigd dat dit zijn plicht was ten opzichte van Shant, en dat als de hinderlaag ondanks mijn zwijgen toch verraden werd, we achter de identiteit van de ware schuldige moesten zien te komen. Om dit te kunnen doen moesten we eerst buiten kijf vaststellen dat ik onschuldig was. Brise is een redelijk en rechtschapen mens, en hij stemde in met mijn analyse van de toestand. Ik vraag u nu, Brise: heb ik in de bewuste periode iemand ergens van in kennis gesteld?"

"Neen," zei Brise kortaf. "U hebt steeds in mijn kantoor gezeten, samen met mij of vertrouwde ondergeschikten van mij, twee dagen lang. U hebt u met niemand verstaan, u hebt de hinderlaag niet verraden."

"Toen we het bericht doorkregen over de slag bij de Hoogten van Kozan," zei Aun Sharah, "bekende Brise dat hij zich schuldig achtte aan het feit dat er verdenking op mij was gevallen. Hij vertelde van zijn gesprek met Gastel Etzwane.

"Ik heb uit zijn woorden begrepen dat de hinderlaag bij Thran op mij wordt teruggevoerd op basis van één vraag en één antwoord. Ik verzocht Brise schepen naar Oswiy te sturen, en hij zei dat ik in plaats daarvan mijn goederen naar de monding van de Maure moest sturen. Op grond van dit gesprek wordt gesteld dat ik schuldig ben aan de hinderlaag bij Thran. Het is een wat vergezochte, maar in principe mogelijke theorie, ware het niet dat Gastel Etzwane opnieuw iets over het hoofd heeft gezien. Deze vraag, en dit antwoord, in duizend verschillende variaties, is een klassiek grapje geworden tussen Brise en mijzelf wanneer wij ons werk coördineren. Ik vraag hem om schepen op een plek en hij zegt: nee dat zal niet gaan, zie maar vracht te vinden op die en die plek. Is dit juist, Brise?"

"Jawel," zei Brise, in een stem die verried dat hij zich niet erg op zijn gemak voelde. "Zo'n vraag en zo'n antwoord kwamen wel vijf keer per dag voor. Aun Sharah zou niets van enig belang hebben kunnen afleiden uit vraag en antwoord over Oswiy en Thran. Ik heb Gastel Etzwane meegedeeld wat wij zeiden, maar alleen omdat hij me vroeg alles te zeggen waarover wij het hadden gehad. Ik heb nagelaten mijn woorden in het juiste perspectief te plaatsen."

"Hebt u nog meer beschuldigingen?" vroeg Aun Sharah aan Etzwane.

Etzwane lachte kort en geërgerd. "Nee. Ik ben duidelijk niet geschikt voor het vellen van een redelijk oordeel over iets of iemand. Ik bied u mijn verontschuldigingen aan, en ik zal mijn uiterste best doen om u dit vervelende voorval te vergoeden. Ik moet er ernstig over nadenken of ik mij niet uit het Purperen Huis moet terugtrekken."

Bars zei Mialambre:Octagon: "Kom, kom. De affaire hoeft niet buiten deze vier muren te komen, en dit is niet het juiste ogenblik om onbesuisde dingen te gaan doen."

"Behalve op een punt," zei Aun Sharah. "U sprak over vergoeden. Als u dat meent, laat mij dan weer mijn eigen werk opvatten en geef mij mijn Discriminatoren terug."

"Van mij mag u ze hebben," zei Etzwane. "Als er tenminste nog Discriminatoren over zijn. Finnerack heeft alles daar binnenstebuiten gekeerd."

De Roguskhoi waren teruggedreven, de Wilde Landen in, en een tijdlang lag de oorlog bijna stil. Finnerack vertelde Etzwane wat hij van de toestand dacht. "Het lijkt wel of ze zich in een onneembaar fort bevinden. We zijn dertig kilometer in de Hwan doorgedrongen, maar voorbij dat front groeien nieuwe welpen op, en zijn de Roguskhoi zich aan het herbewapenen en hergroeperen en waarschijnlijk ook hun tactiek aan het herzien."

Etzwane dacht na. "We hebben duizenden kromzwaarden in handen gekregen. Ze zijn gemaakt van een legering die in Shant niet bekend is. Waar halen ze hun metalen vandaan? Staan er smederijen in het hart van de Hwan? Een groot mysterie."

Finnerack knikte onverschillig. "Onze strategie is nu duidelijk. Het spreekt vanzelf dat we onze gehele strijdmacht moeten concentreren en geleidelijk aan de Hwan bezetten. Het is een ingewikkeld en inspannend karwei, maar is er een andere methode?"

"Waarschijnlijk niet," zei Etzwane.

"Terug naar Palasedra met de monsters! En als de Palasedranen tussenbeide komen, doen ze dat op eigen risico!"

"Als we er tenminste van uitgaan dat de Palasedranen verantwoordelijk zijn voor de Roguskhoi, en het bewijs daarvoor is nog niet geleverd."

Finnerack staarde hem verbaasd aan. "Wie anders dan de Palasedranen?"

"Wie anders dan Aun Sharah? Ik heb mijn les geleerd."

Hoofdstuk XIII

In de zomer van dat jaar kwam de oorlog vrijwel stil te liggen, en die toestand duurde tot in de lange zachte herfst door. Shant herstelde de schade die aan het land was toegebracht, treurde om zijn dode mannen en ontvoerde vrouwen, en versterkte zijn leger. De Dappere Vrije Mannen namen zo in aantal toe dat een andere organisatie van het korps noodzakelijk werd. Het werd opgedeeld in regionale divisies, die door de plaatselijke milities zouden worden gesteund en bevoorraad. Wapens stroomden de werkplaatsen van de Shranke uit. De kromzwaarden van de Roguskhoi werden omgesmolten en tot ballast verwerkt.

Zwevers vertrokken uit Whearn: constructies met dubbele vleugels, zo licht als vlinders. Een speciaal korps van de Dappere Vrije Mannen werd de Vliegers van Shant. Hun trainingsmethoden waren eerst amateuristisch en meedogenloos: de Vliegers die de training overleefden, gaven hun kennis door aan de anderen. Uit pure noodzaak werden de Vliegers een geoefende strijdmacht met een onderling hechte band. Het gevolg daarvan was dat ze trots roekeloze staaltjes van durf en élan gingen uithalen.

Om de zwevers te bewapenen maakten de technici een afschrikwekkend nieuw wapen, een vereenvoudigde versie van het halcoïdewapen, maar zonder ballast. Het projectiel bestond uit twee elementen: halcoïde en metaal. De vuurbuis was aan beide kanten open. Als het wapen werd afgevuurd, schoot het halcoïde er aan de voorkant uit, en het metaal werd aan de achterkant weggeschoten. In feite werkte het wapen dus naar twee kanten tegelijk, er was geen terugslag en ballast was niet nodig. Als het wapen vanuit een zwever werd afgevuurd, viel het aan de achterzijde uitgeschoten metaal meestal op de grond zonder schade aan te richten. Op de grond waren de wapens veel te gevaarlijk.

Voor hij zijn zwevers op de Roguskhoi afstuurde, oefende Finnerack de Vliegers in gevechtstactieken, het nauwkeurig afwerpen van bommen, en veiligheidsvoorzieningen voor het gebruik van de halcoïdewapens.

Van het eerste ogenblik af was Finnerack gefascineerd geweest door de zwevers. Hij leerde vliegen en wat later gaf hij het opperbevel over de Dappere Vrije Mannen eraan om aanvoerder van de Vliegers te kunnen worden. Etzwane had het wel aan zien komen en was niet erg verrast.

Halverwege de herfst begonnen de legers te velde op te rukken, de Hwan in. Een eerste strijdmacht trok uit Cansume, Hekshoofd en Lor-Asphen naar het westen en heroverde de kantons Surrume en Shkoriy. Een tweede leger trok naar het zuiden op, door Seamus, Bastern en Bundoran, en vervolgens de Wilde Landen zelf in. Andere eenheden drongen uit Shade en Sable op naar het oosten en zuiden, tot in de omgeving van Mont Mish. Hier ontmoetten ze heftige tegenstand van de Roguskhoi. Die vochten nu voor een verloren zaak. Getrainde ahulfs spoorden de plekken op waar ze zich in grote aantallen ophielden, en die plekken werden vervolgens gebombardeerd of beschoten met halcoïdeprojectielen uit wapens die met zes tegelijk aan elkaar waren gemonteerd.

Bij andere gelegenheden werden de Roguskhoi in hinderlagen gelokt met 'vrouwelijk essence', waar ze heftig op reageerden. Bij weer een andere gelegenheid besproeiden zwevers een Roguskhoikamp met een oplossing van 'vrouwelijk essence'. De gevolgen waren afschuwwekkend. De Roguskhoi, in verwarring gebracht door de tegenstrijdige prikkels van neus en oog schenen door het dolle heen te raken. Twisten braken uit en het duurde niet lang voor de eerste klappen vielen. Even later grepen ze naar hun knuppels. Een uur daarna waren ze bijna allemaal dood. Meteen vlogen zwevers de Wilde Landen in, dit keer niet met ladingen dexax, maar met bussen 'vrouwelijk essence'.

Ahulfs, er een beetje laat op uitgestuurd om de Roguskhoi te bespioneren, meldden waar hun bevoorradingslijn liep. Van het Grote

Zoutmoeras liep die de moerassen van Kanton Shker in, vandaar naar het noorden onder een dicht woud van regenbomen en parasoldaraba, daarna naar de Kreunende Bergen en ten slotte de Hwan in.

Het militaire opperbevel stuurde er een eenheid op uit om de bevoorradingslijn bij de rand van het woud af te snijden. Finnerack wilde een hardere reactie. "Is dit niet bewijs genoeg? De Palasedranen zijn verantwoordelijk voor de Roguskhoi. Het Zoutmoeras is geen barrière meer. Waarom zouden we hen niet met gelijke munt terugbetalen?"

De aanvoerders keken fronsend naar hun kaarten. Ze hadden geen weerwoord tegen een zo duidelijk uitgesproken overtuiging. Finnerack, eerst wat stil en onder de indruk van het fiasco met Aun Sharah, had door zijn nieuwe rol als Vlieger zijn oude enthousiasme teruggekregen. Hij droeg nu het uniform van de Vliegers van Shant, gemaakt van fraaie zwarte stof en van een wat vlottere snit dan wat hij meestal droeg. Hier, dacht Etzwane, bij de Vliegers, lag het werk waar Finnerack het geschiktst voor was; hij had nog nooit zo'n ijverige, energieke indruk gemaakt. De kracht en de vrijheid van het vliegen hadden hem omhoog gestoten, en hij liep nu over de aarde als een man die zich in alles van anderen onderscheidde en in aard en karakter uitstak boven de aan de aarde gebondenen, die nooit de verschrikkelijke vreugde zouden kennen van stil langs de heuvels te suizen, omhoog, omlaag, in een kring, afzwenken, dan weer als een havik neerduiken om een marcherende kolonne te bestoken. Etzwane was al lang zijn vrees kwijtgeraakt dat Finnerack ooit de Dappere Vrije Mannen tegen de regering op zou zetten. Daarvoor waren er te veel veiligheidsmaatregelen getroffen. Etzwane zag dat hij in het verleden misschien ál te voorzichtig was geweest. Finnerack gaf er geen blijk van belangstelling te koesteren voor de bronnen van de macht, hij scheen tevreden te zijn met de gelegenheid zijn vijanden te verpletteren. Voor Finnerack zou een wereld zonder vijanden een heel saai oord zijn, dacht Etzwane. Zo redelijk mogelijk gaf hij nu antwoord op Finneracks vraag. "We dienen de Palasedranen om minstens drie redenen niet te straffen. In de eerste plaats zijn we nog niet klaar met de Roguskhoi. In de tweede plaats is het niet zeker dat de Palasedranen verantwoordelijk zijn voor de Roguskhoi. In de derde plaats zou het getuigen van pover politiek inzicht als we nodeloos verwikkeld raakten in een oorlog met de Palasedranen. Het is een woest volk, dat twee keer zo hard terugslaat als het te incasseren krijgt, zoals Shant tot zijn schade en schande heeft ondervonden. Stel je eens voor dat de Roguskhoi een nalatigheid zijn, een fout bij een experiment. Of het werk van een opstandige groep. We kunnen Shant niet zomaar roekeloos in een oorlog storten. Wat weten we eigenlijk van Palasedra af? Niets. Het land is als een gesloten boek voor ons."

"We weten genoeg," zei Finnerack. "Ze hebben een heel scala sinistere soldaatbeesten gefokt, dat weten we uit verhalen van mannen die op Caraz hebben gevaren. We hebben ontdekt dat het spoor van de Roguskhoi het Grote Zoutmoeras in voert, in de richting van Palasedra. Dat zijn feiten."

"Dat is waar. Maar het zijn niet alle feiten. We moeten meer te weten komen. Ik zal een afgezant naar Chemaoue sturen."

Finnerack slaakte een bittere lach en draaide zich half om in zijn stoel, de helm van de Vliegers scheef op zijn blonde krullen.

"We moeten noch zwak zijn, noch twistziek," zei Etzwane. "We worden niet gedwongen om tussen deze twee te kiezen. We zullen de Roguskhoi ons land uitdrijven, en tegelijkertijd zullen we proberen erachter te komen wat de Palasedranen van plan zijn. Alleen een dwaas doet iets zonder dat hij eerst nadenkt, zoals ik heb ondervonden."

Finnerack draaide zich om en keek Etzwane aan. In zijn blauwe ogen lag een smalle streep schitterend licht, alsof zonnestralen weerkaatsten van een verre ijspiek. Toen haalde hij zijn schouders op en leunde achterover in zijn stoel, een man die tevreden was met wat de wereld hem bood.

De Roguskhoi waren op de terugtocht. De Dappere Vrije Mannen die vanuit Shade, Sable, Seamus en Bastern optrokken, de Hwan in, ontmoetten opeens geen tegenstand meer. Patrouillerende zwevers en losvliegende ballons vertelden hetzelfde verhaal: tientallen kolonnes Roguskhoi stroomden naar het zuiden. Voornamelijk vond hun terugtocht 's nachts plaats; overdag verscholen ze zich zo goed mogelijk. Zwevers maakten hun het leven zuur, spuwden halcoïdeprojectielen en bestookten hen met dexaxbommen. 'Vrouwelijk essence' had niet

langer het effect dat het eerst had gehad: de Roguskhoi raakten er nog
wel van streek door, maar zelfmoordneigingen vertoonden ze niet
meer.

De Vliegers stonden op het toppunt van hun roem. De blauw met
witte uniformen brachten overal waar ze verschenen een dolzinnig
enthousiasme teweeg. Niets was te goed voor een Vlieger van Shant.

Ook Finnerack had het hoogste bereikt wat hij bereiken kon. Etzwane
keek naar hem terwijl hij zich bezighield met Vliegersaangelegenheden
en vond het moeilijk om zich de jongen met het vriendelijke gezicht
voor de geest te halen die hij in Angwin-Wissel had ontmoet. Die jongen was gestorven in Kamp Drie. En de kleine, donkere jongen met het
smalle gezicht die uit Angwin-Wissel was ontsnapt? Etzwane keek in
de kooldampspiegel en zag een bleek gezicht met holle wangen en een
rechte, rustige mond Ook al stond Finnerack nu op het hoogtepunt van
zijn carrière, Etzwane beschouwde zijn werk als gedaan. Hij verlangde
ernaar zich los te maken uit het leven dat hij nu leidde. Maar wat dan?
Weer een rondzwervend musicus? Plotseling leek Shant te klein, te
beperkt. Palasedra was een vijandig land, Caraz een enorm mysterie.
De naam Ifness kwam bij hem op. Hij dacht aan de planeet Aarde.

De Roguskhoi, aangevoerd door hun brullende hoofdmannen, draafden de Wilde Landen uit, door Kanton Shker heen, en het Grote
Zoutmoeras in. De Dappere Vrije Mannen vielen ze op beide flanken
aan en richtten verschrikkelijke slachtingen aan, en de Vliegers, zwen-
kend, duikend, strepen gloeiende lucht afschietend, deden hetzelfde.

De kolonnes werden minder en hielden ten slotte helemaal op. De
Dappere Vrije Mannen kamden de hele Hwan van oost naar west en
van noord tot zuid uit, troffen af en toe een zieke welp aan of een troep
half-verhongerde vrouwen, maar geen Roguskhoi meer.

Shant was van zijn invallers bevrijd. De Roguskhoi hadden zich
teruggetrokken in het Grote Zoutmoeras, een gebied dat werd geken-
merkt door poelen met zwart drab, roestkleurige plassen, af en toe een
eilandje, begroeid met koraalbomen, of eilanden van zand die naakt
aan de horizon oprezen, kaal groen riet, slangengras, zwart buigblad.

In het Zoutmoeras leken de Roguskhoi zich veilig en op hun gemak
te voelen. Moeiteloos waadden ze door het drab. De Dappere Vrije

Mannen achtervolgden hen tot de grond onder hun voeten zacht werd en hielden toen met tegenzin halt. De Vliegers hadden geen last van de onbetrouwbare bodem. De zwarte moerassen, de heuvels van helder wit zand, de koraalboombossen, de wind die uit de Blauwe en de Purperen Oceaan over het gebied streek, dat alles veroorzaakte luchtstromingen en luchtbewegingen naar boven en naar beneden. Het licht van de zonnen schitterde tussen hoge donderkoppen. De zwevers scheerden laag over de grond of hoog in de hemel, waar ze maar wilden. Het was nu geen kwestie meer van achtervolgen, maar van een wraakoefening.

Steeds dieper trokken de Roguskhoi het Grote Zoutmoeras in, bestookt door de meedogenloze zwevers. Etzwane voelde zich geroepen om Finnerack te waarschuwen. "Wat u ook doet, kom niet op het gebied van de Palasedranen. Jaag de Roguskhoi op zo veel u wilt, het Grote Zoutmoeras op en neer, maar vermijd ten koste van alles een confrontatie met de Palasedranen!"

Finneracks mond vertrok in zijn smalle, harde grijns. "Waar liggen de grenzen? In het midden van het Moeras? Laat mij maar eens zien waar Shant ophoudt en Palasedra begint."

"Voor zover ik weet is er niet zo'n precieze grens. Het Zoutmoeras is als een zee. Als u zich te dicht bij de zuidelijke rand van het Moeras waagt, zouden de Palasedranen dat beschouwen als een schending van hun grondgebied."

"Moeras is moeras," zei Finnerack. "Ik begrijp best waarom de Palasedranen zo bezorgd zijn, maar ik weiger medelijden met ze te hebben."

"Daar gaat het niet om," zei Etzwane geduldig. "Uw orders luiden als volgt: kom niet binnen gezichtsbereik van Palasedra."

Woedend stond Finnerack voor hem. Voor het eerst voelde Etzwane de onverhulde kracht van Finneracks haat. Hij kreeg een gevoel van lichamelijke weerzin. Finnerack kon goed haten. Toen Etzwane, nu alweer lang geleden, had verteld wie hij was, had Finnerack gezegd dat hij de jongen haatte die hem zo veel ellende had bezorgd. Maar was het evenwicht nu niet hersteld? Etzwane haalde langzaam diep adem. De zaak lag zoals hij lag.

Zacht en dreigend zei Finnerack: "Geeft u mij nog steeds orders, Gastel Etzwane?"

"Ja, op basis van het gezag van het Purperen Huis. Dient u Shant, of streeft u naar het bevredigen van uw persoonlijke verlangens?"

Tien tellen lang staarde Finnerack Etzwane aan, toen draaide hij zich met een ruk om en vertrok.

De afgezant keerde terug van zijn missie naar Chemaoue. Hij bracht geen bevredigend nieuws mee. "Ik kon mij niet rechtstreeks verstaan met de Adelaarshertogen. Ze zijn trots en hooghartig. Ik heb een boodschap ontvangen die erop neerkwam dat ze niet konden onderhandelen met slaven. Als we overleg wilden plegen moesten we de Anome sturen. Ik antwoordde dat Shant niet langer geregeerd werd door de Anome, dat ik een afgevaardigde was van het Purperen en het Groene Huis, maar ze schenen geen aandacht aan mijn woorden te schenken."

Etzwane had een vertrouwelijk gesprek met Aun Sharah, die zijn oude kantoor aan de rand van het Corporatieplein teruggekregen had.

"Ik heb zorgvuldig de feiten rond de beide gebeurtenissen bestudeerd," zei Aun Sharah. "De belangrijkste elementen zijn duidelijk. Vier personen waren op de hoogte van de operatie bij Thran: u, San-Sein, Finnerack, en Brise. U en San-Sein waren op de hoogte van de geslaagde hinderlaag bij de Hoogten van Kozan, dus u tweeën valt af. Brise moet zeer zeker hebben geconcludeerd dat de hinderlaag in het Murkdal niet bestond; hij zou ook heel gemakkelijk hebben kunnen vermoeden dat er een hinderlaag gelegd zou worden bij de Hoogten van Kozan. Hij kan worden uitgeschakeld bij de hinderlaag in het Murkdal. We moeten dientengevolge Finnerack beschouwen als de verrader."

Etzwane was een ogenblik lang stil. Toen zei hij: "Ik heb dezelfde gedachtegang gevolgd. De logica klopt, de conclusie is absurd. Hoe kan de meest vurige oorlogsleider van Shant een verrader zijn?"

"Ik weet het niet," zei Aun Sharah. "Toen ik terugkeerde naar dit kantoor heb ik wijzigingen aangebracht in de inrichting om een en ander in overeenstemming te brengen met mijn persoonlijke voorkeur, zoals u ziet. Daarbij ontdekte ik een groot aantal afluisterapparaten. Ik nam de vrijheid om uw suite in de Hrindiana te doorzoeken. Daar trof ik een tweede serie afluisterapparaten aan. Finnerack heeft natuurlijk meer dan eens de gelegenheid gehad om deze apparaten aan te brengen."

"Ongelooflijk," mompelde Etzwane. "Hebt u ontdekt waar de apparatuur op uitkomt?"

"Op een radiozender, die voortdurend een zwak signaal uitzendt."

"Die apparaten, en die radio, waren die in Shant gemaakt?

"Ze behoren tot de standaarduitrusting van de Discriminatoren."

"Hmmf. We zullen voor het ogenblik afwachten en de zaak scherp in de gaten houden. Ik voel niets voor nog meer voortijdige geruchten."

Aun Sharah glimlachte nadenkend. "En nu het tweede onderzoek. Ik ben maar weinig te weten gekomen. Finnerack is gewoon drie dagen lang uit het gezicht verdwenen. Twee mannen uit Kanton Parthe woonden in de suite naast die van Finnerack. Ze vertrokken een paar dagen na Finneracks 'terugkeer'. Ik heb gedetailleerde signalementen van deze twee mannen ingewonnen, en ik heb de indruk dat het geen Parthanen waren, wat voor kleuren hun halsbanden ook hadden: ze bevestigden geen fetisj aan de deur en droegen vaak blauwe gewaden.

Natuurlijk heb ik ook een onderzoek ingesteld in de Roseale Hrindiana. Twee soortgelijke mannen bewoonden een suite die recht boven de uwe gelegen was. Voor u weer boven water was gekomen, verdwenen ze zonder het personeel van de Hrindiana daarvan in kennis te stellen."

"Ik sta stomverbaasd," zei Etzwane, "Ook ben ik zeer bevreesd. Ik vroeg Finnerack of hij zich anders voelde dan daarvoor, hij zei van niet. Ik voel me ook niet anders."

Aun Sharah keek Etzwane nieuwsgierig aan, en maakte toen een van zijn sierlijke gebaren. "Meer kan ik u niet vertellen. Ik ben natuurlijk op zoek naar de Parthanen, en Finnerack wordt op onopvallende wijze in de gaten gehouden. Misschien komen we iets te weten wat het onderzoek verder kan helpen."

De Vliegers van Shant dwongen de Roguskhoi steeds verder het moeras in. Ze kenden geen genade: de lucht boven de grote zoutvlakte stonk naar lijken. De Roguskhoi trokken steeds verder naar het zuiden. Waren ze ergens heen op weg? Wilden ze een zo groot mogelijke afstand scheppen tussen zichzelf en de Vliegers van Shant? Niemand wist het, maar na verloop van tijd was er net als in Shant in de noordelijke helft van het Zoutmoeras geen Roguskhoi meer te bekennen.

In de vrolijke kleuren van de overwinning publiceerden de journaals van Garwiy een proclamatie van Purper en Groen:

> De oorlog moet nu als beëindigd worden beschouwd, hoewel de Vliegers van Shant doorgaan met hun wraakoefeningen voor de talloze gruweldaden van de Roguskhoi. Het is onmogelijk om met de monsters medelijden te hebben.

> We moeten nu echter onze veldtocht afsluiten. De roemrijke daden van de Dappere Vrije Mannen en de Vliegers van Shant zullen altijd voortleven in de geschiedenis van ons volk. Deze edele mannen moeten nu hun energie wijden aan de heropbouw van Shant.

DE OORLOG IS TEN EINDE

Finnerack kwam pas binnen nadat de vergadering van het Purperen Huis al begonnen was. Hij stapte naar binnen en liep langzaam naar zijn plaats aan de marmeren tafel.

Etzwane was aan het woord. "Onze grote strijd is gestreden, en ik meen dat mijn verantwoordelijkheid ten einde is. Dit in aanmerking genomen..."

Finnerack viel hem in de rede. "Eén ogenblik, zodat u niet aftreedt door een misverstand. Ik heb zojuist een bericht ontvangen uit Shker. De Vliegers van Shant, die in het zuiden van het Grote Zoutmoeras opereren, stuitten vanochtend op een massale kolonne Roguskhoi die zo snel zij konden op weg waren naar de kust van Palasedra. Wij vielen aan en kwamen daarbij in de buurt van Palasedra. Onze manœuvres werden nauwgezet in het oog gehouden. Het is zelfs mogelijk dat de Roguskhoi beoogden ons over te halen tot een technisch binnendringen van het luchtruim van Palasedra." Finnerack zweeg even. "Dit geschiedde. Onze zwevers werden onderschept door Palasedraanse zwevers, gevlogen door zeer bekwame vliegers. Bij het eerste treffen vernietigden zij vier zwevers van Shant, zonder zelf verliezen te lijden.

Bij het tweede treffen volgden wij een andere tactiek en schoten twee zwevers van de vijand neer, terwijl wij zelf ook twee zwevers verloren. Nadere rapporten zijn nog niet binnen."

Mialambre verbrak de stilte. "Is u niet gelast te vermijden dat de Vliegers Palasedra tot op korte afstand naderden?"

"Ons voornaamste doel is het vernietigen van de vijand," zei Finnerack. "Waar de vijand zich bevindt, is van weinig belang."

"Misschien bent u die overtuiging toegedaan. Ik denk er anders over. Moeten we soms weer een Palasedraanse oorlog uitvechten omdat u zo hardnekkig bent?"

"We zijn steeds al bezig geweest een Palasedraanse oorlog uit te vechten," zei Finnerack. "De Roguskhoi zijn niet uit het niets ontstaan."

"Dat is uw eigen mening! Wie heeft u het recht gegeven om voor heel Shant te handelen?"

"Iemand doet wat zijn hart hem ingeeft." Finnerack wees met zijn hoofd naar Etzwane. "Wat heeft hem het recht gegeven om het gezag van de Anome aan zich te trekken? Daartoe had hij niet meer recht dan ik."

"Er is wel degelijk verschil," snauwde Mialambre. "Iemand ziet dat een huis in brand staat. Hij maakt de bewoners wakker en dooft het vuur. Een ander wil de brandstichter straffen en steekt een heel dorp in brand. De een is een held, de ander een maniak."

San-Sein zei: "Zwarte Finnerack, niemand twijfelt aan uw moed. Uw ijver gaat echter te ver. Roekeloosheid maakt een eind aan onze vrijheid van handelen. Breng de volgende bevelen over aan de Vliegers van Shant: keer terug naar uw eigen gebied! Begeef u niet opnieuw boven het Grote Zoutmoeras tot u daartoe het bevel krijgt!"

Finnerack rukte zijn helm af en smeet hem op het marmer. "Deze bevelen kan ik niet geven. Ze zijn niet realistisch. Als de Vliegers van Shant worden aangevallen vechten ze meedogenloos woest terug!"

"Moeten we dan Dappere Vrije Mannen eropuit sturen om onze eigen Vliegers in bedwang te houden?" bulderde San-Sein in een plotselinge aanval van woede. "Als ze weer over het Grote Zoutmoeras vliegen nemen we ze hun zwevers af en rukken we hen de uniformen van het lichaam! Wij, Purper en Groen, hebben de macht!"

Een bediende kwam het vertrek binnenrennen. "Uit de stad

Chemaoue in Palasedra komt een krachtige radioboodschap: de Kanselier vraagt om de stem en het oor van de Anome."

De voltallige Raad van Patriciërs luisterde naar de woorden van de Palasedraanse Kanselier, gesproken in een taal die vol vreemde accenten was en heel anders klonk dan wat de inwoners van Shant gewend waren. "Ik ben de Kanselier van de Honderd Vorsten. Ik wil spreken met de Anome van Shant."

"Het bewind van de Anome is ten einde," zei Etzwane. "U spreekt nu met de Raad van Patriciërs. Zeg wat u zeggen wilt."

"Dan vraag ik u: waarom valt u ons aan na tweeduizend jaar vrede? Hebben vier oorlogen en vier nederlagen u geen voorzichtigheid bijgebracht?"

"De aanvallen waren gericht tegen de Roguskhoi. Wij drijven hen terug naar de plek waar ze vandaan gekomen zijn."

De Raad hoorde zacht gekraak terwijl de Kanselier over die mededeling nadacht. Hij zei: "De Roguskhoi zijn niet door ons geschapen. U hebt hen het Moeras uitgedreven, Palasedra in, is dat geen agressieve daad? U hebt uw zwevers over ons gebied laten vliegen: is dat geen agressieve daad?"

"Niet als u de Roguskhoi op ons af hebt gestuurd, en daarvan zijn wij overtuigd."

"Dit hebben wij niet gedaan. Gelooft u van wel? Stuur uw gezanten naar Palasedra, dan kunnen ze zelf de waarheid van mijn woorden zien. Zo luidt ons edelmoedig aanbod. U hebt onverantwoordelijk gehandeld. Als u verkiest de waarheid te willen ontlopen, dan zullen wij u als kwaadwillige en domme wezens beschouwen, en dan zullen er mensen sterven."

"Wij zijn kwaadwillig noch dom," antwoordde Etzwane. "Het is niet meer dan verstandig dat wij bijeenkomen om de geschillen tussen ons te bespreken en te verhelpen, en we nemen de gelegenheid hiertoe met beide handen aan, vooral als u kunt aantonen dat u met deze hele zaak niets te maken hebt."

"Stuur ons uw afgezanten," zei de Kanselier. "Laat hen met een zwever naar de luchthaven Kaoime gaan. Hun zal niets geschieden. In Kaoime zullen ze worden opgehaald door ons escorte, met inachtneming van de juiste formaliteiten."

HOOFDSTUK XIV

PALASEDRA HING ONDER SHANT als een knobbelige hand met drie vingers met het Grote Zoutmoeras als pols. De bergen van Palasedra vormden de botten van de Palasedraanse hand. Ze rezen in kale pieken op, en op een groot aantal van die toppen waren de eenzame kastelen van de Adelaarshertogen gebouwd. De wouden van Palasedra golfden langs de hellingen richting zee. Reusachtige loutrano's met rechte, zwarte stammen droegen onevenredig kleine parasols van deegkleurig pulp. Rond het onderste stuk van hun stammen golfde een donkergroene zee van similax en waspeulen, die op hun beurt weer hoog oprezen boven gohovany, argove en jajuy. De steden van Palasedra bewaakten de uitmondingen naar zee van de dalen. Hoge stenen huizen met puntige daken stonden dicht opeen, en het ene huis leek wel uit het andere te groeien, als kristallen in een stuk rots. Palasedra! Een vreemd, grimmig land, waar iedereen zich als een edele beschouwde en alleen het gezag erkende van een 'eer' waaraan iedereen gehoorzaamde, maar waaraan door niemand gehoorzaamheid afgedwongen werd, waar nooit een deur op slot werd gedaan, waar geen raam ooit met een luik werd afgesloten, waar de geest van eenieder een even kalme citadel was als het kasteel van een Adelaarshertog.

In Kaoime daalde de zwever uit Shant en landde op het smalle strand. Vier mannen klommen uit de stoeltjes tussen de draagspanten. De voorste was de Vlieger, de andere drie waren Etzwane, Mialambre en Finnerack die alleen mee had willen gaan nadat zijn moed, zijn inzicht en zijn verstand waren bespot en hij zo door iedereen was uitgedaagd dat hij zich ten slotte bereid had verklaard om naar de binnenlanden van Caraz te vliegen als dat nodig was.

De strenge huizen van Kaoime keken van vlak achter het strand op hen neer. Drie rijzige mannen in strakke zwarte toga's en hoge zwarte hoeden kwamen op hen toelopen. Ze bewogen zich statig en op een wat eigenaardige manier voort.

Het waren de eerste Palasedranen die Etzwane ooit had gezien en hij bekeek hen met veel belangstelling. Het waren vertegenwoordigers van een ras dat wat verschilde van het zijne. Hun huid, zo bleek als perkament, vertoonde een matte arseenglans. Hun gezicht was lang, smal, en wat bolvormig, omdat hun voorhoofd en kin terugweken en hun neus ver naar voren stak, als de boeg van een schip. Een van hen sprak hen aan met een stem die gesmoord en keelachtig klonk. De woorden werden ergens achter zijn verhemelte gevormd. Om die reden, en ook omdat hij in een vreemd dialect sprak, met eigenaardige accenten, was wat hij zei bijna niet te begrijpen. "U bent de afgezanten van Shant?"

"Ja."

"U draagt geen halsband. Hebt u dan werkelijk het juk van uw tiran afgeworpen?"

Mialambre haalde diep adem om uit te gaan leggen hoe de zaken werkelijk lagen. Etzwane zei: "Onze regering is nu op andere leest geschoeid, in zoverre zijn uw woorden juist."

"In dat geval begroet ik u in mijn officiële bevoegdheid. We zullen onmiddellijk naar Chemaoue vliegen. Volg mij nu naar de hemellift."

Ze gingen op een vierkant van gevlochten wilgentenen staan. Met een ruk werden ze door een eindeloze kabel omhoog gehesen, eerst naar het bladerdak van de argoves, door een gat in die donkergroene koepel heen en de lichte corridors tussen de loutrano's in, langs de deegkleurige parasols in het lavendelkleurige licht van de drie zonnen. Een platform stond op dunne spinnenpoten aan de rand van een afgrond, daar stapten ze van de wilgentenen af. Op het platform stond een zwever op hen te wachten, een gecompliceerd apparaat van spanten, touwen en dunne stof. Een kleine gondel van wilgentenen en vlies hing onder de op vleermuisvleugels lijkende zeilen.

De Palasedraan en de drie mannen uit Shant klommen de gondel in. Aan de andere kant van de kloof zag Etzwane hoe een groepje enorme mannen een mand vol met stenen over de rand van de afgrond lieten zakken. De afstand was echter te groot om het goed te kunnen zien. Een kabel trok de zwever aan en hij schoot met een vloeiende beweging omhoog, de lucht in.

De Palasedraan zweeg. Na een paar minuten vroeg Etzwane: "Weet u waarom wij hier zijn?"

"Ik zie geen nauwkeurig omschreven kennis. Uw gedachten komen niet overeen met de mijne."

"Aha," zei Mialambre. "Men heeft u hierheen gestuurd om in onze geest te kijken."

"Ik ben hierheen gestuurd om u op beleefde wijze naar Chemaoue te brengen."

"Wie is er Kanselier? Eén van de Adelaarshertogen?"

"Neen, wij kennen nu geen vier kasten meer, maar vijf. De Adelaarshertogen houden zich bezig met eer."

"Wij zijn niet op de hoogte van Palasedra en zijn gebruiken," zei Etzwane. "Als de Kanselier geen Adelaarshertog is, hoe kan hij dan het bewind voeren over al deze mensen?"

"De Kanselier voert het bewind over niemand. Wat hij doet, gaat alleen hemzelf aan."

"Maar hij spreekt voor geheel Palasedra?"

"Waarom niet? Iemand moet dat toch doen?"

"En als hij nu iets doet dat niet in de smaak valt?"

"Hij weet wat er van hem verwacht wordt. Zo leven wij ons leven, door te doen wat er van ons verwacht wordt. Als wij falen, wordt de last gedragen door onze steunheren. Is dit dan niet juist?" Hij raakte de rand van zijn hoed aan, waaraan twaalf heraldische insignes bevestigd waren. "Deze lieden zijn mijn steunheren. Zij hebben mij hun vertrouwen gegeven. Twee van hen zijn Adelaarshertogen. Ziet daar, het kasteel van Hertog Ain Palaeio."

Het kasteel lag op een kam tussen twee rotspieken, een half-vervallen gebouw, bijna onzichtbaar tegen de rotsen er omheen. Links en rechts ervan stonden een paar cipressen. Grijsgroene steenbloemen slingerden zich langs de fundering. Het kasteel gleed weg en was even later niet meer te zien.

✳

Steeds verder naar het zuiden gleed de zwarte zwever, trappen van wind op, hellingen van lucht af. De bergen werden lager, de loutrano's verdwenen, de plaats van similax en argove werd ingenomen door beulsbomen, zwarte eiken, en af en toe wat cipressen.

De middag vergleed, de luchtstromingen werden minder sterk. Toen de laatste zon achter de bergen in het westen rolde gleed de zwever zacht naar beneden naar waar in de verte het laatste licht loodkleurig op water blonk. Even later landden ze in de schemering naast de stad Chemaoue.

Een voertuig van blank gevernist hout op vier hoge wielen stond op hen te wachten. De trekdieren waren naakte mannen met zwaargebouwde benen en grote borstkassen, bijna twee meter twintig lang, en een vreemd okeren huid. Er groeide geen haar op de kleine ronde hoofden, en hun gezicht was uitdrukkingsloos. Finnerack, die tijdens de reis maar weinig gezegd had — hij had zich zo te zien slecht op zijn gemak gevoeld en vaak achterom gekeken, bijna met een verlangende blik in zijn ogen — keek nu Etzwane met een sardonische blik aan, alsof hij hierin het bewijs zag voor zijn theorieën.

"Zijn deze wezens het werk van uw mensmakers?" vroeg Mialambre.

"Inderdaad, al verloopt hun ontstaan niet geheel op de manier die u zich voorstelt."

"Ik stel mij niets voor. Ik ben jurist."

"Zijn juristen dan nooit irrationeel? Vooral de juristen van Shant?"

"Waarom juist de juristen van Shant?"

"Uw land is rijk, u kunt zich dus irrationeel gedrag permitteren."

"Neen!" zei Mialambre met nadruk. "Door deze woorden maakt u alles wat u zegt dubieus."

"Een zaak van geen belang."

De wagen rolde voort door de schemer. Terwijl hij naar de op en neer gaande oranje ruggen keek vroeg Etzwane: "Zijn de mensmakers nog steeds aan het werk in Palasedra?"

"Wij zijn niet volmaakt."

"En deze zwoegende wezens? Worden zij ooit volmaakt?"

"Ze zijn goed genoeg zoals ze nu zijn. Ze stammen af van idioten. Moeten we dan coöperatief weefsel verspillen? Moeten we soms de idioten ombrengen en verstandelijke mensen dwingen dit werk te doen?"

De lippen van de Palasedraan gingen in een zure glimlach omlaag. "Dat zou hetzelfde zijn als wanneer wij onze idioten allemaal lid van de hoogste kasten zouden maken."

"Voor we aanzitten aan een ceremonieel banket," zei Mialambre, "wil ik dit van u weten: gebruikt u deze wezens als voedselbron?"

"Er zal geen ceremonieel banket plaatsvinden."

De wagen reed ratelend de boulevard af en hield toen stil voor een taveerne. De Palasedraan maakte een gebaar. "Hier kunt u enige tijd uitrusten."

Etzwane staarde hem hooghartig aan. "Herbergt u de gezanten van Shant in een taveerne aan de waterkant?"

"Waar moeten we u dan heenbrengen? Wilt u soms de boulevard op en neer lopen? Moeten we u omhoog hijsen naar het kasteel van Hertog Shaian?"

"Wij staan niet op formaliteiten," legde Mialambre uit. "Maar als u afgevaardigden naar Shant zou sturen zouden ze in een prachtig paleis worden gehuisvest."

"U geeft nauwkeurig aan waarin onze landen van elkaar verschillen."

Etzwane stapte uit de wagen. "Kom mee," zei hij kortaf. "We zijn hier niet voor plechtigheden en ceremonies."

Gedrieën liepen ze de herberg in. Via een deur van houten planken betraden ze een smal vertrek van gevernist hout. Hoog aan een muur flakkerden gele lampen. Onder die lampen stonden tafels en stoelen.

Een oude man met een witte doek om zijn hoofd liep op hen toe. "U wenst?"

"Een maaltijd en onderdak voor vannacht. Wij zijn gezanten uit Shant."

"Ik zal een kamer in orde maken. Gaat u zitten, zo meteen wordt u een maaltijd opgediend."

De enige andere aanwezige, een tengere man in een grijze mantel, zat aan een tafeltje met een visschotel voor zich. Etzwane bleef opeens staan, in verwarring gebracht door de stand van het hoofd. Deze man had hij toch eerder gezien? De ander keek over zijn schouder, knikte hem toe, en begon weer zorgvuldig van zijn vis te eten.

Etzwane bleef even besluiteloos staan en liep toen naar het tafeltje van de man. "Ik dacht dat u was teruggegaan naar de Aarde."

"Zo luidde het bevel van het Instituut ook," zei Ifness. "Ik heb echter met klem tegen dat besluit geprotesteerd en bevind mij nu op Durdane in een wat andere functie. Bovendien ben ik fortuinlijk genoeg niet verwijderd uit het Instituut."

"Dat is bepaald goed nieuws," zei Etzwane. "Mogen we ons bij u voegen?"

"Zeker."

Etzwane, Mialambre en Finnerack namen aan Ifness' tafeltje plaats. Etzwane stelde iedereen voor. "Deze twee heren zijn Patriciërs van Shant: Mialambre:Octagon en Jerd Finnerack. Deze heer hier —" hij gebaarde naar Ifness "— is een man van de Aarde en staflid van het Historisch Instituut. Zijn naam is Ifness."

"Heel juist," zei Ifness. "Mijn verblijf op Durdane is heel belangwekkend geweest."

"Waarom hebt u ons niet verteld dat u was teruggekeerd?" vroeg Etzwane. "U droeg in belangrijke mate verantwoordelijkheid voor de toestand die was ontstaan."

Ifness maakte een onverschillig gebaar. "U hebt de crisis niet alleen bekwaam aangepakt, maar ook met hulp van alleen Shant, en niet iemand of iets daarbuiten. Is het niet beter dat de vijanden van Shant bevreesd zijn voor Shant, in plaats van voor de Aarde?"

"Dat is een vraag die aan een groot aantal zaken raakt," zei Etzwane. "Wat doet u hier in Palasedra?"

"Ik bestudeer de maatschappijvorm, die zeer belangwekkend is. "De Palasedranen wagen zich aan antropomorfe experimenten die door slechts weinigen worden geëvenaard. Het is een spaarzaam volk dat menselijk afvalmateriaal omvormt tot het te gebruiken is voor een aantal nuttige functies. De onuitputtelijke vindingrijkheid van de menselijke geest is iets waar wij ons voortdurend over kunnen verbazen. In een sober land hebben de Palasedranen een filosofisch systeem ontwikkeld dat het hun mogelijk maakt genoegen te scheppen in soberheid."

Etzwane herkende Ifness' oude neiging om door een wijdlopig betoog voorbij te gaan aan de essentie van een vraag. "In Garwiy is mij niet opgevallen dat u een neiging tot soberheid hebt, en u hing ook geen filosofie aan die armoede als iets begeerlijks voorstelde."

"Dat hebt u juist gezien," zei Ifness. "Als een beoefenaar van de wetenschap ben ik in staat mijn persoonlijke voorkeuren opzij te zetten."

Eerst probeerde Etzwane erachter te komen wat Ifness met die woorden bedoelde. Toen zei hij: "U schijnt niet verbaasd te zijn over onze aanwezigheid hier in Palasedra."

"Iemand die zijn nieuwsgierigheid verhult, wordt overstelpt met informatie. Zo althans vergaat het mij."

"Weet u dat de Roguskhoi op Palasedraanse grond hun toevlucht hebben gezocht? En dat onze Vliegers en de Zwarte Draken van Palasedra in gevechten verwikkeld zijn geweest?"

"Dat is interessant nieuws," zei Ifness, terwijl hij het vermeed een rechtstreeks antwoord op Etzwane's vraag te geven. "Ik ben benieuwd hoe de Palasedranen de Roguskhoi zullen aanpakken."

Finnerack snoof minachtend. "Twijfelt u er dan aan dat de Palasedranen achter de Roguskhoi zitten?"

"Inderdaad, al was het alleen maar om socio-psychologische redenen. Kijk nu eens naar de Adelaarshertogen. Zij leven in grandeur. Zijn dat nu mannen die steels aan de botten van een vijand knagen? Dat kan ik niet geloven."

Kortaf zei Finnerack: "Theoretiseert u maar zo veel u wilt. Ik geloof wat mijn instincten mij ingeven."

Het voedsel werd opgediend: zoute vis, gestoofd in azijn, zwart brood, en zeevruchten in een scherpe saus. "De Palasedranen zijn onbekend met gastronomie," merkte Ifness op. "Ze eten omdat ze honger hebben. Genot is volgens de definitie van een Palasedraan de overwinning van ontberingen, het laten gelden van het overwicht van mens op natuur. Bij zonsopgang zwemmen de Palasedranen naar de zonsopgang toe. Als er een storm woedt, klimmen ze op een rotspunt. Bij wijze van geheime prestatie beheerst iemand bijvoorbeeld vijf fasen uit de wiskunde. De Adelaarshertogen bouwen hun kastelen met stenen die zij zelf uithouwen, een aantal Hertogen verzamelt zelf zijn voedsel. De Palasedranen kennen geen muziek, en het ene gerecht is net zo goed als het andere. Als versiering kennen zij alleen de emblemen van hun steunheren. Het is een volk dat niet edelmoedig is, en ook niet hartelijk, maar ze zijn te trots om wantrouwig te zijn." Ifness zweeg en keek eerst Mialambre aan, toen Etzwane, en ten slotte

Finnerack. "Binnen niet al te lange tijd zal de Kanselier hier zijn. Ik betwijfel of hij veel begrip zal willen opbrengen voor uw problemen. Als u daar geen bezwaar tegen hebt, zal ik me bij uw groep voegen als, laten we zeggen, waarnemer. Ik heb mij hier al bekend gemaakt als een reiziger uit Shant."

"Zoals u wenst," zei Etzwane, ondanks Finneracks grom.

Mialambre zei: "Vertel ons eens over de planeet Aarde, het oord waar onze perverse voorouders van afkomstig zijn."

Ifness tuitte zijn lippen. "De Aarde is geen wereld die in een paar woorden te beschrijven valt. Wij zijn wellicht overgeciviliseerd. Wij koesteren geen grote ambities meer. De mensen die niet in onze maatschappij passen, trekken naar verre werelden, want dankzij een onverklaarbaar iets brengen we nog steeds avonturiers voort. De invloedssfeer van het menselijke ras breidt zich voortdurend uit, en hierin ligt de voornaamste functie van de Aarde, als men een functie als deze wil aanvaarden: de Aarde als oerwereld, de planeet waar wij allemaal vandaan komen."

"Onze voorouders hebben de Aarde negenduizend jaar geleden verlaten," zei Mialambre, "en een gigantische afstand afgelegd naar Durdane. Daar dachten ze voor altijd geïsoleerd te zijn. Misschien zijn wij nu wel niet ver meer verwijderd van andere Aarde-werelden."

"Dat is juist," zei Ifness. "Durdane ligt nog steeds buiten de invloedssfeer van de mens, maar de afstand is niet erg groot meer... De Kanselier is gearriveerd. Hij begeeft zich naar een taveerne langs het water om daar staatszaken af te handelen. Als systeem is het niet beter of slechter dan wat elders gebruikelijk is."

De Kanselier bleef even in de deuropening staan om iets te zeggen tegen iemand op straat, toen draaide hij zich om en keek het vertrek in. Het was een rijzige, magere man met een uiterst korte grijze haardos en een enorme halvemaan van een neus. Hij ging gekleed in de gebruikelijke zwarte toga, maar in plaats van een hoed had hij de witte doek van een arbeider om zijn hoofd geslagen.

Etzwane, Finnerack en Mialambre stonden op. Ifness bleef zitten, zijn blik op de grond gericht, alsof hij plotseling in diep gepeins was verzonken.

De Kanselier kwam op hun tafeltje af. "Gaat u zitten. Wat wij te bespreken hebben, is een eenvoudige kwestie. Uw vliegers zijn Palasedra binnengedrongen en daaruit verdreven door de Zwarte Draken. U hebt gezegd dat u ons gebied bent binnengedrongen om de Roguskhoi te straffen. Verder beweert u dat de Roguskhoi handelen in opdracht van Palasedra. Ik zeg: de Roguskhoi bevinden zich nu op Palasedraans grondgebied en Palasedranen zullen met hen afrekenen. Ik zeg: de Roguskhoi handelden niet in opdracht van Palasedra. Ik zeg: uw vliegers Palasedra binnen te laten dringen was een van onbesuisd-heid en dwaasheid getuigende daad, zo onbesuisd en dwaas dat wij uit pure verbazing hebben nagelaten onze handen tot vuisten te ballen."

Ifness maakte een goedkeurend gebaar en deed een eigenaardige uitspraak, blijkbaar voor niemands oren bestemd. "Weer een aspect van het menselijk gedrag dat onze vijanden in verwarring brengt en afschrikt, namelijk onvoorspelbare verdraagzaamheid."

De Kanselier keek met een frons op zijn voorhoofd op hem neer. Blijkbaar lag in Ifness' goedkeuring niet die mate van tevredenheid en verheugde dankbaarheid besloten die hij wellicht had verwacht. Wat scherper zei hij: "Ik zeg: wij zullen geen aandacht besteden aan uw daden, daar er geen sprake schijnt te zijn van doelbewuste en officiële kwaadwilligheid. Voortaan moet u uw vliegers in bedwang houden. Zo luidt mijn verklaring. Ik zal nu uw antwoord aanhoren."

Mialambre schraapte zijn keel. "Onze aanwezigheid hier spreekt voor zichzelf. Wij streven naar rust en een goede verhouding tus-sen onze landen, dit is in het belang van zowel Shant als Palasedra. Onwetendheid heeft achterdocht tot gevolg; het is niet verbazing-wekkend dat een aantal van ons de Roguskhoi beschouwden als een nieuwe bedreiging vanuit Palasedra."

Kil zei Finnerack: "De Dappere Vrije Mannen en de Vliegers van Shant hebben de Roguskhoi verslagen. Die zochten daarop doel-bewust hun toevlucht in Palasedra. U beweert dat de Roguskhoi niet in opdracht van Palasedra handelden. U wijst echter niet de verantwoordelijkheid voor hun bestaan af, u, die op schaamteloze wijze mensen fokt om bepaalde werkzaamheden te verrichten, alsof het vee is. Als dit zo is blijven de Roguskhoi onder verantwoordelijkheid van Palasedra vallen, en eisen wij schadevergoeding."

De Kanselier deed een stapje achteruit. Zulke energieke woorden had hij niet verwacht, en Etzwane en Mialambre ook niet. Ifness knikte goedkeurend. "Finneracks eisen zijn zeker gerechtvaardigd als de Palasedranen werkelijk verantwoordelijk zijn voor de Roguskhoi. We hebben nog geen officiële Palasedraanse verklaring gehoord die deze verantwoordelijkheid ontkent of toegeeft."

De borstelige wenkbrauwen van de Kanselier werden een rechte streep boven zijn reusachtige neus. "Ik verkeer in onzekerheid over de exacte positie die u bij dit gesprek bekleedt," zei hij tegen Ifness.

"Ik ben een onafhankelijk adviseur," zei Ifness. "Gastel Etzwane staat voor mij in, al vertegenwoordig ik noch Shant noch Palasedra."

"Het is mij allemaal hetzelfde," zei de Kanselier. "Om onze positie volkomen duidelijk te maken: de Palasedranen erkennen geen enkele verantwoordelijkheid voor de Roguskhoi."

"Waarom zoeken ze dan hun toevlucht in Palasedra?" zei Finnerack agressief en ongelovig. "Waar zijn ze dan vandaan gekomen als ze niet van Palasedra afkomstig zijn?"

Kalm zei de Kanselier: "Onze meest recente informatie luidt als volgt: het zijn wezens die door de planeet Aarde hierheen gezonden zijn. Een ruimteschip heeft ze afgezet in de Engh, een afgelegen dal, niet ver van het Zoutmoeras." Etzwane draaide zich om en staarde naar Ifness, die minzaam naar de andere kant van het vertrek keek. Finnerack lachte kort en rauw. De Kanselier vervolgde: "Dit zijn wij te weten gekomen van ahulfs uit de omgeving. De Roguskhoi zijn nu op de terugweg naar de Engh. Daar zullen ze niet aankomen: een Palasedraanse strijdmacht trekt er op dit ogenblik op uit om ze te vernietigen. Morgen begeef ik mij naar de Engh om daar de slag gade te slaan en nadere inlichtingen te vergaren. U moogt mij vergezellen, als het u behaagt."

Hoofdstuk XV

De Kanselier spreidde een kaart uit op de tafel en wees in het grijze licht voor zonsopgang dingen aan. "Daar is de Engh. Hiervandaan gezien lijkt het niet meer dan een bergengte of een ravijn. In werkelijkheid omsluiten deze bergen een grote kale vlakte, zoals u op de kaart kunt zien." De Kanselier tikte met een harde nagel op het perkament. "Hier heeft de zwever ons afgezet. We bevinden ons nu op dit punt, daarginds stroomt de Zek. In het bos daar zijn troepen gelegerd. Als het ogenblik is aangebroken, zullen ze optrekken."

"En de Roguskhoi?" vroeg Etzwane.

"De hoofdmacht is het Grote Zoutmoeras uit en komt nu op dit punt af. De voorhoede heeft de Engh al bereikt, waar wij geen troepen hebben opgesteld." Hij keek naar de lichter wordende hemel. "Er is geen wind voor onze Zwarte Draken, vandaar dat wij niet voortdurend van berichten worden voorzien. Ik ben nog niet in kennis gesteld van ons krijgsplan."

De drie zonnen buitelden de hemel in en de vallei baadde opeens in paars licht. De Zek was een streep gekleurde vonken. Finnerack wees naar het noorden. "Daar is de voorhoede al. Waarom valt u hen niet op de flanken aan?"

"Ik ben geen gevechtsleider," zei de Kanselier. "Aan mijn mening zou u niet veel hebben. Achteruit, anders worden we misschien gezien."

Tirailleurs draafden het dal in. In de verte drong de zwarte massa als een vloedgolf op.

Een instrument dat aan de riem van de Kanselier hing maakte een schel geluid. Hij drukte het tegen zijn oor en keek even later onderzoekend naar de hemel. Daarna hing hij het weer aan zijn riem.

De Roguskhoi kwamen met logge, lange stappen dichterbij. Hun gezichten stonden strak en uitdrukkingsloos. Naast de Roguskhoi draafden de hoofdmannen, herkenbaar aan de bepantsering op hun borst.

Weer rinkelde de radio die de Kanselier aan zijn riem had hangen. Hij luisterde aandachtig, zei toen: "Het plan wordt niet gewijzigd."

Hij hing de radio weer aan zijn riem en bleef een ogenblik lang zwijgend naar de Engh staan kijken. Hij zei: "Afgelopen nacht is het ruimteschip teruggekeerd naar de Engh. Het ligt daar nu te wachten. Over het waarom zijn slechts gissingen mogelijk."

Sardonisch vroeg Mialambre aan Ifness: "Kunt u hier een verklaring voor geven?"

"Ja," zei Ifness. "Dat kan ik inderdaad." Hij vroeg aan de Kanselier: "Hoe ziet het ruimteschip eruit? Zijn er mensen van boord gegaan? Vertoont het ook uiterlijke kenmerken, en zo ja, welke?"

"Het schip is een grote ronde schijf. De sluizen staan open, liggen zelfs horizontaal, zodat men via de deuren het schip kan betreden. Niemand heeft het schip verlaten. De achterhoede van de kolonne wordt nu door tirailleurs aangevallen."

Een onregelmatige serie knallen bereikte hun oren. De hoofdmannen van de Roguskhoi draaiden zich om, gaven een stel scherpe bevelen en de kolonne viel kreunend en grommend uiteen en stelde zich in gevechtsformatie op. De hele horde was nu te zien. Volwassen krijgers marcheerden in de voor- en achterhoede. In het midden liepen welpen, halfwaskrijgers, en ongeveer honderd verdwaasde, afgetobde vrouwen.

In het bos hoorden ze een hoorn schallen, en de Palasedraanse troepen kwamen tevoorschijn.

Etzwane was stomverbaasd. Hij had reusachtige krijgers verwacht, in omvang opgewassen tegen de Roguskhoi. De Palasedraanse troepen waren echter niet eens zo lang als hij zelf. Wel hadden ze geweldig brede schouders en een diepe borstkas, terwijl hun lange armen bijna op de grond hingen. Hun hoofd hadden ze diep in de nek getrokken en hun ogen keken vanonder zwarte helmen naar hun tegenstanders, ogenschijnlijk naar twee kanten tegelijk. Ze droegen okerkleurige broeken, epauletten van fiberdraad en scheenplaten. Ze waren bewapend met sabels, bijlen met korte stelen, kleine schilden en pijlpistolen.

De Palasedranen kwamen op een draf naar voren. De Roguskhoi

hielden verrast stil. De hoofdmannen schreeuwden commando's en de formatie veranderde. De Palasedranen hielden stil, en de twee legers keken elkaar van een afstand van honderd meter aan.

"Een interessante confrontatie, heel interessant," zei Ifness peinzend. "Beide oplossingen voor het probleem hebben hun voordelen… Hmmm. Reuzen tegen trollen. De bewapening is gelijkwaardig, denk ik. Tactiek en beweeglijkheid moeten hier natuurlijk de doorslag geven."

Plotseling gaven de hoofdmannen van de Roguskhoi een paar rauwe bevelen. De Roguskhoi lieten vrouwen en welpen voor wat ze waren en draafden log op de Engh af. De Palasedranen draafden ook op de Engh af, op zo'n manier dat ze de Roguskhoi zijdelings zouden treffen. Zo stootten de twee legers op elkaar, niet rechtstreeks maar zijdelings. De Roguskhoi staken en hieuwen, de Palasedranen stootten toe en sprongen dan weer weg, hakten in op de Roguskhoi en schoten af en toe met hun pistolen in de ogen van hun tegenstanders. Als ze daar de kans toe kregen, mikten ze op de benen van een kwetsbare Roguskhoi, zodat de reusachtige rode gedaante dreunend tegen de grond sloeg. Ook de kromzwaarden eisten een zware tol, en de route die de rode monsters namen raakte bezaaid met armen, benen, hoofden en lichamen, en rood bloed vermengde zich met zwart bloed.

Het gevecht verplaatste zich langzaam naar de mond van de Engh. Daar sprong een tweede Palasedraans leger van de rotsen af. De Roguskhoi drongen op en probeerden met brute kracht de Engh in te komen. Vrouwen en welpen bleven in het dal achter. De vrouwen vielen ten prooi aan een aanval van hysterie. Ze raapten weggeworpen wapens op en hakten op de wegspringende welpen in terwijl ze krijsten van dolzinnige vreugde.

De Roguskhoikrijgers hadden nu de Engh bereikt. Hier, in de nauwe ruimte tussen de twee bergwanden, konden de Palasedranen beter gebruik maken van hun snelheid en behendigheid.

Met Finnerack voorop, en daarachter Ifness en Etzwane, liep het gezelschap een lage, begroeide kam over en keek toen neer op de Engh, een onregelmatig gevormd stuk vlakke grond, ongeveer achthonderd meter breed, begroeid met struikgewas en blauw rotsgras. In het midden van de kleine vlakte lag het ruimteschip: een afgeplatte halve bol van bruin metaal, met een diameter van zeventig meter.

"Wat voor een ruimteschip is dit?" vroeg Etzwane aan Ifness.

"Ik weet het niet." Ifness haalde zijn camera tevoorschijn en maakte een groot aantal foto's.

Aan drie kanten waren stukken van de buitenwand omlaag gelaten. In de openingen stonden gedaanten die Etzwane voor mensen of mensachtige wezens hield. In de schaduwen kon hij er niet helemaal zeker van zijn.

In de Engh woedde de slag verder. Stap voor stap drongen de Roguskhoi op naar het schip. De gepantserde hoofdmannen waren aan alle kanten door krijgers omringd die hen beschermden tegen de rondspringende Palasedranen.

Plotseling slaakte Finnerack een kermende kreet en draafde de heuvel af. "Finnerack!" riep Etzwane. "Waar ga je heen?"

Finnerack luisterde niet en begon te rennen. Etzwane liep achter hem aan. "Finnerack! Kom terug! Ben je gek geworden?"

Met zwaaiende armen rende Finnerack in de richting van het ruimteschip. Zijn uitpuilende ogen waren wijd opengesperd, maar hij scheen niets te zien. Opeens struikelde hij en het volgende ogenblik lag Etzwane bovenop hem. Hij klemde Finnerack om zijn middel beet, probeerde hem terug te slepen. "Wat ben je aan het doen? Ben je dol geworden?"

Finnerack kreunde, trapte, worstelde om los te komen, en stootte met zijn ellebogen in Etzwane's gezicht.

Ifness gaf hem twee gerichte klappen en Finnerack viel bewusteloos achterover.

"Snel, anders doden ze ons vanuit het schip," zei Ifness.

Mialambre en Ifness grepen Finnerack bij zijn armen beet, Etzwane pakte hem bij zijn benen, en zo droegen ze hem naar hun schuilplaats onder de bomen. Ifness gebruikte kledingstukken van Finnerack zelf om zijn enkels en polsen vast te binden.

In de Engh trokken de Palasedranen, beducht voor het ruimteschip, zich langzaam terug. De overlevende Roguskhoihoofdmannen liepen het schip in, samen met honderd krijgers. De deuren klapten dicht. Net als een gloeikever begon het schip plotseling zilverig te glanzen. Toen, met een hoog, schurend geluid, steeg het op en even later was het verdwenen.

De Roguskhoi die zich nog in het dal bevonden, trokken langzaam naar de plek waar het ruimteschip gelegen had. Daar stelden zij zich op in een ruwe kring om zich tegen een laatste aanval te verweren. De hoofdmannen waren verdwenen, en van de koperen horde die Shant bijna had overweldigd waren er nog maar duizend in leven.

De Palasedranen trokken zich terug en stelden zich links en rechts van de Roguskhoi op. Kalm bleven ze zo staan, in afwachting van nadere bevelen. Tien minuten lang keken de beide legers zo elkaar aan, zonder vertoon van vijandigheid, toen trokken de Palasedranen zich terug tot de randen van de Engh en klommen tot halverwege de helling omhoog. De Roguskhoi bleven midden in het dal staan.

De Kanselier maakte een gebaar naar de mannen uit Shant. "Nu gaan wij weer over op onze oorspronkelijke strategie. De Roguskhoi zijn opgesloten in de Engh. Ze zullen daaruit nooit meer ontsnappen. Zelfs die dolleman van u, met de blauwe ogen, zal nu moeten toegeven dat de Roguskhoi van een andere wereld afkomstig zijn."

"Daarover heeft nimmer enige twijfel bestaan," zei Ifness. "Maar wat ze met hun inval probeerden te bereiken blijft een mysterie. Als ze beoogden Durdane te veroveren, waarom waren ze dan alleen met kromzwaarden bewapend? Kan een volk dat door de ruimte reist geen betere wapens bedenken? Het lijkt allemaal heel onlogisch."

"Blijkbaar hadden ze geen hoge dunk van ons," zei de Kanselier. "Of misschien wilden ze ons op de proef stellen. Als dat het geval is hebben ze een harde les gekregen."

"Uw gissingen klinken niet onverstandig," zei Ifness. "Er is nog een groot aantal vragen dat beantwoord kan worden. Een paar hoofd-mannen van de Roguskhoi zijn gesneuveld. Ik raad u aan de lijken over te brengen naar een van uw medische laboratoria en ze daar te onder-zoeken. Ik zou graag deel willen nemen aan dit onderzoek."

De Kanselier maakte een kort gebaar. "Dat is onnodige moeite."

Ifness gebaarde de Kanselier even met hem mee te gaan. Op enkele meters afstand van de rest van de groep zei hij kalm een paar woorden, en nu stemde de Kanselier aarzelend in met Ifness' voorstellen.

HOOFDSTUK XVI

DOF EN APATHISCH liep Finnerack terug het dal uit. Een paar keer opende Etzwane zijn mond om wat te zeggen, maar elke keer deed hij er het zwijgen toe, met een sinister, ziekmakend gevoel in zijn hart. Mialambre, die een wat minder rijke verbeelding bezat, vroeg: "Beseft u wel dat uw daad, of die nu krankzinnig was of het tegenovergestelde, ons allemaal in groot gevaar heeft gebracht?"

Finnerack gaf geen antwoord. Etzwane vroeg zich af of hij wel hoorde wat Mialambre zei.

Ernstig zei Ifness: "Zelfs de besten onder ons geven af en toe gehoor aan vreemde impulsen."

Finnerack zei niets.

Etzwane had verwacht dat hij teruggevlogen zou worden naar Shant, aan de andere kant van het Grote Zoutmoeras. De zwarte zwever bracht hen echter terug naar Chemaoue, waar de door mensen getrokken wagen hen naar de sombere herberg naast de haven bracht. De kamers waren al even somber als de eetzaal, en op de stenen banken lag alleen een dunne, zuur ruikende mat. Door het open raam kwam koele zilte zeelucht binnen, en het klotsen van het water in de haven.

Etzwane bracht een vreugdeloze nacht door, en de volgende ochtend kon hij zich niet herinneren dat hij had geslapen. Ten langen leste kwam er dan toch grijsviolet licht door het hoge raam. Etzwane stond op, waste zijn gezicht af met koud water en ging naar de gelagkamer. Mialambre voegde zich even later bij hem. Ifness en Finnerack kwamen niet opdagen. Toen Etzwane ging kijken waar ze bleven ontdekte hij dat beide kamers leeg waren.

*

Toen de zonnen op hun hoogst stonden keerde Ifness naar de herberg terug. Bezorgd informeerde Etzwane hoe het met Finnerack ging. Ifness woog elk woord zorgvuldig af: "Zoals u zich zult herinneren gaf Finnerack blijk van een vreemde gemoedsgesteldheid die aan het onverantwoordelijke grensde. Afgelopen nacht liep hij de herberg uit en volgde de loop van het strand. Ik had iets dergelijks wel verwacht en had verzocht hem in het oog te laten houden. Afgelopen nacht is hij dan ook aangehouden. De hele ochtend ben ik bij de Palasedraanse autoriteiten geweest en ik geloof dat zij hebben ontdekt waarom Finnerack gisteren zo eigenaardig deed."

De ergernis die Etzwane vroeger altijd had gevoeld tijdens zijn samenwerking met de gesloten Ifness begon terug te komen. "Wat zijn ze te weten gekomen, en hoe?"

"Het is wellicht het beste dat u met mij meegaat, dan kunt u het met eigen ogen aanschouwen."

Losjes zei Ifness: "De Palasedranen zijn tot de overtuiging gekomen dat het ruimteschip niet afkomstig is van de Aarde. Dat had ik hun uiteraard ook kunnen vertellen, maar dan had ik mijn herkomst moeten prijsgeven."

Geërgerd zei Mialambre: "Waar hoort het ruimteschip dan wél thuis?"

"Dat wil ik even graag te weten komen als u. Mijn werk op Durdane is zelfs daarop gericht. De Aarde-werelden liggen voorbij de Skiaffarilla, dus we kunnen ervan uitgaan dat het ruimteschip uit het gebied daar tegenover komt, het centrum van de Melkweg. Het is van een type dat ik nog nooit heb gezien."

"Hebt u de Palasedranen van dit alles in kennis gesteld?"

"Geenszins. Ze zijn van mening veranderd door wat vanmorgen is geschied. U zult zich herinneren dat de aanvoerders van de Roguskhoi een pantser droegen dat hun borst beschermde. Dit heeft mijn nieuwsgierigheid gewekt. Hier zijn de laboratoria."

Etzwane voelde een steek van afschuw. "Hebben ze Finnerack hierheen gebracht?"

"Dat leek ons het verstandigst."

Ze betraden een gebouw van zwarte steen dat sterk rook naar

chemicaliën. Ifness ging Etzwane en Mialambre zelfverzekerd voor, een lange gang af en een vertrek in dat werd verlicht door een rij lampen aan het plafond. Links en rechts stonden rijen glazen bakken en vaten, in het midden lange tafels. Aan de andere kant van het vertrek bekeken vier Palasedranen in grijze jassen een dode Roguskhoi. Ifness knikte goedkeurend. "Ze beginnen met een nieuw onderzoek. Het kan u tot voordeel strekken als u kijkt naar wat ze doen."

Etzwane en Mialambre liepen wat dichter naar het viertal toe. De Palasedranen werkten zonder haast, schikten het lijk tot het in de gunstigste stand lag. Etzwane keek het vertrek rond. Een tweetal grote bruine insecten of schaaldieren gleden heen en weer in twee glazen stopflessen. In glazen bakken waren drijvende organen te zien, schimmels en mossen, een zwerm kleine witte wormen, een aantal dingen waar hij geen naam voor had. Met een door lucht aangedreven cirkelzaag gingen de Palasedranen aan het werk op de enorme borstkas. Vijf minuten lang werkten ze handig voort. Etzwane begon een bijna ondraaglijke spanning te voelen. Hij wendde zijn ogen af. Ifness keek echter ingespannen naar wat de Palasedranen deden. "Kijk nu goed."

Voorzichtig haalden de Palasedranen een witte zak tevoorschijn, ter grootte van twee gebalde vuisten. Er hingen een paar dikke pezen of zenuwdraden aan die naar het hoofd liepen. Voorzichtig sneden de Palasedranen sleuven in het donkere vlees, door botten en kraakbeen heen, om de draden intact te kunnen verwijderen. Het hele orgaan lag nu op de tafel. Plotseling kwam het kronkelend tot leven. De witte zak brak, en een glanzend bruin wezen kwam naar buiten kruipen. Het hield het midden tussen een spin en een krab. De Palasedranen stopten het meteen in een fles en zetten die op een plank, naast de twee andere flessen.

"Daar ziet u onze werkelijke vijand," zei Ifness. "Bij onze gesprekken gebruikte Sajarano van Sershan het woord 'asutra'. Het schijnt bijzonder intelligent te zijn."

Gefascineerd en tegelijk vol afgrijzen liep Etzwane naar de plank en staarde naar de flessen. Het wezen was gerimpeld en in elkaar gedraaid, als een klein bruin brein. Aan de onderkant van het lichaam bevonden zich zes ledematen, ieder met gewrichten en uitlopend in drie sterke kleine voelhoorns. De lange pezen of zenuwen kwamen het lichaam binnen via een aantal organen die het wezen blijkbaar tot zintuigen dienden.

"Natuurlijk ben ik nog maar kort op de hoogte van de asutra," zei Ifness, "maar ik ben tot de conclusie gekomen dat het een parasiet is, of liever gezegd, de leidinggevende helft van een symbiotische eenheid, al ben ik ervan overtuigd dat het in zijn natuurlijke omgeving geen gebruik maakt van wezens als de Roguskhoi als gastheer, en ook niet van mensen. Nog niet."

Etzwane vond het moeilijk om zijn stem in bedwang te houden. "Hebt u deze wezens dan al eerder gezien?"

"Eén maar. Ik heb het verwijderd uit het lichaam van Sajarano."

Tien vragen tegelijk kwamen bij Etzwane op: gruwelijke vermoedens waarvan hij niet wist hoe hij ze onder woorden moest brengen en misschien wilde hij eigenlijk ook wel niet weten of ze op waarheid berustten. Hij zette Sajarano van Sershan en het pathetische, verminkte lijk uit zijn geest. Hij keek van de ene fles naar de andere, en al kon hij geen ogen of visuele organen onderscheiden, hij had het verontrustende gevoel dat hij scherp werd geobserveerd.

"Ze zijn hoogontwikkeld en gespecialiseerd," zei Ifness. "Toch, net als de mens, geven ze blijk van een verrassende taaiheid. Ze kunnen ongetwijfeld ook buiten het lichaam van een gastheer in leven blijven."

Etzwane vroeg: "En Finnerack?", al wist hij het antwoord op die vraag al voor hij hem stelde.

"Dit," zei Ifness, terwijl hij tegen een van de flessen tikte, "is de asutra die zich in het lichaam van Jerd Finnerack bevond."

"Hij is dus dood?"

"Hij is dood. Hoe zou hij nog in leven kunnen zijn?"

"Opnieuw," zei Ifness met een nasale stem waarin intense verveling doorklonk, "verzoekt u mij u dingen mee te delen over zaken die u in de grond niet aangaan, of waar u ook op eigen gelegenheid wel achter had kunnen komen. Maar in dit geval zal ik een concessie doen aan uw nieuwsgierigheid en zo misschien een einde maken aan de verwarring waaraan u ten prooi bent.

"Zoals u weet, is mij gelast de planeet Durdane te verlaten. Dit geschiedde door andere medewerkers van het Historisch Instituut, die van mening waren dat ik mij op onverantwoordelijke wijze had gedragen. Ik heb met kracht mijn standpunten naar voren gebracht, anderen raakten van de juistheid van mijn woorden overtuigd, en ik ben in een nieuwe hoedanigheid teruggezonden naar Durdane.

"Ik begaf mij onmiddellijk naar Garwiy, waar ik tot mijn tevredenheid vaststelde dat u energiek en vastbesloten was opgetreden. Kortom, zodra het volk van Shant een krachtige leiding kreeg, reageerde het op de bedreiging van de Roguskhoi met de vindingrijkheid die de mens eigen is."

"Maar waarom waren de Roguskhoi er? Waarom vielen ze de mensen van Shant aan? Is dat niet eigenaardig?"

"Geenszins. Durdane is een geïsoleerde wereld, waar op onopvallende wijze proeven kunnen worden genomen met een menselijke bevolking. De asutra schijnen ervan uit te gaan dat er te zijner tijd contact zal plaatsvinden tussen het gebied dat zij beheersen en de Aarde-werelden. Misschien hebben ze in het verleden wel slechte ervaringen met dit soort contacten opgedaan.

"Bedenk dat het parasieten zijn en dat ze hun doel zullen proberen te bereiken via wezens die ze beheersen. Ze poogden te komen tot een anti-menselijke imitatie, die menselijke vrouwen zwanger maakt en tegelijkertijd steriel, een biologisch wapen dat door de mens vaak is gebruikt om insectenplagen te bestrijden.

"Het opmerkelijke resultaat van hun inspanningen is de Roguskhoi. Het is zeker dat honderden mannen en vrouwen zijn meegevoerd naar de laboratoria van de asutra, en misschien zijn het er wel duizenden geweest, een gedachte die u in het duister van de nacht de koude rillingen over het lijf kan laten lopen. De asutra moeten de overtuiging zijn toegedaan dat de Roguskhoi aanvaardbare imitaties van mensen zijn. Dat zijn ze natuurlijk niet: elk mens ziet onmiddellijk dat hij met monsters te doen heeft. Biologisch beantwoorden ze echter aan de opzet.

"Om tot een waardevol experiment te kunnen komen was het nodig dat de Roguskhoi enige tijd met rust gelaten werden. De Anome wordt dus voorzien van een asutra, en het vergaat zijn Genadebrengers niet beter. Op een wijze die mij geheel nog niet duidelijk is beheersen de asutra het gedrag van hun gastheer. Sajarano klaagde over zijn 'geheime ziel' en over 'de stem van zijn ziel'. Ik heb Finnerack horen spreken over zijn geweten. De asutra hebben in hun laboratoria ongetwijfeld geleerd hoe ze menselijke gastheren naar hun hand konden zetten.

"Als wapens waren de Roguskhoi allesbehalve volmaakt. Het idee berustte in essentie op een misvatting. Zodra de kunstmatige passiviteit van de Anome voorbij was, reageerden de mensen van Shant met de daadkracht die de mens kenmerkt. De asutra hadden natuurlijk effectieve wapens kunnen gebruiken en zo Shant onderwerpen, maar dat was niet de bedoeling; ze wilden indirecte technieken uitproberen en perfectioneren.

"Als de mensen er nu eens toe aangezet konden worden om elkaar te vernietigen? Deze gedachte bracht de asutra ertoe Finnerack in hun macht te krijgen. Dat vermoed ik althans, want zekerheid hierover heb ik niet. Zijn vechtlust werd versterkt, en hij werd gedwongen de Palasedranen uit te dagen, een daad die bepaald niet tegenstrijdig was met zijn eigen instincten.

"Ook dit tweede experiment mislukte, al lijkt het in principe gebaseerd op een wat verstandiger uitgangspunt. Het kon niet voldoende worden voorbereid, en ik vermoed dat het haastig is geïmproviseerd toen het eerste bezig was te mislukken."

"Alles goed en wel," zei Mialambre fronsend, "maar waarom is Finnerack gebruikt in plaats van bijvoorbeeld Gastel Etzwane, die altijd meer werkelijke invloed gehad heeft dan Finnerack?"

"Finnerack leek toen een man met een onweerstaanbare macht," zei Ifness. "Hij stond aan het hoofd van het Informatiebureau, en voerde ook het bevel over de Dappere Vrije Mannen. Zijn ster was rijzende, en dat was de reden voor zijn ondergang."

"Dat is juist," gaf Mialambre toe. "Ik kan zelfs precies het tijdstip van zijn verandering bepalen. Hij is drie dagen verdwenen..." Zijn stem stierf weg en zijn ogen gleden naar Etzwane.

Een zware stilte kwam over het vertrek.

Langzaam legde Etzwane zijn gebalde vuisten op tafel. "Dat moet het zijn. Ook ik draag een asutra in mij."

"Interessant!" merkte Ifness op. "Bent u zich bewust van vreemde stemmen, heftige pijn, en een voortdurend gevoel van ontevredenheid en ongerustheid? Dat waren de symptomen die Sajarano er ten slotte toe brachten om zelfmoord te plegen."

"Ik heb niets van dit alles gemerkt. Maar ik ben op dezelfde manier verdoofd als Finnerack. Dezelfde Parthanen waren aanwezig. Ik ben gedoemd te sterven, maar ik sterf tenminste nadat ik mijn doel heb bereikt. Laat ons naar het laboratorium gaan en doen wat ons te doen staat."

Ifness maakte een geruststellend gebaar. "De zaak staat er niet zo somber voor als u vreest. Ik vermoedde wel dat men een poging zou doen om ook u te onderwerpen aan de macht van de asutra, en zorgde ervoor dat ik in de buurt was om het te verhinderen. Ik nam zelfs een suite in de Hrindiana, pal naast de uwe. De poging mislukte, de Parthanen vonden de dood en de asutra ging in een fles naar de Aarde. Drie dagen later werd u wakker, vermoeid en in de war, maar verder in orde."

Etzwane zakte terug in zijn stoel.

"In Shant hebben de asutra een kleine, maar belangrijke nederlaag geleden. Dankzij de oplettendheid van het Historisch Instituut hebben ze met hun experimenten de aandacht getrokken die ze juist hadden willen vermijden. Wat zijn wij te weten gekomen? Dat de asutra een vijandig contact met het menselijke ras verwachten of zich daarop voorbereiden. Misschien zal er dan ten slotte toch een conflict plaats-vinden tussen twee groeiende wereldstelsels. Daar is de Kanselier, ongetwijfeld om u mee te delen dat de zwever klaar staat. Ik heb meer zoute vis gegeten dan mij lief is, dus als u geen bezwaar hebt, ga ik met u mee terug naar Shant."

Jack Vance werd in 1916 geboren in een welgesteld Californisch gezin dat tegen het einde van zijn kindertijd moeilijke tijden doormaakte. Als jonge man probeerde hij een aantal onbevredigende baantjes uit alvorens aan de Universiteit van Californië in Berkeley mijnbouw-kunde, natuurkunde, journalistiek en Engels te gaan studeren. Hij ging van school toen de oorlog uitbrak en werd matroos op de koopvaardij. Later werkte hij als rolbrugmachinist, landmeter, keramist en timmer-man, voordat hij zich door het produceren van een gestage stroom aan SF, mysterieromans en korte verhalen als voltijds schrijver vestigde.

Hij was meer dan zestig jaar actief als schrijver, en voor zijn werk ontving hij onder andere drie *Hugo Awards*, een *Nebula Award*, een *World Fantasy Award* œuvreprijs, en een *Edgar* van de *Mystery Writers of America*. De *Science Fiction & Fantasy Writers of America* kroonden hem tot Grootmeester, en hij werd opgenomen in de roemruchte *Science Fiction Hall of Fame*.

In zijn werk overschreed Jack Vance vaak de grenzen van het genre: van weemoedige fantastiek (de zeer invloedrijke *Stervende Aarde* verhalen) tot interstellaire space opera (de vijfdelige *Duivelsprinsen* reeks), van heldhaftige fantasy (de *Lyonesse* trilogie) tot de mysterieuze moorden die een sheriff in landelijk Californië moet oplossen (de *Joe Bain* boeken).

Toen hij reeds op leeftijd was, vormde zich een internationale groep van Vance-fans die zich tot doel stelde om het complete œuvre van Vance in de oorspronkelijke staat te herstellen, daarbij tientallen jaren van redactionele ingrepen en ongewenste wijzigingen ongedaan makend. Dit resulteerde in de toonaangevende Engelse *Vance Integral Edition* die als 44 hardcover delen in een beperkte oplage verscheen.

In 2013, kort nadat hij zijn eerste jazz-album had opgenomen, overleed Jack Vance op 96-jarige leeftijd in het huis dat hij eigenhandig had gebouwd in de beboste heuvels buiten Oakland. In het jaar van zijn honderdste geboortedag begint Spatterlight met het uitgeven van een nieuwe Nederlandse editie. In 62 paperbacks verschijnen zowel alle Vance verhalen die al eerder zijn uitgegeven, alsook alle titels die nog niet eerder in het Nederlands verkrijgbaar waren.

Colofon

Dit boek is gezet uit 11,5 pt Adobe Arno Pro.

Deze uitgave kwam tot stand met de hulp van Wil Ceron
en Evert Jan de Groot.

Omslagontwerp: Howard Kistler

Typografisch ontwerp: Joel Anderson

Zetwerk: Joel Anderson

Kaarten: Christopher Wood

Management: John Vance, Koen Vyverman

www.ingramcontent.com/pod-product-compliance
Lightning Source LLC
Chambersburg PA
CBHW020842260626
47169CB00003B/1093